책 속의 미혼모

여성들의 인권을 존중한다면 아무도 이들을 해치지 못할 거야. 여성들의 인권을
유린하려는 자가 있으면 유린 못 하도록 해야 하고. 수단과 방법을 가리지 않고
싸워야 해. 여권이 신장되어야 사회가 발전하고 나라가 발전할 테니까.

# 책 속의 미혼모

## 황이정 장편소설

정글판

# 첫 장편소설 발간을 축하하며

김지연(소설가, 한국소설가협회 명예이사장)

3년 전이었던 것 같다. 필자가 강의를 맡고 있는 남산도서관의 소설창작반에 서글서글 소탈해 보이는 초로의 여사와 키가 큰 외국인 남자가 입실했다. 그들은 부부였고 수강생은 아내인 이정자(필명 : 황이정) 여사였다. 매번 함께 다니던 그들 부부(남편, 운전)가 한 학기 가량 (6개월) 수업에 참여하다 슬그머니 보이지 않았는데, 몇 년 만에 장편소설을 만들어서 들고 왔다.

단편소설 집필에서도 재능을 보이던 여사여서 반가운 마음으로 읽었다. 광의의 테마는 여성의 권리(女權) 문제였다. 침해받는 여성의 권리가 중심 주제인 듯 보였으나 더 깊이는 남성보다 월등 우수한 여성의 DNA와 보다 더 우월한 모성(母性)의 무한한 힘과 신비성이 원천적 테마로 다가왔다.

나라마다의 풍습이나 관습에 따라 차이가 있는 듯싶지만 그러나 남아선호사상은 한국을 비롯 인도 등에 유독 뿌리 깊어 여성의 피해가 극심하고, 문명첨단국의 미국조차 남편 누구의 여자로 자신의 독립적인

성(姓)을 갖지 못하는 실상 등을 파헤치면서, 그런 제도로 인해 굳혀진 인식으로 엄청난 상처를 받는 어린 생명들에 대한 연민을 쏟아냈다.

지극히 형식적이고 구속에 불과한 결혼식을 치르지 않았다 하여 미혼모가 겪는 수모와 버려지는 생명들, 시설 속 아이들의 평생을 겪는 난자된 상처와 그것으로 사회에 미치는 영향 등에 저자의 안타까움이 작품 속에 적나라하게 펼쳐졌다.

가장 핵심적인 테마는 앞서 언급했듯 모성(母性)의 위대함이었다. 모성은 친모든 양모든 위탁모든 한 가지의 '사랑'이란 색깔로 모두어지므로, 보육원이나 고아원보다 개인 입양(入養)이 가장 최선책임도 강조했다.

닭이 거위 알 오리 알도 품고, 염소가 강아지에게, 개가 고양이 새끼에게 젖을 물리고 빨리는 행위는 '모성'에 관한한 인간과 다름없어 대자연의 엄숙한 섭리라고도 했다.

미혼모에게서 버려져 외국으로 입양된 등장 인물의 연애와 결혼문제, 혈통주의 고수하는 한국남성의 옹졸한 세계관과, '동거'가 결혼이고 '별거'가 이혼인 형식타파 자유로운 세계관을 가진 인물 등, 소설은 끝까지 흥미롭게 이어진다.

작품구성이 「책 속의 미혼모」란 소설책을 읽는 화자들의 현실 속 상황과, 책 속의 내용이 동일하게 설정되어 약간의 혼란이 생길 수도 있지만 후반부터 차차 가닥이 잡혀지면서 해피 앤딩(happy ending)으로 마무리되어진다.

요즘 인터넷상의 외국어 홍수에 순수 우리말이 파묻혀 스러짐을 안타까워하던 저자답게 문장에도 가끔 투박한 우리말의 원형(사투리 ; 비표준어 등)이 문장에 노출되기도 했다.

전쟁미망인이 된 어머니의 여생을 온전히 맡겠다는 생각으로 영국으로 떠나 런던대학에서 여성학을 전공으로 학사학위와 석사학위를 취득하고 40년을 살다 귀국한 황이정(필명) 여사의 자연 속 삶(현재 ; 포천 산속 거주) 또한 작품 속에 투영되어 신선한 분위기를 자아낸다.

천지를 품는 모성의 위대함을, 여성의 우수함을 증명이라도 하듯 어머니의 성을 앞 자(前字)로 내세워 필명으로 만든 황이정 여사의 앞날에 문운(文運)이 활짝 펼쳐지기를 진심으로 기원해 마지않는다.

# ▌작가의 말

40여 년 전, 바다를 건너 영국엘 처음 가서 내가 우물 속에서 세상 밖으로 나온 개구리인가 싶었다. 우린 정말 너무 가난하다고 생각했다. 물질적으로 말이다. 물론 참혹한 우리의 현실은 우리가 만들어낸, 우리 자신만을 탓할 수밖에 없는 과거사이지만.

이집트에서 스핑크스를 보면서 인간이 참으로 대단하다고 생각했다. 그토록 웅장한 한 인간의 무덤을 만드느라 힘들었을 그 사람들을 떠올렸다. 이탈리아에서는 나라 전체가 박물관 같다는 생각을 하면서 종교의 영향과 그 힘을, 바티칸의 건재를, 보면서 로마정치와 그리스도교가 묘하게 공존했다는 생각을 했다.

아프리카에 도착했을 때는 지금이 21세기가 맞는 건가, 혹은 내가 과거로 여행 중인 건가 자문하면서 맨발로 뛰는 천진난만한 밝은 표정의 아이들에 잠시 취해 있었다. 전날 저녁, 반짝이는 구두 신는 사람의 집에 초대받아 가서 구운 소고기에 사과 파이를 후식으로 먹은 기억이 떠오르자 갑자기 속이 메스껍다는 생각이 그때 왜 들었는지 모르겠다. 어디서나 어렵지 않게 경험할 수 있는 일 아니던가?

집에 돌아오니 그동안 잊고 살던 어머니가 하얀 할머니로 변해 내 걱정을 여전히 하고 있고 나는 우리 아이들 걱정에 푸욱 빠져 있으면서 때로는 나라 걱정, 세상 걱정, 억울한 일 당하면서 묵묵히 살아가는 여성들을 걱정한다. 나 혼자 하는 걱정이다. 혼자 잠 못 이루면서 흥분하기도 한 것이다. 부모가 없다면 그 아이의 마음이 걱정이다. 얼마나 외로울까!!! 그걸 알면서 그 아이를 위해 아무것도 할 수 없는 그 아이의 엄마 가슴은 어떨까?

내 이름은 황이정이다. 내가 지은 이름이다. 아니다. 우리 엄마가 나를 낳고 나를 키웠다고 믿기에 엄마의 성인 황 씨를 앞에 넣고 서로 버팀목 되었던 엄마의 남편, 나의 생부의 성을 그다음에 넣은 다음 두 사람이 내게 준 이름을 넣어서 지은 것이다. 이렇게 해 보았자 어차피 먼 옛날 모계사회까지 올라가면 엄마 성도 아빠 성도 어느 할머니의 성이었을 것이지만!

호적 이름은 이정자이다. '자' 자를 버린 것이다. '자' 자는 나의 자존심에 상처를 주고 있었다. 35년의 치욕을 상기시키는 아픈 역사가 내 이름에 졸졸 따라다니고 있었기 때문이다. 과거를 신발창으로 디디고 고개를 높이 들고 걷고자 한다. 과거를 잊어선 안 될 것이기에.

2020년 6월에
황이정

황이정 장편소설
책 속의 미혼모

# 차례

# 제1장

# 자연의 힘

민우는 옛날을 회상하면서 고개를 걸어 내려간다. 민우 기억에는 마을이 크지는 않았지만, 지금보다는 집이 여러 채 더 있었던 것 같다. 아마도 젊은이들이 도시로 일자리 찾아 나가면서 마을이 작아졌나 보다. 이엉으로 조촐했던 초가집들의 다소곳하고 다정해 보이던 모습과는 달리 자못 혁신적이고 모험적으로 바뀌었다는 생각을 해 본다. 이엉 대신 검은 기와, 불그레한 기와지붕에 큼직큼직한 창문들을 비롯하여 꽤 고급으로 지은 집들도 보인다. 산 밑의 이층집은 남향 큰 마당에는 잔디를 깔았고 커다란 자연석을 이곳저곳 잔디 위에 장식으로 놓은 게 운치 있어 보인다. 조경에도 신경을 쓴듯하다. 지붕을 뚫고 솟아 나온 연통으로 보아 집안에는 벽난로까지 설치된 모양이다. 별장일 수도 있겠고 공기 좋은 산속에서 전원생활을 즐기는 집일 거로 생각해 본다. 눈에 익은 갈림길이 나왔다. 왼쪽으로 작은 다리가 보인다. 가재를 잡던 개울이 지금도 거기서 흐르고 있다. 민우는 큰길을 향해 걸어가고 있다. 봄이면 노란 개나리꽃 울타리로 익숙했던 모습 대신 잘 다듬어진 주목이 길을 따라 병정들처럼 서 있다. 띄엄띄엄 서 있는 집들은 대부분 산을 등지고 있다. 친구네 집이 보일 만큼 왔다고 생각하는데 보이지 않는다. 마침내 그의 눈에 띈건 호두나무 한 그루였다.

민우는 믿기 어려울 만큼 자란 호두나무를 보면서 다가간다. 초가집에 사립문이던 옛집은 사라지고 붉은빛 벽돌로 지은 이층집이서 있다. 참으로 찢어지게 가난하던 시절이다. 끼니를 거르던 시절, 6·25전쟁 후에 남은 건 타고 남은 잿더미뿐이었다. 그토록 엄청난 상처를 자연은 비웃기라도 하듯 봄이면 헤아릴 수 없이 많은 초목이 모든 이의 생활에 활기를 불어 넣어주고 어루만져 주었다. 나물이 아니면 풀이라 고하지만 푸른 건 모두 나물이었다. 그렇게 배를 채우던 시절이다. 신발이 해어져 맨발로 뛰던 그때가 엊그제 같은데…. 친구네 집 앞마당 한쪽에 있던 어린 호두나무가 듬직한 아름드리로 자라 산속의 한가로움을 더해주고 있다. 무성하게 드리워진 진 초록빛 잎들로 그늘진 나무 밑에서는 색이 다른 토종닭들이 흙 목욕을 즐기고 있었다. 누런 진돗개 한 마리가 컹컹 짖는다. 최진후라는 문패가 달린 대문 앞에 선 민우는 반쯤 열린 대문 안을 들여다보는데 때마침 마루 미닫이문을 열고 한 중년 남자가 나오는 것이 보였다. 말끔히 면도한 얼굴에 머리는 약간 희끗희끗 흰 머리가 마치 서리가 살짝 앉은 듯하다. 검은 양복 차림에 넥타이를 맨 모습은 텔레비전에서 많이 보는 번지르르한 정치인들을 연상케 한다. 민우는 대문 안으로 들여놓으려던 발을 주춤하고 그가 나오기를 기다린다.

"혹시 최진후 씨 댁이 아닌가요?"
"그렇습니다만, 제가 최진후 입니다만, 댁은 누구신지요?"
"어이구, 몰라보았네. 오랜만이야. 내가 누군지 모르겠나?"
"글쎄, 낯은 익은데…!"
"그럭저럭 삼십여 년만이니! 나, 민우, 설민우. 내가 늙었지?"
"아- 그래, 민우야. 그래, 그래. 그러고 보니 그렇구나! 정말 오랜만이네. 얼마 만에 보는 건가?"
"너희 결혼식에서 봤지. 너희 결혼식이 내가 제대한 그다음 날이었어."
"그래, 그랬지. 몇 년 만이냐? 어서 들어와!"

유리로 된 미닫이문을 열자 마르지 않은 나무 향이 그윽한 깨끗해 보이는 마루가 마치 어제 놓은 것처럼 나뭇결이 싱싱해 보였다. 마루를 지나 안채로 들어서자 응접실은 햇빛으로 환하고 시원하게 열린 방이었다. 벽은 엷은 꽃무늬의 흰 창호지로 곱게 도배되어 날아갈 듯 시원하고 상쾌하다. 긴 소파 하나가 벽을 기대듯 앉았고 어두운색의 텔레비전이 방의 무게를 주고 있었다. 전형적인 한국식 남향집이다.

"공과대학 갔다는 이야기는 들었어. 졸업 후엔 대학에서 일한다는 얘기도 듣고."
"응, 지금은 제약회사에서 일해."
"주인집 아씨는 약학과에 갔다고 했나?

"맞아! 그랬지. 나보다 2년 먼저 갔어. 너 많이 기억하는구나."

"너희 어머님이 그 집 아씨 유모였었다고 이야기했잖아. 그리고 너는 그 아씨를 누나라고 부르는 남매 같은 사이라고 소문이 나 있었고."

"내가 그런 얘기도 했나? 맞아. 누나였지. 지금도 누나고. 하! 하!"

옛날이야기를 하다 보니 새삼 세월의 흐름을 깨달았다. 민우는 포천 시내에 살면서 고개 넘어 시골인 이곳을 곧 잘도 친구 따라 놀러 다녔다. 특히 여름방학이 되면 이곳 산으로, 들로, 그리고 개울 따라 물놀이를 하며 노는 것이 무척 좋았었다. 삼십여 년 전 이야기다. 마님의 딸 아씨 누나가 '나누'가 되기까지, 그리고 그녀가 지금까지 품고 사는 아픈 상처! 그동안에 참으로 많은 변화가 있었다.

"군청에서 일했지?"

"그랬었지. 그 후, 시청이 생기면서 시청으로 갔고."

진후는 결혼 후 한동안 이곳에서 산속 생활을 했다. 아침저녁으로 산길을 걸어 고개를 넘어서 시내로 가는 버스로 출퇴근을 했었다. 아이들이 학교에 들어가는 나이가 되자 어쩔 수 없이 시청 근처의 한 아파트로 이사를 했었다. 그러나 퇴직을 하고서는 이곳 옛 집터에 새로 집을 짓고 들어왔다. 퇴직하고 집에 있는 시간이 많아지자 아내가 산에라도 갈 수 있었으면 좋겠다면서 고집을 부려, 할 수 없이 들어왔다면서 못마땅한 기색이다. 그도 그럴 것이 출퇴근할 때는 얼굴 보기 힘들던 남편이 하루 종일 집에 있으니 그녀로서는 힘도 들었을 것이다. 그는 딸 이야기를 길게 하다가 민우 소식을 묻는 것도 잊지 않았다. 딸이 둘인데 큰딸이 시집을 잘 갔다는 등 자랑을 하다가 갑자기 심각한 표정을 지으며 민우의 얼굴을 들여다본다.

"왜? 내 얼굴에 뭐가 묻었어?"

"그게 아니고, 이렇게 오랜만에 여긴 어쩐 일인가 해서,"

"아- 그건 어디 가던 길에 잠깐 들러봤어."

긴 이야기를 하고 있을 때가 아니었다. 민우는 다시 놀러 오겠다면서 일어나 마을 길을 내려간다. 이층집이 하나 보인다. 지붕에는 태양열과 태양광까지 설치되어 있었다. 산속 풍경치고는 무척 현대적이다. 역시 윤 박사답다는 생각을 한다. 윤 박사 집 앞을 지날 때 민우는 자신도 모르게 발걸음이 빨라지고 있었다. 아내, 아휘가 입주 가정부로 주 3일간 일을 해주고 있는 집이다. 집을 겨우 지나쳤는데 대문 여는 소리가 들려 민우가 잽싸게 몸을 길 한쪽으로 비켜서서 살핀다. 제일 먼저 개가 두 마리 나오더니 이어 사진으로만 본 적이 있는 피터가 나온다. 윤 박사가 보여주던 사진보다 많이 여위어 보였다. 키가 훌쩍 크고 머리는 여자들의 짧은 머리만큼이나 길게 길렀다. 유난히 검은 머리다. 눈은 아내를 닮은 것 같다. 동그란 눈이다. 아들의 실물을 생전 처음으로 보는 민우는 사진으로 보았을 때와 달리 가슴이 뭉클하고 멍해져서 잠시 나무 그루터기에 궁둥이를 걸친다. 천천히 고개를 들어 먼 산을 올려다본다. 숨을 깊이 들이마시고 길게 내쉬어본다. 초점을 잃었던 눈에 뭉게구름 한 폭이 푸른 하늘에 평화로이 떠 있다. 마치 바닷물에 떠 있는 조각배처럼. 며칠 전만 해도 신록이던 산은 진녹색으로 변해가고 있다. 치렁치렁 늘어진 칡덩굴엔 보랏빛 칡꽃들이 덩굴과 함께 산들바람에 살랑살랑 그네를 뛰는데 문득 그 옆 커다란 잣나무 위에 앉은 부엉이와 눈이 마주쳤다. 놀란 건 민우인데 부엉이도 놀란 모양이다. 푸드득! 몸이 무거운 듯

날갯짓을 하면서 하늘을 향해 오르더니 조금 더 큰 잣나무의 높은 가지 위에 사뿐히 내려앉는다. 뭉게구름은 둥실둥실 떠내려가면서 마을을 내려다보고 있다. 민우는 잠시 후 일어나 숲길 모퉁이에 깊숙이 세워둔 차에 오른다.

"여보세요."

"나 요."

"문자를 하지. 아무 때나 전화하면 안 돼."

"개 데리고 나가는 것 보고 전화하는 거예요. 이 동네에 와 있어요."

"뭐라고? 여길 왜 와?"

"오늘 오랜만에 시간이 되기에 진후가 아직도 그 집에 살고 있나 해서 와 봤어요."

"안 살지?"

"살고 있어요. 포천 시내에 살다가 퇴직하고 들어왔대요."

"그래? 어느 집이야?"

"건너편 산 밑에 새로 지운 빨간 벽돌집이에요."

그때 아휘의 휴대폰 벨 소리로 저장해둔 노래가 울려 퍼진다.

"전화 들어온다. 집에서 봐, 안녕!"

피터가 마루와 돌이를 묶은 개 목줄에 끌려가다시피 하면서 산책길에 나섰다. 개들이 누렁이네 집 가까이 가자 누렁이와 흰둥이 진돗개들이 꼬리를 흔들면서 짖는다. 사람에 비유하면 아마도 개들은 "산책하러 가는 중이야? 야, 너 어젯밤에 산돼지 내려온 거 봤니? 엄청 크더라! 너희가 그래서 그리도 짖어댔구나. 우리 집에서도 너희들

야단하는 소리 들었어. 돼지가 우리 동네까지는 내려오지 않았어. 고란이, 그 녀석들이 우리가 목줄에 매인 걸 알고 우리 코앞을 지나가더라. 아 참 기가 막혀서. 고라니, 걔네들 까불다간 다칠 텐데…." 하는 것 같았다.

법사네 개들도 덩달아 합창이라도 하듯 짖어댄다. 법사네 마당에 주렁주렁 달린 연등들이 개들의 합창에 맞춰 춤이라도 추듯 흔들리고 있다. 김 소장 집 개는 목줄이 묶이질 않았는지 울타리를 따라오면서 짖는다. 마루와 돌이도 울타리 곁으로 가서 꼬리를 흔든다. 셋이 함께 놀고 싶다는 것 같다.

산어귀에 들어서자 잘 다듬어진 아로니아밭에는 아로니아 나무들이 아기자기 모여 앉은 아이들처럼 사발만 한 꽃송이들을 무더기로 달고 하얀 꽃밭을 만들고 있다. 아로니아밭 뒤로는 보초병들처럼 길쭉길쭉한 자작나무들이 숲을 지키고 있다. 몇 해 전에 소나무 재선충병 피해를 피하려고 미리 아름드리 잣나무들을 베어내고 회초리 같은 자작나무를 심었다는데 무럭무럭 잘도 자랐다. 피터가 마루와 돌이의 목줄을 풀어준다. 개들은 신이 나서 껑충껑충 자작나무숲 속으로 사라진다. 피터도 빠른 걸음으로 개들의 뒤를 따른다. 살랑살랑 흔들리는 자작나무 잎들 사이로 피터의 모습도 사라진다. 늘씬하게 뻗어 하늘을 가리는 꽤 굵어진 자작나무의 은빛 기둥들이 산 밑까지 줄을 섰다.

컹! 컹! 컹! 컹! 마루와 돌이가 짖는다. 어느새 멀리 보이는 산 중턱에 도달한 모양이다.

"알았어! 기다려!"

숨을 헐떡거리며 중턱에 도달하자 꼬리를 흔들며 재촉이다. 피터가 종이봉투에서 먹거리 두 개를 꺼내 던진다.

"마루 한 개! 돌이 한 개!"

짧은 오징어 다리를 한 개씩 받은 개들은 어느새 꿀꺽 삼켜버리고 다시 뛰기 시작한다. 피터도 부지런히 걷는다. 가파른 언덕길이다. 발이 낙엽에 푸욱 빠진다. 한참을 걸었다. 이제 그의 다리가 끌려가는 느낌이다. 개들이 다시 짖는다. 누군가가 어설프게 만들어 놓은 나무막대 벤치가 있는 능선에 도착했다는 신호다. 숨을 헐떡이며 능선에 도착한 피터가 숨을 몰아쉰다. 꼬리를 흔들어 대는 개들에게 다시 오징어 다리를 한 개씩 던져준 후 피터도 벤치에 걸터앉는다. 목이 마른다. 지고 온 배낭에서 차와 책을 꺼낸다. 그러자 마루와 돌이가 알겠다는 듯이 뒷다리를 길게 펴고 편한 자세로 엎드린다. 실컷 쉴 태세다. 차를 마시면서 올려다본 하늘은 구름 없는 푸른 하늘이다. 멀리 내려다보이는 작은 마을에서 자신이 사는 윤 박사 집을 찾아본다. 유일하게 태양열과 태양광으로 덮인 지붕이 쉽게 보인다. 이 집을 선택한 것은 우연이 아니다. 서양에서 자란 그에게 무의식적으로 다가온 친근감 때문이었다. 이층으로 된 서양식 주택이었다. 인간은 환경의 지배를 받는다는 말과 연관성이라도 있는 것일까?

올라올 때는 왕방산 정상을 향해 하늘이 안 보이는 잣나무 숲속을 걸었는데 청산 쪽을 바라보니 늠름한 잣나무 숲 산등선이 푸른 하늘을 어깨로 버티고 있는 듯하다. 초록빛의 크고 둥근 텐트 속에 있는 기분이다. 피터가 책을 펼친다. 나무 사이로 돌던 해가 그를 정면으로 쳐다본다. 눈이 부셔 아무것도 안 보인다. 할 수 없이 책을 덮고 하늘을 쳐다본다. 하늘 속에 흐르는 구름에 한 여인이 보인다. 잠시 후 사라진다. 다시 나타난다. 매번 다른 모양으로 보이다가 사라지곤 한다. 그녀를 떠나오던 그 순간이 가슴에 맺힌 아픔이기에 잊고 싶지만 잊히지 않는 건 인력으론 어찌할 수 없는 것인가? 책을 다시 펼친다. 다시 덮는다.

책을 펼치다가 다시 책을 덮고 겉표지를 응시한다. 여인, 여인을 지키기라도 하려는 듯한 개 한 마리, 들로 나물 캐러 다녀서 얼굴이 그을린 시골 처녀를 연상시키는 건강미 흐르는 암탉 한 마리, 어미 닭, 품속에서 머리만을 빠끔히 내민 두 마리의 병아리들, 여성의 세상살이를 느끼게 한다. 한쪽 구석에는 두 마리의 수탉이 싸우고 있다. 목숨을 걸고 싸우는 모습이다. 뉴스에 나오는 중동전쟁을 연상케 한다. 그림은 무엇인가를 말하려는 것 같은데 주관적이라는 생각이 든다. 책의 첫 장을 넘기자 작지만 분명한 글씨로 이렇게 쓰여 있다.

(입양 보낸 첫아이를 기억하면서….) 라고.

"그 후에 남매를 더 낳았다면서 왜 그들의 이야기는 책에 언급도 하지 않은 것일까."

피터가 혼잣말하다가 시계를 본다. 정확하게 열두 시다. 핸드폰을 든다.

"Hello, mum."

"Hello darling. 오늘은 한 시간이나 일찍 전화했네. 무슨 일 있니?"

"Mum! 오늘부터 썸머타임인 것 잊으셨군요. 한 시간 돌려놓으세요. 지금 아침 여덟 시에요. 일곱 시가 아니라고요. 다음 주부터 엄마 대학 개학 아네요?"

"아! 그렇지. 잊었었어. 고맙다. 어제 너의 아버지가 전화해서 네 안부 묻더라. 보고 싶다면서….."

"후회하고 계신 거예요. 내가 아니라 엄마가 보고 싶으신 거구요."

"그건 그렇고, 너 지금 누구하고 같이 있니?

"산에 개들 데리고 산책 왔어요."

"연락 없었니?"

"아직요! 저, 아랑이 포기했어요."

"관념과 관습이 너희를 또 힘들게 하는구나."

"문화 차이도 있고요. 누구도 탓할 수 없는 일이에요."

"내일은 점심시간에 내가 전화하마. 너희 시간으론 오후 여덟 시쯤 될 거야? 오늘은 전화가 깨끗하게 들리네. 날씨가 좋아서 그런가?"

"높은 곳이라서 그런가 봐요. 산꼭대기이거든요! 저도 잘 들려요. 그럼 내일 또 통화해요."


엄마의 목소리가 끊기자 피터는 잠시 가슴이 시리다는 생각을 한다. 엄마가 옆에 있었으면 부둥켜안고 울음보를 터뜨리고 싶다는 생각이 들었다. 한국에 온 지 벌써 두 해 하고도 삼 개월이 되어온다. 작년에 잠시 갔다 오긴 했는데도 엄마와 떨어져 있는지가 십 년은 된 기분이다. 엄마 겨드랑을 파고들던 어릴 적 생각을 하니까 더욱 쓸쓸한 기분이 들었다. 아! 엄마가 보고 싶다. 엄마! 엄마! 옆에 엎드려 마을을 내려다보고 있던 돌이가 흘깃 그를 쳐다보면서 꼬리를 흔든다. 피터가 돌이를 쓰다듬어준다.

"너는 엄마와 같이 있어서 좋겠다!"

힘들게 일하면서 자신을 키운 엄마가 고마운 줄도 모르고 떼를 쓰던 시절을 생각하면 쓴웃음이 나온다. 아빠가 엄마 곁을 떠난 것은 피터가 사춘기를 거치던 때였다. 열다섯 살이던 그가 또래 애들과 몰려다니며 온갖 말썽을 다 부릴 때 엄마는 무척 괴로워했고 아빠는 결국 그에게 손찌검하기에 이르렀다. 엄마는 안절부절못했다. 엄마와 아빠 사이에 말다툼이 늘었다. 혹시라도 자신이 집을 나가 버리면 어쩌나 걱정하는 엄마의 마음을 피터는 알고 있었다. 그러던 어느 날 다툼을 하던 아빠가 집을 나갔다. 피터는 앞이 캄캄했다. 분명히 자기 때문이었던 것이기에 그러했다. 엄마에게 용서를 빌고 아빠 회사까지 찾아가서 용서를 빌었다. 아빠는 돌아오지 않았다. 피터는 엄마를 위로하는 데 힘썼고 엄마를 기쁘게 하려고 노력했다. 자신 때문이 아니라 아빠가 만나던 사람이 있었던 것을 알게 된 것은 훨씬 후였다.

피터가 일어서자 개들이 앞장선다. 청산 방향으로 잣나무숲 속을 부스럭거리면서 뛰는 개들을 따라 발이 푹푹 빠지는 낙엽 속을 걷는다. 백 미터가 족히 될 만한 낭떠러지가 내려다보이는 계곡에 다다르니 나무들이 햇빛을 찾아 하늘을 향해 쭉쭉 뻗어있다. 높이가 수십 미터 되어 보이는 나무들이 빽빽한 곳으로 들어섰다. 비탈에 아름 들이 오동나무 한그루가 쓰러져 있다. 강한 바람에 가지들의 무게에 못이겨 중심을 잃었지만, 다행히 옆의 가지들이 쓰러지려던 나무를 버텨준 덕분에 뿌리가 완전히 뽑히지 않고 옆으로 누운 자세다. 그렇게 쓰러진 자세인데도 몸통에서는 새로 어린 가지들이 솟고 있었다. 하늘을 향해 힘차게 솟구치는 어린 가지들의 모습이 한국전쟁사에 나오는 전쟁미망인들과 그들의 자녀들 모습이 이러했을 것 같다는 생각을 해본다. 전시에 남겨진 가족! 아이들을 위해서라도 살아야만 했던 어머니들! 자녀들이 버팀목이 되고 자녀들이 그들의 삶의 이유였던 삶 말이다.

생각에 잠긴 채로 발길을 옮기던 피터가 깜짝 놀라 발이 미끄러질 뻔했다. 돌이가 갑자기 비탈길을 질주하기 시작했던 때문이다. 잠시 후 마루도 따라서 뛴다. 사냥감을 발견한 모양이었다. 피터는 별일이 아니라는 듯 걸음을 옮긴다. 개들이 곧 돌아올 것을 알고 있었다. 산돼지가 혹 나타나더라도 감히 덤비면 안 되는 것을 개들은 잘 알고 있기 때문이다. 이토록 높은 산에는 산돼지 외에 사냥감이 없다고 했다. 늘어난 산돼지들이 토끼를 비롯해 모두 먹이로 삼아 남아나는 게 없다고 했다. 야산에는 고라니 들의 번식으로 마을주민들의 농산물피해가 이어진 지 오래다. 예상했던 대로 돌이와 마루가 금방 올라왔다. 비탈길을 달리듯 셋은 내려간다. 그 순간! 산돼지의 독특한 소리가 들리고 사냥개들의 짖는 소리가 들렸다. 다음은 두 방의 총소리! 지방자치단체가 늘어만 가는 산돼지의 숫자 줄이기 작전의 사냥이 펼쳐지고 있다.

내려가는 길은 생각보다 빨랐다. 피터가 개들에게 목줄을 건다. 마을이 가까워져 오기 때문이다. 목줄을 움켜잡고 미끄러지듯 내려간다. 잣나무 숲을 나오니 하늘이 보이고 풀숲이 넓게 펼쳐졌다. 갈

대들은 사람의 키를 훌쩍 넘었다. 풀 숲속 갈대들 사이를 부스럭거리며 씨름하듯 걷는다. 셋이 내려가는 소리에 놀랐는지 꿩 한 마리가 푸드덕 날아 도망간다. 숲속에서 나오니 마치 꿈속에서 깨어난 기분이다. 자주 오지 않던 골짜기였다. 잠시 후 다시 잣나무 숲을 만났다. 빽빽하고 키가 큰 어둠침침한 숲으로 들어갔다. 하늘은 안 보이고 햇살만 나무 사이로 빗살을 가른다.

으슥해 보이는 숲속에 세 채의 통나무집이 보인다. 하나는 제법 단단해 보이는 아담한 것과 그 옆으로는 역시 통나무로 지은, 쓰러져 가는 집 같기도 하고 헛간 같기도 한 것이 서 있다. 허름한 변소 같은 것도 그 옆에 보인다. 오래전에도 한번 와 본 적이 있지만, 귀신이라도 나올 것 같아 급히 지나친 적이 있는 곳이다. 개들을 앞장세운다.

"무슨 소리지? 사람 소리 같은데!"

돌이와 마루가 짖는다. 무슨 소리를 들었나 보다.

"조용히!"

피터가 손가락을 입에 갖다 대면서 개들에게 조용히 하라는 신호를 보낸다. 알아들었는지 조용하다. 피터는 사방을 둘러본다. 아무 것도 보이지 않는다. 발걸음을 재촉하기로 한다. 통나무집들을 지날 무렵 또 소리가 들린다. 등이 오싹하는 걸 느낀다. 발을 멈췄다. 커다란 잣나무 뒤에 몸을 숨긴다.

꽃 아득 타 기약이 없네. 잎은 하염없이 바람에 지고
만날 날은
무어라 맘과 맘은….

다시 들리는 소리! 분명히 여인의 목소리다. 그리고 그 소리는 통나무집에서 나오는 소리가 틀림없다. 흐느끼듯 흐르는 소리는 노래다. 아름다운 노래다. 처음 들어보는 노래다. 여인의 애원 어린 감정이 흠뻑 느껴진다.

피터의 어머니는 오페라를 좋아했다. 많은 노래를 알고 있고 집에 있을 땐 자주 노래를 하거나 듣는다. 이런 산속에서 노래를 부르는 여인을 생각하자 갑자기 섬뜩해진다. 내가 귀신에게 홀렸나? 귀신이라는 것이 정말 있는 것인가? 피터는 그곳을 벗어나야겠다는 생각으로 뒷걸음질을 한다. 통나무집에서 점점 멀어져가자 작아지는 노랫소리를 뒤로 서둘러 걷던 다리가 어느 사이 뛰고 있었다. 휴우!

집에 도착하여 거실로 들어서던 피터는 아직도 자신이 무엇에 홀린 기분인데 피터를 본 아휘는 급히 부엌으로 들어가서 빠른 손놀림으로 점심상을 차리기 시작했다. 피터는 뛰던 가슴이 차츰 가라앉고 빠르던 숨소리도 잦아졌다. 느릿느릿한 걸음으로 부엌으로 들어가 식탁 앞에 앉는다. 그는 피식 웃는다. 자신이 마치 어린아이 같았다는 생각이 들어서이다.

"대충 주시고 가세요. 버스 시간 늦지 마시고요."

일주일에 3일을 일하기로 되어있어 아침에 퇴근하게 되어 있었으나 아휘는 피터의 점심시간까지를 고집했다.

"내일 반찬은 냉장고에 준비해 놓았어요. 국하고 불고기만 데워 드세요."

"걱정하지 마세요. 잘 찾아 먹을게요. 저도 주말엔 서울에 가 있을 거예요."

"아! 네에, 그럼, 화요일에 올게요."

아휘가 나가자 피터는 수저로 국을 한 수저 떠서 입으로 가져간다. 아직도 가슴이 조금은 뛰는 기분이다. 통나무집들이 자꾸 떠오른다. 가만히 생각해 보면 가슴이 뛰어야 할 이유가 없다. 귀신이 있을리 없으니 말이다. 어릴 때 들은 마녀(witchcraft) 이야기의 영향이 아직도 남았었나 보다. 잠시 후 그의 수저가 바빠진다. 두어 시간 실하게 걸었으니 그럴 만도 했다.

집에서 나온 아휘는 부지런히 고갯길을 향해 걷는다. 가끔 뒤를 돌아다본다. 어린아이를 집에 혼자 두고 외출하는 엄마의 모습이다. 고갯길을 올라 모퉁이를 돌자 검정 에쿠우스 한 대가 시동을 건다. 한 남자가 서둘러 나와 차의 뒷문을 열자 아휘가 차에 오른다. 차는 곧 속도를 내면서 고갯길을 내려간다. 차가 시내를 지나 고속도로에 진입하자 아휘가 묻는다.

"어디로 가야 하지요?"

"네, 이태원 댁으로 가셔서 쉬셔도 된다고 합니다. 따님과 아드님은 잘 도착했다는 연락이 왔습니다. 개학이 모두 월요일이랍니다."

"시차 때문에 애들이 힘들겠군! 며칠 미리 떠나라고 일렀는데 말들을 안 들어!"

차가 달리는 동안 아휘는 피곤한지 눈을 감는다. 한 시간 이상 걸리는 거리를 귀찮게 생각지 않고 이처럼 매주 오가는 것은 샘에서 흐르는 샘물처럼 솟구치는 엄마의 자식 사랑 때문일 것이다.

그녀가 눈을 뜨자 남산 타워가 가까워지고 있었다. 저택들이 즐비한 비탈진 골목길에 들어서면서 속도를 줄인 차가 커다란 한옥 앞에 섰다. 이어서 차고 문이 서서히 열린다.

"이제 퇴근해도 되요. 수고했어요."

"네, 회장님. 그럼 가보겠습니다."

아휘는 서재와 사무실로 쓰고 있는 바깥채를 거쳐 마루 통로를 이어 안채로 들어간다. 오후 햇빛으로 가득한 응접실에 들어선 그녀는 들고 온 가방을 내려놓고 시원하게 트인 정원을 향해 창가로 간다. 정원에는 붉은 노송이 낮잠을 즐기고 있고 인공 연못에 두꺼비 돌 분수대는 장난하듯 입으로 물을 뿜고 있다. 담 너머로 내려다보이는 갑부들의 저택들은 사람과 차들로 붐비는 큰길을 멀리 내려다보면서 잎이 무성한 정원수들 사이에 둘러싸여 바람에 흔들리는 나뭇잎들의 이야기를 듣고 있다.

아휘는 소파에 몸을 던진다. 초등학교 운동회에서 실컷 뛰고 온 학생처럼 몸이 나른함을 느끼지만, 마음은 한없이 행복하다. 감았던 눈을 뜨자, 한눈에 들어오는 유일하게 걸린 그림 액자 한 점. 그녀가 처음으로 자신의 마음을 그려본 그림이다. 그림을 처음 그려본 것이어서 어설프고 왜 어설픈지는 모르지만 미숙한 그림임은 자신이 봐도 역력하다. 어떻게 해야 그림을 더 멋있게 그릴 수 있을까 하는 것보다는 어떻게 하면 자신의 마음을 화폭에 오롯이 담을 수 있을까 하는 것이 그녀가 바라는 것이었다. 미숙하지만 그녀가 표현하고픈 것들을 그린 것이어서 표구했다. 이젠 그림을 볼 때마다 그녀에겐 오래된 친구를 만나는 것처럼 친근해졌다. 남편 민우의 한마디, '조금 더 연습하면 훌륭한 그림을 그릴 수 있겠는데!'라면서 칭찬인지 비평인지가 애매한 한마디를 던진 것이 그녀의 신경 작은 귀퉁이를 건드렸다. 하지만 아휘는 좋은 자극제가 될 수 있는 한마디라고 받아들였다.

아주 어린 시절 외에는 주로 도시 생활을 해온 아휘는 산골에서 피터의 집안일을 돌보아주면서 여러 이유로 행복하고 즐겁다. 그중에서 자연에 관해 많은 것을 배우게 된 것을 무엇보다 귀중하게 생각하고 있다. 자연 속에서 인간사회와 같은 공통점들을 볼 수 있게 될 줄은 예상치도 상상치도 않았던 일이다. 신기한 일이 한둘이 아녔다. 남성과 여성, 암탉과 수탉, 그리고 암캐와 수캐뿐만 아니라 꿩, 박새, 산돼지, 고라니 등등. 암컷과 수컷들의 생태들을 보면서 그것들이 암수의 인간관계와 많이 닮았다는 생각을 하게 되었다. 그러면서 모든 자연의 미세한 부분들까지도 눈여겨보면서 새삼 자연의 생태를 깨우치고 있다.

박새들은 암컷이 알을 품고 있는 동안 수컷이 벌레들을 잡아다가 암컷의 입에 넣어주는 것처럼 암컷을 돌보는 수컷이 있는가 하면 남의 둥우리에 도둑처럼 알을 낳을 뿐만 아니라 주객이 전도되어 둥지 주인의 알은 모두 밀려나고 뻐꾸기 새끼만 키우는 산비둘기도 있듯이, 인간사회에도 비도덕적인 기생충 같은 인간들이 득실거리니. 그보다 더욱 놀라운 것은 수컷들의 호전성이다. 수탉의 행동은 그 정도가 세상에 알려진 잔인한 전범을 상기시킨다. 또한, 반면 암컷들은 새끼를 위해 희생을 각오하고 수컷들이 싸우는 틈에서 허우적거리면서 살아간다. 아무리 주의를 해도 때론 병아리가 싸우는 수탉들 사이에서 깔려 죽기도 한다. 물론 때론 암탉 자신이 희생물이 될 수도 있다. 수컷들은 싸우는 게 본능인 듯…. 그녀의 그림은 그런 맥락을 그려본 것이었다. 싸우는 수탉들 속에 암탉과 병아리 그리고 주인을 충성으로 보호하는 암캐 한 마리.

이 한 점의 그림 외에는 벽의 한쪽 구석에 걸려있는 전화가 모두이다. 텅 빈 것 같은 커다란 응접실은 피곤한 하루의 생활을 내려놓기에 차라리 족하다.

서재로 들어선 그녀는 동쪽으로 난 작은 창밖에 꽃들은 지고 잎들로 무성해진 목련 나뭇가지에 앉아 짖어대는 까치 한 마리를 발견한다. 무어라 자신에게 하고 싶은 말이라도 있는 듯 까까! 까까!를 계속한다.

"다른 기쁜 소식이라도 있단 말이냐?"라고 물어보기라도 하는 얼굴로 그녀는 엷게 웃으면서 까치를 한참 동안 바라본다. 까치가 기쁜 소식이라도 줄 거라고 믿어서가 아니지만, 그냥 그렇게 어리석어 보고픈 모양이다. 한없이 까치를 쳐다보고 섰다. 한쪽 벽에 걸려있는 커다란 가족사진 액자 속의 식구들이 그런 그녀를 내려다보듯.

"욕심은 끝이 없어, 더 좋은 소식을 기다리다니!"

그녀의 혼잣말이다. 사실 더 좋은 소식이란 있을 수가 없다. 단지 습관의 연속일 뿐이다. 오랜 세월을 잃었던 아들을 찾아 자신의 손으로 따뜻한 밥상을 차려주는 꿈을 꾸어 왔는데 그 꿈이 이루어진 것이다.

문이 열리면서 사십쯤 되어 보이는 여인이 아휘에게 묻는다.

"상 차릴까요?"

"아니에요, 씻고 나서 그이 오면 같이 먹을게요."

아휘는 따뜻한 물에 몸을 담그고 눈을 지그시 감는다. 지난 사흘을 힘든 줄 모르고 보냈는데 오십이 훌쩍 넘은 그녀의 몸은 꽤 피곤했던 모양이다. 사실 그녀는 집안일을 안 한 지가 이십여 년 되었다. 결혼 초기에는 남편 민우가 집안일을 해주었고, 교육과정을 마치고 아내가 운영하고 있던 제약회사를 민우가 맡아서 하게 되면서 김 씨 아주머니가 집안 살림을 맡아 이십여 년 꾸려왔다.

따뜻한 물에 담긴 몸이 천근으로 느껴진다. 얼마가 지났을까 꿈인지 생시인지 누군가의 대화 소리에 눈을 뜬다. 남편 민우가 귀가한 모양이었다. 목욕탕에서 나온 그녀는 헐렁한 면 가운을 몸에 두르고 식탁 앞에서 스마트 폰을 들여다보는 민우 앞에 앉는다. 그가 고개를 들고 그녀의 얼굴을 응시한다.

"힘들지요!"

"아니!"

"그렇게 행복해요?"

"응! 정말 행복해. 가끔 내가 꿈을 꾸는 것은 아닌가 해. 이런 날이 올 수도 있다고 일찍이 생각했으면 내 과거가 덜 힘들었을 거야. 자기는 몰라. 내가 얼마나 긴 세월을 죄책감 속에서 힘들었는지를. 하루도 그 애를 잊은 적이 없었으니까!"

"그랬겠지요. 자식을 잃은 어미였으니! 내가 많이 미안해요."

"그나저나, 피터가 무척 힘든가 봐. 도와줄 수는 없겠지? 그 아랑이라는 아가씨에 대해서 좀 알아볼 수 없을까?"

"글쎄요! 그런 거 알기 쉽지 않을걸요. 그리고 그 부모들이 그토록 강하게 반대하면 잊어야지요. 뭐!"

"남의 말 하듯 하지 마. 우리 아들 이야기야! 그들의 사랑이 그리 쉽게 잊을 수 없다면? 어린 나이들도 아닌데. 결혼하기로 서로 약속까지 한 사이라면 여자의 입장에서도 잊지 못할 수도 있어. 요즘 여자들이 결혼하려 하지 않아서 걱정인 부모들이 많은데 저러다가 아랑이라는 아가씨가 독신을 고집하면 어쩌나! 아 참! 나, 당신에게 부탁이 하나 있어."

"부탁 요? 무슨 부탁?"

"동대문 시장엘 좀 다녀와."

"동대문 시장은 왜?"

"실내화 좀 사다 달라고."

"며칠 전에 동대문 다녀오지 않았어요?"

"그때 갔었는데 사지 못하고 그냥 왔어."

"왜요?"

"그게…."

허술한 옷차림으로 다니는 아휘는 때때로 오해를 받곤 한다.

동대문 시장에서 사 온 실내화가 피터의 집에서 신어보니까 꽤 실용적이라고 생각한 그녀가 몇 켤레 더 사기 위해 집을 나갔다. 그런데, 동대문 종합시장에서 돌아온 아휘의 손은 빈손이었다. 사연이 재미있었다. 몇 년 만에 갔던 동대문 시장이라 같은 가게를 찾는데 꽤 오래 걸렸다. 마침내 가게를 찾은 게 기뻐서 반가운 얼굴로 가게를 들어서자 가게주인 부부가 마주 앉아 점심을 시작하고 있었는데 쟁반에 배달해온 음식이었다. 아휘를 보자 일어서려는 여주인에게 아휘는 미안한 마음에 그녀를 말리면서 구경만 할 거라고 말하면서 가게를 서둘러 나왔다. 이곳저곳을 두리번거리면서 시간을 보낸 다음 점심이 끝났을 것 같은 시간에 다시 그 가게를 찾았을 때는 식사가 끝나 쟁반이 한쪽 옆으로 밀어져 있었고 그릇들은 비어 있었다.

"점심 맛있게 드셨어요?"

라고 아휘가 가게주인에게 인사를 하자 가게주인이 대답하기를,

"네, 그릇 가져가셔도 돼요!"라고 말했다. 당황한 아휘는 실내화를 만지작만지작하면서 망설이다가 아무래도 자신이 식당 배달원이 아닌 걸 알게 되었을 때 가게주인이 무안해할 것 같아 물건을 사지 못한 채로 가게를 나왔다는 것이었다. 아휘는 결국 민우에게 부탁하기에 이르렀다.

"당신이 사다 주면 안 돼?"

"안 될 건 없지만 무슨 실내화인지 그 집에만 있어요?"

바닥이 두툼한 실뭉치로 되어있어 푹신해서도 좋지만, 바닥을 걷는 대로 걸레질을 겸할 수 있어 부엌 바닥에 물이 떨어지면 발로 쓱 문질렀다가 세탁기에 빨면 되었다. 결국은 민우가 다시 가서 여러 켤레를 사 왔다. '어미의 자식 사랑'이 회장인 그녀가 부엌 바닥에 떨어지는 물방울 걱정을 하면서, 해본 지 오랜 바닥 걸레질을 엎드려서 안 하고 발로 해결해낸 이야기다.

# 제2장

# 피터와 마크

피터가 작은 사무실의 문을 열고 들어서자 옹기종기 앉아 일에 열중하던 직원들 모두가 그에게로 시선을 돌린다.

"어이 피터! 전화는 왜 그렇게 안 받는 건데?"

마크가 자리에서 벌떡 일어서면서 오랜만인 동료들과 악수를 하는 피터에게 불만을 토로한다. 머리통이라도 쥐어박을 기세다.

"깊은 산이라 전화가 안 될 때가 있어. 미안해, 형!"

처음 만나서부터 피터는 그가 한 살 위라는 걸 알고서 그를 형이라 불렀다. 형이라 부르는 것은 여러 가지 상징성을 느끼게 하기 때문이다. 마크도 형이라 불러주는 걸 무척이나 좋아하는 눈치다. 마크도 친구들에게 소개할 땐 반드시 자기 동생이라고 소개한다. 특히 한국에서 그렇다. 내 동생 피터라고. 입양서류에 적힌 그의 생모가 지어준 이름이 아니고 세라가 지어준 이름이다. 마크의 이름도 입양 모가 지어준 이름이다. 그는 부산역 객실에서 발견되었는데 그가 생후 몇 주 밖에 안 된 아기였다는 것 이외에는 아무런 정보도 남긴 것이 없었다. 그러다 보니 생일도 정확한 날짜를 모른다고 했다.

피터가 서울에 있을 땐 거의 매일 마크를 찾는다. 삼여 년 전에 런던 직장을 그만두고 사랑하는 여인을 따라서 한국에 왔을 때 용돈을 벌기 위해 일하던 임시직장이었다. 외국인투자회사로 직장을 옮기고서도 점심시간이면 이곳을 들르곤 했었다. 가깝다는 이유도 있었지만, 자신이 그만두면서 그 자리에 소개한 마크는 피터에게 특별한 존재이기 때문이다. 두 사람은 런던에서 대학을 다닐 때부터 알던 친구였다. 대학가 모임에서 처음 만난 그들은 서양 이름을 가진 동양 얼굴이라는 공통점이 서로를 끌어당겼다. 그들은 서로가 또 다른 공통점이 있음을 느낌으로 알았다고 했다. 입양인이라는 것. 한국 사람의 독특함이 통했던 모양이다. 한 살 위인 마크는 덴마크에서 왔다. 피터는 스웨덴에서 입양되었지만, 어머니가 영국계이어서 고등학교 때 런던으로 건너갔다.

마크의 부모는 자녀들을 키운 덴마크 집에서 조용한 노후를 보내고 있고, 누나가 둘에 형이 하나 있다. 형제들이 입양된 어린 마크를 무척이나 귀여워했다. 마크는 가끔 형제들과 북적이던 어린 시절이 그립다고 그의 엄마 메리의 어깨를 주무르면서 말하곤 했었다. 이제 형은 결혼해서 자녀들을 두었고 누나들은 남자친구들과 동거 중이면서 아이들도 하나씩 두었다. 어머니가 결혼 이야기를 꺼내면 누나들은 결혼식은 형식일 뿐이라면서 동거가 곧 결혼이라고 했다. 물론 동거가 별거가 되면 그것은 이혼이 되는 것이다. 사실 마크의 어머니도 그들의 말에 동의하는 편이다. 이런 현상은 법적 결혼에 따르는 구속에서 자유로울 수 있는 사회적 조건이 조성되어 있다는 증거이며 또한 여성에 대한 사회적 인식이 높다는 말, 그 자체일 것이다.

피터도 형과 누나가 있다. 누나가 한 명 더 있었으면 좋았겠지만 유감스럽게 유산되었다고 했다. 형과 누나는 모두 자기 직업에 몰두하면서 세계를 자기 손바닥처럼 들여다보면서 바쁜 삶을 산다. 누나는 기자이어서 바쁘고 형은 환경보호가 이어서 바쁘다. 그리고 그의 엄마는 여성 운동가여서 그들의 대화는 주로 세계에 관한 것들이다. 누나는 정치, 전쟁, 그리고 무역 이야기, 형은 아프리카의 줄어드는 코끼리, 북극의 빙하, 곰 이야기, 그리고 요즘은 호주가 겪고 있는 산불 이야기다. 엄마는 아랍, 그리고 지참금과 연관된 인도 여인들의 비극적 사건들에 대해 말한다. 특히 남아 선호사상으로 성차별적 낙태는 물론이고 병원을 갈 수 없는 여인들은 남편과 시집 식구들의 압력에 못 이겨 갓 태어난 여아를 물에 질식사시키는 이야기, 그런 가정에서 피터는 자라왔다.

남아인 자신을 버린 이유는 아이러니하게 남아선호사상이 강하던 한국에서 자신의 생모가 미혼모여서 버렸다고 한다. 가문을 중요시하는 아버지의 체면 때문에 어머니가 딸에게 저지른 실수였을 것으로 추측하고 있다. 이것도 물론 엄마, 세라가 해준 이야기들을 종합해서 하는 추측일 뿐이다. 생모의 잘못이 아니라고 말을 해 주기 위한 변명일지도 모른다. 피터에게 세라가 생모로부터 버림받았다는 생각을 피터가 하지 않도록 하는 말이기도 하다. 자식을 버리면서 가슴 아프지 않은 엄마는 세상엔 없다면서 생모를 찾아서 자신이 이렇게 잘 자랐다고 위로해 주라는 것이 세라의 지론이다. 사실 피터는 자신의 생모도 자신이 읽고 있는 '책 속의 미혼모'처럼 입양 보낸 자식을 그리워하면서 살고 있을지도 모른다는 생각을 가끔은 한다. 세라와 유난히 가까운 피터는 생모 생각을 별로 하지 않으면서 자라왔다. 세라가 생모들의 아팠을 마음에 대해 자주 이야기했지만 아주 어릴 때부터 들어오던 말이어서 인지 한 귀로 듣고 한 귀로 흘렸을 뿐 크게 가슴에 와 닿지를 않았었다. -우리가 읽어야만 될 중요한 책- 이라면서 마크가 준 책 때문에 처음으로 생모에 대해 생각을 하게 되었다. 그렇지만 이것 역시 책 속의 이야기일 뿐 현실처럼 실감이 나지는 않는 게 사실이다.

점심시간이 되자 두 사람은 함께 자주 가는 냉면집으로 향했다.

"여기 비빔 회냉면 둘 주세요."

둘은 얼굴을 마주 보며 앉는다. 마크가 피터의 얼굴을 응시한다. 그러다 잠시 후 입을 열었다.

"아랑이 찾아 왔더라. 몹시 힘든가 봐. 아버지에게도 미안하다면서 평소에 자기 일이라면 무엇이든 적극적으로 지원하던 아버지였기 때문에 아버지를 너무 믿기만 했다고 하더라."

"지가 미안해할 일이 아니지. 나는 아랑 부모님들 이해해. 사실이 잖아. 성도 이름도 없는 놈인 것, 혈통주의인데. 유교라는 관념, 그 문화 속에서 살아온 사람들이고, 남자의 성을 기둥 인양 부둥켜안고 살아온 게 몇백 년인데…! 문화란 그 속에 사는 사람들의 살아가는 생활양식이니 그 사회의 구성원으로서 습득한 문화의 지배를 받는 것은 당연하지. 그들의 문화는 그들 자체이니까. 서양은 다른가? 서양은 한술 더 떠. 미쎄스 스미쓰라는 말은 스미쓰라는 남자에 속한 여자라는 뜻인 걸 알면서도 계속 사용하고 있잖아! 한국은 여자들이 결혼해도 최소한 그녀들의 성을 잃지는 않아."

감정을 다스린 냉정한 어조로 조곤조곤 말하는 피터를 보는 마크는 마음이 아팠다.

"그래도 말이 안 되는 건, 비록 내가 기차역에서 발견된 아이라 해도 나에게도 부모가 있을 것이고 누구인지를 모를 뿐이지 성도 이름도 없는 사람이 세상에 어디 있니. 그건 억지야. 게다가 너는 너의 어머니가 지어준 이름이 있고 성은 엄마의 성이라면서!"

"아버지 성이 필요한 거지."

"낳기를 엄마가 낳았는데 왜 엄마 성을 가지면 안 되는데? 사실 따지고 보면 어머니 성을 갖는 게 더 합리적이지 않은가? 동물학자들은 동물을 연구할 때 수컷의 디엔에이가 필요하지 않다고 해. 암컷이 필요해. 그럴 수밖에 없어. 미토콘드리아 등 다른 세포기관의 디엔에이는 암컷만이 홀로 제공한다고 생물학자가 밝혔어. (최제천 2003) 생물학적으로 보면 자녀가 엄마의 성을 따르는 게 더 합리적이라는 얘기지. 그리고 아랑이의 아버지의, 아버지의, 또 그의 아버지의…. 성은 처음 어디서 온 걸까? 어차피 어느 여인의 아들이었겠지? 그리고 그때는 모계사회가 아니었을까?"

"아랑이가 불쌍하다. 이러지도 저러지도 못하는 그 심정은 오죽할까. 그래서 내가 훌쩍 런던으로 떠나려고 해. 엄마도 보고 싶고. 요즘은 엄마가 그리워. 말은 안 해도 우리 엄마도 내가 많이 보고픈 가 봐."

"야! 너의 엄마는 아직 젊으시잖아. 우리 엄마는 오죽하겠니. 아 들, 딸 출가해서 멀리 떠나 살고 있고 막내인 나까지 여기 와 있으니, 그래서 한국 속담에 머리 검은 짐승은 거두는 게 아니라고 했다더라. 그 은혜를 모른다는 뜻이겠지."

"그럼 검은 머리 아닌 노란 머리는 괜찮은 건가?"

"하! 하! 그런 말은 아니고!"

얼음이 버적거리는 냉면이 나왔다. 보기만 해도 혀가 쓰려 온다. 그런데도 냉면 위에 얹힌 붉은 양념이 입맛을 돋우었다. 사실, 삼 년 전 아랑과 셋이 이곳에 왔을 때만 해도 냉면이 어찌나 맵던지 몇 젓 갈 먹고는 물만 들이켰다. 아랑이 그릇을 비우는 모습에 피터는 그녀 의 뱃속은 자신과 어떻게 다르게 만들어졌을까 생각해 보았다. 마크 도 자신과 다르지 않았다. 냉면 한 젓가락에 물 한 컵의 비율로 겨우 겨우 그릇을 비웠다. 삼 년이 지난 지금은 냉면을 향한 강한 욕구에 둘은 욕구불만을 풀 듯 타는 혀를 달래면서 한 그릇을 비우곤 한다.

"서울에 며칠이나 있을 거야?"

"내일 아랑이 만나려고."

다음날 피터는 아랑을 만났다. 아랑은 피터가 무슨 말을 하려는 지 짐작하고 있었다. 원래도 말이 많지 않은 그녀이긴 하지만 아무 말도 못 하는 그녀를 보는 피터의 마음도 힘들기는 마찬가지였다. 해 결책이 없다고 단정한 피터는 단호한 말과 행동으로 그녀에게 이별 을 고했다. 그의 가슴은 매우 아팠다. 그러나 그녀를 놓아주는 게 도 리라고 생각하였기에 용기를 내서 일부러 냉정한 태도까지 취한 자신이 잘했다는 생각이다.

　어느결에 고속도로를 벗어나 고개를 넘자 아늑한 가마골이 커다란 가마솥처럼 둥글게 그늘을 만들면서 그를 품어준다. 피터가 가마골이라는 이름이 가마솥 같아서 붙여진 이름이라고 믿는 것은 아니다. 다래 엄마의 숯을 만들던 가마가 있었다는 말에 무게를 두는 편이다. 집이 가까워지자 어떻게 아는지 마루와 돌이의 반기는 소리가 들린다. 컹! 컹! 멍! 멍!

　집에 들어선 그는 약 일 년 전, 처음 이 집에 발을 들였을 때가 생각났다. 그때도 오늘처럼 머릿속이 하얗고, 생각이 실타래 엉키듯 엉켰었다. 아랑의 부모에게 처음 인사 겸 결혼허락을 받을 셈으로 찾은 그에게 아랑의 아버지는 성이 없는 남자에겐 딸을 시집보낼 수 없다면서 아무 말도 하지 말고 나가라고 했다. 그는 자신의 성이 어머니의 성을 이어받은 것이라고 설명을 하려고 했지만, 아랑의 아버지는 듣고 싶지 않다면서 고함까지 지르는 바람에 피터는 인사를 하고 방을 나왔다. 아랑과 아랑의 어머니가 잡는 팔을 뿌리치고는 도망치듯 떠나오면서 생전 처음으로 경험한 좌절감, 모욕감, 그리고 인간에 대한 실망감으로 슬픈 가슴을 안고 목적 없이 길을 나섰었다. 절망적인 날이었는데 침을 꿀떡꿀떡 삼키면서 견뎌온 대가가 이 집에 도착한 것이었다. 도착, 도착의 시작점이라 할까. 그런 것이었다.

　이곳에 오기 하루 전, 피터는 자신이 누구인가를 묻고 있었다. 그의 마음은 여러 갈래로 흩어져 있었다.

　"나는 누구일까? 나의 근거는 없단 말인가? 근거 없는 사람은 없을 테니, 그렇다면 나의 근거는 어디일까? 아버지는 누구이며 어머니는 누구일까? 왜 그들은 나를 버린 것일까? 아버지가 혹은 어머니가 아니면 다른 사람이 나를 버리도록 한 것은 아닐까? 아니면 그들은 불행한 일로 이 세상을 떠난 것인가. 아니, 이 나라 어디에 이 순간에도 숨을 쉬며 살아 있는 것은 아닐까! 혹시 내 생각을 하는 건 아닐까."

자신에 대한 정보란 생년월일과 이규열이라는 이름, 그리고 그가 태어난 경기도 포천의 한 병원이다. 그 병원의 이름과 주소가 그가 알고 있는 모두였다. 그는 자신이 태어났다는 병원 주소를 찾아갈 생각을 왜 하고 있는지 모른 채, 찾아가서 무엇을 알아보려는 것인지도 생각해 보지 않고 그냥 길을 나섰다. 자신의 그루터기를 찾아보고 싶었는지도 모른다. 포천 시청건물 뒤편에 있을 병원은 쉽사리 찾을 수가 없었다. 샛길을 돌고 또 돌아보아도 병원은 보이지 않았다. 주민으로 보이는 한 중년 남자에게 주소와 병원 이름을 보여주면서 길을 묻자 그가 팔을 높이 들어 가리킨 건 아파트였다. 병원 대신 고층 아파트들이 하늘 높은 줄 모르고 우뚝우뚝 줄을 지어 병원 자리에 서 있었다.

아파트 후미에 먼 산을 바라보다가 어딘가로 가야만 했다. 사거리 방향 표시판이 호병 골이라고 가리키는 곳으로는 개울이 흐르고 있었다. 개울을 따라서 정답게 다듬어진 붉은 흙의 산책로는 그에게 내민 따뜻한 손처럼 보였다. 피곤한 줄 모르고 졸졸 흐르는 물소리를 친구 해서 걷기 시작했다. 나지막한 물소리와 햇빛에 반사되어 반짝이면서 흐르는 물은 어느새 친구가 되어 '모든 게 잘 될 거야. 걱정하지 마라' 속삭이는 듯했다. 피터는 걷고 또 걸었다. 소나기가 쏟아지기 직전의 먹구름이 덮인 하늘처럼 무거운 마음과 머릿속이 서서히 밝아 오고 있었다. 복잡했던 가슴도 서서히 차분해 지면서 눈을 뜨고도 눈으로 들어오지 않던 주변의 아름다운 자연이 보이기 시작했다. 언덕에는 옹기종기 옛날 집들이 이마를 맞대고 이야기라도 하듯 모여 있고 개울이 조금씩 좁아졌다. 커다란 산을 등에 지고 있는 마을 앞에 다다르자 개울은 산골짜기에서 내려오는 물과 합류했다. 골짜기는 산을 향해 뻗어있었다. 어느결에 그는 산을 향해 걷고 있었고 그의 머릿속은 바람에 낙엽이 날아가듯 생각들이 스러지고 있었다. 생각들이 날아가자 가슴이 시원해지고 콧속으로 산 내음을 맡을 수 있었다.

그는 계속 걸었다. 끊어지지 않고 꾸준히 오르는 등산객들을 따라서 걷다 보니 왕산사라는 절에 도착했다. 어떤 사람은 절로 들어가서 무릎을 꿇는 사람도 있고 어떤 사람은 사진을 찍었다. 피터는 잠시 머물다가 절을 비켜서 산으로 향하는 사람들의 뒤를 따르고 있었다. 산속은 평화 그 자체였다. 피터가 필요한 것은 마음의 평화로움이었다. 평화로움을 가슴에 움켜쥐고 걷고 걸었다. 산등성이에서 보이는 것은 잣나무 숲과 군데군데 참나무와 소나무들이었다. 물줄기를 따라 올라왔고 등선을 넘어 내려갔다. 산 정상에서 돌아내려 가는 사람과 고개를 넘는 사람들이 있었다. 피터는 고개를 넘었다. 사방은 조용했다. 바람 소리도 없는 고요함이 흘렀다. 피터가 갑자기 발을 멈춘다. 인기척을 들었다. 사방을 둘러보았다. 저만치 아래쪽 골짜기에서 누군가가 세수를 하는 게 보였다. 물가에는 작은 배낭과 지팡이 그리고 모자가 놓여 있었다. 등산객인 것 같았다. 마음을 놓은 피터가 헛기침을 한번 한 다음 미끄러지듯 아래로 향했다. 등산객은 피터가 오던 길로 올라가던 사람이었다. 피터는 그가 온 반대쪽으로 내려가고 있었다.

피터는 그가 내려온 고개를 다시 올라 고개 너머로 보이는 마을로 내려갔다. 마을은 '깊이울'이라는 곳이었다. 유원지인지 식당들과 물놀이 하는 곳이 있고 커피숍들이 있었다. 그러고 보니 열두 시가 훨씬 넘은 시간이었다. '깊이울 오리집' 앞에 차들이 빼곡히 있는 것으로 보아 잘하는 식당인 것 같았다. 목도 마르고 배도 고팠다. 냄새는 허기진 그를 유혹했고 오리고기는 맛있었다. '깊이울'이라는 마을 이름도 예쁘다는 생각이 들었다. 식당은 사람들로 붐볐고 끼리끼리 친구 해서 온 사람들은 기분 좋게 대화를 나누면서 크게 웃는 소리가 통쾌하게 들렸다. 식당을 나온 피터는 다시 물이 흐르는 골짜기를 따라 완만한 산길을 따라 올라갔다. 등산객에 의하면 고개를 하나 더 넘으면 마을이 또 하나 나온다고 했다. 그런데 아무리 걸어도 마을이 나오지 않았다. 몇 봉우리를 오르고 내리기를 반복했다. 결국, 내려와 보니 어떻게 된 일인지 자신이 들어갔던 식당 근처에 다시 와 있었다. 두어 시간 만에 제자리로 되돌아온 것이었다. 마을 사람들의 설명을 듣고 이번에는 산골짜기 물줄기를 따라 걸었다. 능선을 넘은 것은 느지막한 오후였다.

해가 서쪽 산을 넘어가기 직전에 도착한 곳은 가마골이라는 마을이었다. 다리도 아파지고 목도 마르고 하여 물 마실 곳이 없을까 하고 두리번거리던 중에 큰 집의 대문을 나서는 여자 노인 한 분을 목격했다. 피터가 점잖은 차림의 교양 있어 보이는 부인에게로 다가 갔다. 그리고 목이 몹시 마른다고 말했다. 부인은 지체하지 않고 잠 근 대문을 열면서 피터를 집 안으로 안내했다. 염치불구하고 따라 들 어가서 꿀꺽꿀꺽 물을 마시고 나서야 어르신이 포천 시내에 사는 딸 네 집에 가려고 나가던 길이었다는 걸 알게 되었다. 고맙다는 인사를 하고 나가려 하자 부인은 어디선가 많이 보던 얼굴이라면서 궁금해 하는 표정이었다. 결국, 이런 이야기 저런 이야기, 마을에 관한 이야 기를 비롯하여 산에서 나는 약초 이야기, 새들에 관한 이야기 등, 시 간 가는 줄 모르고 이야기를 나누다 보니 저녁때가 되어 간단한 식사 대접까지 받게 되었다. 대화를 나누는 중에 피터는 노인이 가마골에 서 '윤 박사'로 존경받는 어른임도 알게 되었다. 어느새 날이 어둡기 도 했지만, 무엇보다 배도 부르고 많이 걷기도 해서인지 피터는 몸이 천근처럼 무겁게 느껴졌다. 윤 박사가 보기에도 피터가 많이 피곤해 보였던 모양이다. 감기는 눈을 부릅뜨려는 그의 얼굴을 보면서 윤 박 사는 웃음이 나오려는 걸 참고 이야기를 계속했다. 더 이상 참을 수 가 없었던지 피터가 하룻밤을 묵어가도 되겠느냐고 묻는다. 윤 박사 는 기다렸다는 듯이 받아들인다. 윤 박사는 가방에서 전화를 꺼내더 니 딸에게 다음날 가겠다고 말했다. 피터는 딸과의 전화 내용까지 듣 고 나니 긴장이 풀렸는지 묻지도 않았는데 자신에 대한 사생활을 서 슴지 않고 털어놓는다. 윤 박사도 자신은 칠십이 넘었다고 하면서 딸 이 시내에서 함께 살기를 원하고 있으나 살던 집을 떠난다는 게 그리 쉬운 일이 아니라고 말한다. 사회학박사인 노인은 오랜 도시 생활을 청산하고 퇴직 후 이곳 산속으로 들어와서 전원생활을 즐기고 있었 다. 포천 시내에서 살고 있다는 그녀의 외동딸은 윤 박사를 매일 보고 싶어 하여 가끔 딸네 집으로 간다고 했다. 산속에서 홀로 사는 엄마가 걱정되어서 함께 살자고 하는 것일 터였다.

피터와 윤 박사는 밤늦게까지 이야기를 나누었다. 피터는 마치 자신의 고향에라도 온 것처럼 마음이 푸근함을 느꼈다. 그의 아픈 심신이 숲속의 자연과 합류되었던 것일까. 마음이 편안하니까 세상이 달리 보이고 살맛이 났다. 자연 속에서의 생활을 해보고 싶다는 생각을 하는 순간 피터는 그가 좀 더 길게 가마골에 머물 수 있을까 생각하고 있었다. 인연이 되려면 이런 일도 일어나나 싶었다. 피터는 그녀의 집을 빌려 당분간 머물고 싶다고 했고 윤 박사가 이를 받아들였다. 윤 박사는 피터에게 집을 맡기고 딸네 집에 가서 지낼 수 있게 되어 기쁘다고 했다. 마루와 돌이는 피터가 돌보고 싶다고 자청하고 나섰다. 산으로 개들과 같이 산책하러 갈 생각이었다.

윤 박사의 가슴은 진작부터 울렁거리고 있었다. 밝은 아침 햇살에 비추어진 피터의 얼굴이 세월이 지났어도 틀림없는 자신과 피터의 외할머니가 십여 년을 찾다가 포기한 아휘의 아들임이 틀림없었기 때문이다. 피터가 입양된 후에도 아이가 잘 자라고 있는지를 알아보기 위해 세라를 찾아간 적이 있었다. 세 살쯤 되었을 때였다. 거실의 소파 팔걸이에 부딪혀서 눈 섶에 상처가 났었는데 그 상처가 피터의 얼굴에 어렴풋이 남아 있는 것이었다.

"이럴 수도 있구나! 이게 기적이 아니면 무엇이 기적이겠는가!"

윤 박사는 혼잣말을 하면서 흥분해 있었다. 자기 방으로 들어가서 아휘에게 전화를 한다. 많이 흥분한 윤 박사는 긴 설명이 필요 없었다. 아휘의 아들임이 틀림없다고 장담했다. 아휘는 차분히 반응했다.

"호주에는 아직 연락하지 말아 주세요. 친정어머니가 아시면 당장 달려오실 거예요. 어머니가 오시면 안 돼요. 당분간은 그 아이에게 제가 하고 싶었던 어미 노릇을 하고 싶어요. 제가 무슨 자격으로 그 애 앞에 나타나서 '너의 어미다' 할 수 있겠어요. 밥이라도 해 주면서 서서히 사귀고 싶으니 저를 가정부로 쓰도록 해주세요."

"그래. 그렇게 하자. 너의 말도 일리가 있다. 너의 엄마한테는 아직 알리지 말자."

"참으로 반가운 소식 주셔서 고맙습니다. 윤 박사님. 은혜는 잊지 않을게요. 그리고 저를 이 씨 아주머니라고 부르도록 해 보세요. 혹시 이름을 묻거든 모른다고 해 주시고요."


전화통화를 마친 윤 박사가 방에서 나와 응접실로 향한다. 그리고는 피터와 대화를 계속한다. 많은 걸 알고 싶은 그녀의 심정이다. 어떻게 살아왔는지를 모두 듣고 싶은 것이다. 결국, 피터는 자신의 한국이름이 이규열이라고 말한다. 그러자 윤 박사의 눈빛이 잠시 초점을 잃은듯하다가 이내 밝은 표정으로 이야기를 계속한다. 그의 아버지 이름을 묻는다. 결국, 피터는 자신이 태어난 지 불과 삼 일 되던 날 홀트 아동복지회를 통해 이미 정해진 입양 부모에게 넘겨져 아버지의 이름을 알 수 없다고 세라에게서 들은 이야기를 한다.

이야기는 점점 발전해서 피터는 아랑의 부모를 만난 이야기와 자신의 뿌리를 찾아 나섰다가 이곳까지 오게 된 이야기도 서슴지 않는다. 산속을 오래도록 걸어서인지 이곳에 오면서 마음이 많이 편안해졌고 어느새 산이 좋아졌다고도 한다. 피터가 자신이 태어났다는 병원을 찾아 헤맬 때만 해도 사실 피터는 제정신이 아니었다. 자연의 신비로운 힘의 영향을 받아 마음이 차분히 치유된 것이라고 피터는 믿고 있었다. 그래서 자연 속에서 조금 더 지내고 싶어졌다. 이런 상황이 될 줄은 자신마저 예상치 못했던 게 사실이다. 그의 이야기를 듣고 난 윤 박사는 그에게 아주 잘 했다고 말하면서 그들의 만남은 우연이 아니라 필연인 것 같다고 한다. 물론 피터는 알아들을 수 없는 말이었다. 피터도 어제까지도 상상치 못했던 현 상황이 조금은 황당하다고 생각하면서도 그답지 않게 기분 가는 대로 몸과 마음을 맡기고 있었다.

이유를 모르게 마을이 친근하게 느껴졌고 마을에서의 하루하루가 자신이 마치 꿈을 꾸고 있는 게 아닌가도 생각했지만, 인생은 어차피 긴 여행이라면서 피식 웃었다. 그렇다고 피터가 아랑을 잊은 것은 아니다. 한시도 잊지 못했다고 함이 옳을 것이다. 구김 없이 솔직한 아랑이 얼마나 힘들 가를 생각하면 가슴이 아리다. 특히, 무감각한 그녀의 아버지가 원망스러웠다. 꾸밈없는 그녀의 요청은 곧 그녀의 가슴임을 아버지라는 사람이 모를 리 없건만…. 쓸쓸한 입맛을 시원한 지하수로 적시고 피터는 마루와 돌이와 함께 산을 향해 걸었다.

처음 며칠은 피터를 낯설어하던 마루와 돌이가 잘 따라주어 기분이 좋았다. 비록, 아랑이 자리하고 있는 그의 가슴 한구석에는 슬픔의 비가 쉬지 않고 내리고 있지만, 엄마가 떠올랐다.

"Hello mum!"

"무슨 일 있었니?"

"아니요!"

"그런데 왜 그리 통화가 어려워? 어제도, 그제도, 그리고 그끄제도 전화 여러 번 한 것 모르고 있었어?"

"오늘이야 알았어요. 전화기를 잃었었거든요. 걱정 끼쳐 죄송해요. 엄마."

"그럼, 아랑을 만났겠구나. 내 안부 전했겠지?"

"아뇨. 못 만났어요. 바쁜가 봐요."

"너희들 무슨 문제가 있구나. 그래서 네가 전화를 못 받은 거구나. 네가 무슨 잘못을 했구나?"

"왜, 엄만 항상 내가 잘못했을 거로 생각하세요? 나, 잘못한 것 없어요."

"아랑이 잘못했을 리는 없으니 말이지. 맑은 그 애의 마음속을 너는 읽을 수 있다고 항상 말했잖아. 그 애를 슬프게 하지 마라! 그 애의 마음이 변했다면 그건 너에게 문제가 있다는 증거야."

피터는 아무 말도 할 수 없었다. 사실을 이야기하면 엄마의 가슴이 아플 테고 거짓은 말하기 싫고, 그의 가슴속 부슬비는 소나기로 변하고 있었다. 목이 메려 했다.

"엄마, 나, 곧 귀국할 거에요. 아랑 얘기는 그때 자세히 해요. 안녕!"

피터는 울음이 터질 것 같았다. 꿀꺽꿀꺽 눈물을 삼킨다. 터지려는 울음을 노랫소리로 가리려 한다.


그녀는 울고 있어요.

‘엄마!’

그녀는 나를 사랑해요,

그녀는 나를 많이 사랑해요

그녀를 향한 내 사랑처럼

‘엄마!’

나는 알아요.

우린 서로가 사랑하는 걸

‘엄마! 엄마! 엄마!’


눈물이 흐른다. 울어도, 울어도, 자꾸 울음이 나온다. 잠시 그쳤다가도 아랑을 생각하면 눈물이 다시 흐른다. 마신 물이 모두 눈물로 변한 것인가! 자신이 커다란 잘못이라도 한 듯 그녀에게 미안하다. 그녀에게 미안한 마음뿐이다. 그녀가 무슨 잘못을 했단 말인가! 도대체 왜 아랑이 아파야 한단 말인가! 그녀의 샘물처럼 순수한 나를 향한 사랑을 향해 휘두르는 관념의 횡포가 아닌가.


마크가 손에 쥐여준 책을 펼친다. 피터는 빠른 속도로 책 속으로 빠져든다. 한참 후에 그는 읽던 책을 잠시 덮고 생각에 빠진다.

“잘못은 누가 언제부터 시작한 것일까? 사람들은 알고도 모르는 척 한 것인가. 종족의 보존을 위해 모든 동물이 본능적으로 기회를 만들어서 하는 행위이고 본능적으로 그 대가로 부모라는 굴레를 자청하는 게 상식이거늘 어떤 인간은 그런 본능을 부정당해야 하는가. 그게 누구인가! 자신도 자식을 낳았으면서 왜 딸이 임신하면 집안 망신이고, 잉태된 자식을 뱃속에서 키우고 하늘이 노랗게 보인다는 진통을 통해 아이가 세상에 태어나지 아니하는가. 태어난 아기를 어미는 자나 깨나 애지중지 키웠을 것이다. 그런데 딸을 잘못 키웠다고 꾸짖는 남편의 권리는 누가 준 것인가. 딸이 자라는 동안 그는 어디에 있었고 무엇을 했는가? 딸의 어미는 아비의 호령에 둥글게 커진 딸의 몸뚱이를 숨길 수밖에 없었고, 결국 젖을 찾는 갓난아기를 떼어놓고 나오면서 몸부림치며 우는 딸의 가슴, 어미로서의 공포, 그리고 딸이 아파하는 모습을 보는 어미의 가슴은 어떠했을까? 그 아이! 울던 그 갓난아기의 모습은 어미와 할미의 숨이 넘어가는 순간까지도 눈앞에서 아른거리리라!

그런데, 그녀는 왜 남편의 호령에 맞서지 못했단 말인가. 남편의 호령에 복종만 하는 풍습은 언제 어디서 누가 시작한 것인가. '여자는 조신해야 돼, 여자의 웃음소리는 담을 넘으면 안 돼, 아비가 없으면 호래자식이야, 알고 싶은 게 있으면 남편에게 물어봐….'

피터는 읽던 책을 내려놓고 벌렁 벤치에 눕는다. 마치 자신의 생모 이야기를 읽고 있는 기분이다. "책 속의 미혼모"라는 이 책은 마크가 사랑한다는 책이다. 그는 이 책이 그의 세상 보는 눈을 뜨게 했고 그 후 그가 보는 세상은 많이 달라 보였다고 했다. 관념의 노예가 되는 길은 여러 길이 있다면서 공갈, 협박, 달콤한 유혹 그리고 이 모든 것을 형편에 맞도록 적당히 섞어서 사용하는 것들이 있는데 그중에서 가장 효과적이고 널리 사용되어 오고, 현재에도 활발히 사용되고 있는 것은 신에 대한 관념이라고 마크는 말한다. 신이 남자라는 기초위에 몇 천 년을 꾸준히 쌓고, 갈고, 다듬어온 관념들! 신은 남자요, 남자는 신이라는 관념! 바로 종교이다. 마크는 말한다. 암탉들이 수탉들이 다가오는 이유를 몰라서가 아니고 평화로워지자고 거듭

그리고 또 거듭 받아들이는 것인데 그 한계가 다가오고 있다는 것이
다. 지겹도록 끊이지 않는 싸움들. 국회라는 곳에서 하는 비천한 싸
움, 교육이라는 관문을 통해 터득한 세 치 혓바닥의 횡포! 지식이 횡
포의 무기가 된 경우다. 여론의 싸움, 막대기를 휘두르는 싸움! 총으
로 하는 싸움! 탱크와 비행기로 하는 싸움! 전자로 하는 사이버! 핵
무기, 화학무기로……. 시작은 항상 소수의 남자가 시작하고 희생은
부녀자들로 이어진다는 게 그의 지론이다. 마크가 한마디만 더 하겠
단다.

"어느 소위 유명하다는 모 대학 교수가 그의 강의에서 -여자들
이 남자들보다 열등하다는 것은 전투의 지휘관은 모두가 남자인 것
으로 증명하고 있다.- 고 하더군. 강의를 듣던 한 여학생이 일어서
더니 말하기를 -여자들은 전쟁보다는 대화와 협력을 중요시하기 때
문.- 일거라고 하자 박수가 터졌어. 잊지 않는 여학생의 한마디야."

암탉 열 마리가 한 마리의 수탉만을 허용하는 그런 날 말이다. 평
화를 유지하기 위해서 수탉이 자각하는 날을 기대하기 어려우니 할
수 없는 게 아니냐고 마크는 물었다. 머지않은 날 암탉은 수탉 한 마
리를 사용해서 수백 마리의 암평아리를 탄생시킬 수 있을 테니. 피터
의 생각은 여기서 멈추지 않았다. 그의 머리에 떠오른 말은 -이갈리
아의 딸들 (게르드 브란튼베르그작)- 에서 본 "결국, 아이를 낳는 것
은 여자야."라는 문장이었다. 작가는 -…생명을 부여하고 보호하는
자는 옴(여성)이며 옴이 없다면 맨옴(남성)은 소멸할 것이라.- 고 하
면서 '거미, 개미, 벌은 교미를 마쳤을 때 수컷은 죽거나 죽임을 당하
는데….' 그 이유는 존재의 목적을 끝냈기 때문이라고 했다.

피터는 생각을 멈춘다. 기운이 없다. 다리가 휘청거려진다. 생각

해 보니 지난 이틀 하고 사흘 동안 먹은 게 별로 없다. 애꿎은 커피만 연거푸 마셨다. 산에서 내려왔다. 속이 쓰리다. 목도 마른다. 엄마 생각이 난다. 엄마가 옆에 있었으면 맛있는 수프와 토스트로 가득한 쟁반을 들고 침실 문을 두드렸을 것이다. 냉장고를 연다. 어제부터 집안일을 돌보아주기로 한 이 씨 아주머니가 어느 결에 해 놓은 반찬 그릇들이 단정하게 줄지어 있다. 이 씨 아주머니도 집주인 윤여심 씨가 소개했다. 도라지 끓인 물을 꿀꺽꿀꺽 마신다. 당근과 사과를 섞어 짜 놓은 주스가 맛있다. 된장국도 있다. 두 국자 듬뿍 떠서 가스 불에 올려놓는다. 피터가 유난히 좋아하는 총각김치와 나물 몇 가지를 꺼내고 마지막으로 구운 김을 김 통에서 꺼낸다. 된장국이 데워졌다. 피터의 수저는 한참 동안 바삐 움직였다. 다시 도라지 끓인 물로 입가심을 하고 나자 피로가 몰려온다. 아랑과 헤어진 후 잠도 제대로 자지 못했다. 커피로 버티던 잠이 마구 쏟아진다. 따뜻한 물속으로 몸을 담그듯 천천히 잠속으로 빠져들어 간다. 피터의 얼굴이 한없이 평화롭다. 그는 살짝 미소까지 짓고 있다. 책 속으로 들어간 것일까. 영화를 보듯 '책 속의 미혼모' 주인공들이 보이나 보다.

\*\*\*

　　세 살짜리 개구쟁이 소년과 다섯 살짜리 소녀가 함께 뛰다가 서고 다시 뛰기를 반복하다가 쌓인 볏짚에 숨을 헐떡이면서 몸을 던진다. 개구쟁이 민우가 일어나서 다시 뛰어가고 그 뒤를 아휘가 따른다. 하루 종일 두 아이는 즐겁기만 하다. 꿈속의 그림은 나이를 먹는다. 민우가 열 살쯤 되어 보이고 아휘는 아가씨 티가 나는 그림으로 바뀐다. 아휘는 과외 공부에 묶여 자유 시간이 없어졌다. 아버지의 명령이었다. 아휘 아버지의 사랑표현이었다. 과외는 몇 년 동안 계속 되었다. 그러던 어느 날 갑자기 과외공부를 안 하게 되었다. 이번에 는 어머니의 결정이었다. 아휘는 다시 자유를 찾았고 둘은 다시 놀 수 있게 되었다. 이른 봄날 따사로운 봄빛을 쪼이며 둘은 산으로 들 로 봄나들이를 나갔다. 아휘는 민우와 함께 자연 속으로 뛰어다닐 수 있는 게 좋았다.

"누나! 이리 와봐!"

눈이 녹은 물이 졸졸 흐르는 개울가에 봄이 왔을 때 민우가 커다 란 바윗돌을 들고 아휘를 불렀다. 아직 겨울잠에서 덜 깨어난 방석처 럼 둥글게 몸을 감은 뱀이었다. 꼼짝도 하지 않았다. 신기한 듯 둘은 쭈그리고 앉아 뱀을 응시한다.

"아직 경칩이 안 지났나 봐."

"그게 뭔데?"

"경칩이 되면 개구리도 뱀도 겨울잠에서 깨어난 데."

민우가 물속에 돌을 조심스레 내린다. 다른 돌을 들춰 본다. 흥분 한 목소리로 아휘를 부른다. 아휘가 쫓아간다. 가재가 재빠르게 숨는 다. 민우가 잡으려 하자 가재가 민우의 손가락을 물었다. 아얏! 소리 와 함께 손에서 떨어진 가재는 재빨리 바위틈으로 숨는다.


해가 넘어갈 무렵이 다 되어서야 아휘의 어머니 강 여사는 학교 에서 돌아왔다. 옷을 갈아입은 그녀는 부엌으로 들어가서 민우 어머 니와 두런두런 이야기하면서 저녁을 차린다. 형제처럼 가사를 맡은 민우 어머니는 아휘의 유모였었다. 첫 아이를 잃고 젖이 불어 주체하기 힘들어할 때 강 여사는 아휘에게 그녀의 모유를 줄 것을 부탁했다. 강 여사는 모유량이 넉넉지 않았기 때문이었다. 그 후 둘째로 민우가 태어났다. 그가 아직 첫돌이 채 안 된 어느 날 민우 아버지가 어느 여인과 새살림을 차린다고 나간 후 돌아오지 않는다는 걸 강 여사가 알게 되었다. 민우를 데리고 들어와서 함께 살도록 한 것은 강 여사 자신에게도 도움이 되었다. 아휘를 안심하고 맡길 수도 있고 가사도 돌봐주니 직장을 나갈 수 있게 된 것이다. 남편이 갑자기 공직에서 물러났고 그는 며칠을 힘들어했다. 억울하다고 했다. 그러더니 옷가지를 주섬주섬 싸 들고 머리를 식혀야겠다면서 목적지도 정하지 않은 채 유유히 집을 떠났다. 강 여사는 생활을 책임져야 했다. 아휘는 강 여사가 귀가하기 전에 예전부터 하던 대로 손발을 씻고 세수를 하고 책상 앞에 앉았다. 과외를 하지 않아도 충분히 잘 할 수 있는 것을 어머니에게 보여주고 싶었다. 어머니를 실망하게 하는 일은 없어야 한다고 믿는 그녀였다. 민우도 강 여사의 기대치를 잘 알고 있으므로 그녀가 묻는 모든 것을 답할 수 있도록 노력하고 있었다. 둘은 놀기도 열심히, 공부도 열심히 했다. 물론 모르는 게 있을 때는 반드시 무엇을 왜 모르겠는지를 설명할 수 있어야 했다. 아휘의 교육을 걱정하던 강 여사도 차츰 마음이 놓여갔다. 학교가 끝나면 둘은 만나서 곧바로 귀가한다.

"이모! 저희 잠시 놀고 올게요!

"그래, 너무 늦지 말고!."

둘은 들판을 향해 달린다. 민우는 이상하게 생긴 것들을 잘도 본다. 나뭇잎이 도르르 말린 것을 들고 왔다. 김밥 말듯이 말렸다. 열어보려 하니 잘 열리지 않았다. 거미줄 같은 것과 끈적끈적한 진으로 만들어져 있었다. 힘들게 열어보니 그 안에는 벌레 알이 김밥의 밥덩이 모양으로 잔뜩 들어있었다. 두 아이는 나뭇잎을 처음대로 말아 숲에 조심스레 놓는다. 모든 알이 잘 깨어나기를 바라는 마음과 함께.

"누나! 누나!" 민우가 급히 부른다.

"엄마 개구리가 아기 개구리를 업었어!"

"아니야. 업혀 있는 개구리는 수컷이야. 알을 낳기 위해서 교미하는 거야."

"교미? 그게 뭔데?"

"응, 모든 동물은 새끼를 낳기 위해서 암컷과 수컷이 교미를 해."

"사람 두?"

"당연하지."

"그럼 우리도 어른 되면 누나하고 나하고 교미해서 아이들 갖자!"

"뭐…?"

"누나! 집에 갈 시간이야. 나 오늘 공부할 게 많아."

"그러자!"

피터는 아휘와 민우가 손잡고 뛰어가는 아이들이 너무도 귀엽다는 생각이 들어 꿈속에서 웃다가 자신의 웃음소리에 잠에서 깨어났다. 피터가 읽던 책 속의 아이들이었다.

# 제3장

# 돌이와 마루

한나절을 길게 잤나 보았다. 점심때였다. 피터가 점심 먹을 생각으로 냉장고를 연다. 도라지 끓여놓은 물부터 한잔 마신다. 이 씨 아주머니가 정성 들여 기관지에 좋다고 준비해 주는 게 고마워서이다. 이외에도 차로 만들어 마실 수 있는 말린 산 목련 꽃, 싸리 꽃, 생강나무 꽃, 땅 두릅 뿌리 등이 병에 나란히 진열되어있다. 오랜만에 식욕을 느낀 피터는 커다란 대접에 밥을 퍼서 나물, 김치 기름 고추장을 넣고 비벼서 동치미 국물 곁들여 환상적이란 생각을 하면서 맛있게 먹었다. 마지막으로 도라지 물 한 모금을 삼키고 책을 펼친다. 그때 돌이와 마루의 야단스러운 짖음이 들렸다. 누구지? 누가 개를 데리고 지나가나? 그렇지 않고서야 저렇게 짖을 리가 없는데…. 창가로 간다. 아무도 보이지 않는다. 밖으로 나간다. 역시 아무도 보이지 않았다. 개들은 여전히 길가 야산 언덕 쪽을 보고 짖어댔다. 그쪽을 올려다보니 키가 제법 크고 수컷처럼 보이는 고라니 한 마리가 이쪽을 내려다보고 있었다. 수컷도 뿔이 없어서 수컷인지 확실하지는 않지만. 이왕 밖으로 나온 김에 피터는 오후 산책을 하기 위해 개들에게 목줄을 매준다. 아래쪽으로 갈까 망설이는 순간 개들은 어느결에 위로 올라가기 시작했다. 아직도 고라니를 쫓고 싶은 모양이었다.

"안녕하세요. 아주머니."

"오랜만이에요. 산책 가요?"

"네."

집 앞 텃밭에서 머리에 하얀 수건을 쓰고 풀을 뽑는 여인에게 인사를 한다. 이 씨 아주머니가 다래 엄마라고 부르는 이 씨 아주머니의 유일한 친구이다. 가끔 산나물도 가져다주고 이 씨 아주머니와 함께 차도 마시러 온다. 특이한 것은 두 사람이 모두 별로 말을 하지 않는 것이다. 함께 일하고 있는 젊은 여인은 딸, 다래인 것 같다. 왠지는 모르지만, 성년의 딸이 함께 산다는 말을 얼핏 들은 적이 있었다. 피터는 몇 번 그녀를 보았지만, 자세히 살펴보지는 못했다. 새삼 흘깃흘깃 두어 번 살펴본다. 자그마한 체구에 동그란 또랑또랑한 눈이 세상을 다 가진 표정이다. 그녀도 피터를 쳐다보다가 눈이 마주쳤다. 그녀가 살짝 웃는다. 피터도 눈인사를 보낸다. 피터의 마음은 오늘 한결 가볍다. 그러나 그런 마음도 잠시, 아랑 생각이 나자 자신도 모르게 슬픈 노래가 입에서 흐른다. '남몰래 흐르는 눈물' 노래를 반복할수록 목소리가 커지고 감정이 서서히 격하게 오른다. 쌀쌀한 초봄 날씨이건만 빽빽이 들어선 잣나무 숲은 스쳐 가는 바람 소리만 들릴 뿐 아득하다. 그는 돌이와 마루를 앞세우고 푹신푹신한 낙엽이 덮인 언덕길을 천천히 오른다. 어둠침침한 음지에 서 있는 통나무집들, 쓰러져가는 것도 있다. 저런 집이 이렇게 깊은 산속에 왜 있는 것일까? 아무도 사용하지 않은 지 오래돼 보인다. 집 처마에는 누가 달았는지 절에서나 보는 풍경이 달려있다. 작은 무쇠 풍경이다. 돌이가 오늘도 통나무집 주변을 한 바퀴 돌아보는 것을 잊지 않는다. 마루도 코를 쿵쿵거리며 이리저리 냄새를 맡는다. 처음 이곳을 지날 때는 귀신이라도 나올 것 같은 집들을 보고 발을 주춤했고 돌이도 마구 짖어댔는데 이젠 익숙해졌는지 서슴지 않고 뛰어다닌다. 마루와 돌이가 먼저 벤치에 도착해서 꼬리를 흔들면서 짖는다.

"알았어. 기다려! 너희는 네 발이지만 나는 두 발이야. 올라가는 게 힘들어."

낙엽으로 발이 푹푹 빠지는 가파른 비탈길을 숨을 헐떡거리며 오른다. 이리저리 미끄러지면서 오른다. 등선에 오르자 다듬지도 않은 막대기로 만든 엉성한 벤치가 보인다. 막대기 벤치에 엉덩이를 올려놓으니까 올라오느라 다리가 힘들었던지 늘어지면서 편안해지는 느낌이다. 꼬리가 떨어지라 흔들어 대는 개들에게 북어 조각을 꺼내 한 개씩 던져준다. 그런데 왠지 벤치엘 앉으면 아랑 생각이 심하게 난다. 웅얼거리는 피터! 끊임없이 웅얼웅얼한다. 한 말을 또 하고 또 한다.

"그녀는 울고 있을 거예요. 그녀는 나를 사랑해요. 나는 알아요. 그녀는 나를 사랑해요. 나는 알아요."

하늘을 쳐다보며 벤치에 누워 같은 말을 반복한다. 아랑의 사랑을 확인하고픈 모양이다. 나무 사이로 반짝이는 햇살에 눈이 부시어 눈을 감는다. 다시 나오려는 눈물을 참으면서 그는 깨닫는다. 엄마를 보고 어리광이라도 부려야 견딜 것 같아서 엄마를 보러 떠나겠다던

자기 생각은 순간적 도피 심에 지나지 않음을. 그럴 수가 없다. 떠난다고 아랑을 생각에서 지울 수 있는 게 아니다. 무엇인가를 다시 시작해서 자신을 바쁘게 만들면 차츰 잊을 수 있을지도 모른다는 생각이 든다. 그렇다. 그게 답이라는 생각이 들었다. 그가 벌떡 일어나 앉았다. 그때 누구를 부르는 소리가 들렸다.

"규열 씨-이!"
깜짝 놀란 피터가 일어서자 눈에 들어온 사람은 다래였다. 저만치 아래에서 그를 올려다보면서 부르고 있었다. 자신의 이름을 부르고 있다. 그녀가 걸어 올라오고 있었다. 피터는 우뚝 서서 바라보는 것 외에는 아무것도 할 수 없었다.
"멀리 올라왔네. 뭐 하고 있었어?"
"그냥. 그런데 내 이름이 규열인 걸 어떻게 알았어요?"
"글쎄. 그냥 알게 됐는데. 알면 안 되는 이름인가?"
"그런 건 아니지만…."
"아! 그렇지. 내가 깜빡했네. 피터라고 불렀어야 하는 거지! 그런데, 우리 서로 말 놓읍시다. 존댓말이 왠지 어색해. 어때?"
"좋을 대로 하세요."
그녀는 직선적이라는 생각이 들었다. 서슴지 않고 이름을 부르고 나이를 물어본다.
"스물아홉이에요."
"그럼 내 동생이네! 나는 서른다섯이야."
피터는 놀랐다. 하얀 얼굴에 동글동글 앳된 얼굴이어서 자신보다 어린 줄 알았었다.

"나 아까 피터의 노랫소리 들었어. 사랑의 묘약, 나도 좋아하는 노래야."

두 사람은 허심탄회하게 서로의 이야기를 나누다 보니 몇 년을 알고 지낸 친구 같아지고 있었다. 피터가 묻는다. 혹시 그녀가 통나무집 근처에서 노래를 불렀느냐고. 그렇다고 대답한다. 수수께끼가 풀린 셈이다. 그녀는 이탈리아에 가서 음악공부를 한 적이 있다고 한다. 피터는 많은 것을 물어보고 싶어졌다. 그런데 어디서부터 무어라고 물어보아야 할지가 생각나지 않았다. 자못 실례가 되는 질문일 수도 있다고 생각했기 때문이다.

"오늘 좀 쌀쌀한 것 같지 않아?"

그녀는 추운지 팔짱을 끼면서 묻는다.

"네! 좀 서늘한데요."

"저-기 가서 따뜻한 차 한잔 하자."

다래는 대답도 듣기 전에 아래를 향해 내려가고 있었다. 피터도 뒤를 따른다. 통나무집을 향해 가고 있었다. 피터는 꽤 더러운 헛간 같은 곳을 상상하면서 마지못해 그녀의 뒤를 따라간다. 그녀가 허름한 통나무집 앞을 그냥 지나간다. 그러더니 그 옆의 조금은 잘 지어진 통나무집의 방문을 열고 들어갔다. 열린 방을 본 피터는 한편 놀랐고 한편 반가웠다. 꾸밈없는 텅-빈, 깨끗하고 아늑한 방이었다. 방에 들어서자 한쪽 구석에 작은 등산용 가스레인지와 주전자 그리고 찻잔이 쟁반 위에 두 개 놓여 있었다. 방석을 가리키며 앉으라는 말에 피터가 두리번거리면서 방석 위에 조심스레 궁둥이를 올려놓는다. 들어와 보니 방이 꽤나 넓었다. 저-쪽 구석에는 누렇게 바랜 악보들이 흩어져 있고. 이런 산속에 이런 방이 있다니! 다래가 흐트러져 있는 악보들을 주섬주섬 집어 방석 위에 얹는다. 음악을 공부하느냐고 묻자 그녀는 싱긋 웃고 나서 그렇지 않다면서 노래를 좋아할 뿐이라고 말한다.

"이 산속에 사람이 살았나요?"

궁금증을 참지 못하고 피터가 묻는다.

"아니! 왜?"

"이 집은 어떻게 여기 있게 되었나요?"

다래는 그가 하는 질문의 이유를 알아차렸다. 방이 하나인 이 통나무집은 다른 통나무집들과는 다르다. 벽이나 천장이 정성 들여 꼼꼼하게 지어진 것이 엿보인다. 목재들은 쇠못을 사용하지 않고 홈을 파서 연결했다. 겉으로 보아도 다르지만, 방엘 들어가 본 사람이라면 누구든지 느낄 정도로 아늑하고 정다운 느낌을 주었다.

"이 집은 이 산 주인이 환갑이 넘은 나이에 그의 백 세 가까이 된 노모가 세상을 떠나자 지은 집이래. 자주 여기 홀로 와서 며칠씩 머물곤 했대. 여기서 조금 더 왼쪽으로 올라가면 양지바른 곳에 산소가 하나 있어. 자기 엄마 산소 옆에 와서 죄인님을 자처하던 곳이겠지."

"이 산속에 혼자 자면서요?"

"그럼. 옛날엔 효자들은 부모가 돌아가면 삼 년을 산소 옆에 움막을 짓고 살기도 했대. 혹시 그런 생각으로 와서 머물었던 건 아닌지 모르겠어. 삼년상으로 현대판 시묘 살이를 한 거지. 이십여 년 전 이야기지만."

"저기 저 집들도 그분이 쓰셨나요?"

"아니야. 저 헛간들은 십여 년 전까지도 쓰던 것들이야."

집이랄 수도 없는 헛간들이었다. 옛날에는 잣 따는 사람들이 산 주인의 잣 추수기에 여기서 며칠씩 머물면서 잣을 땄다고 설명했다. 나무에 올라가서 장대로 따는 작업이 대단히 위험한 작업이기 때문에 몇 번의 불상사가 있었던 후 더는 나무에 오르는 사람이 없어졌다고 했다. 그래서 지금은 마을 사람들이 잣을 주워가고 잣 따는 사람들이 머물던 집은 먼지가 쌓이고 거미줄이 늘었으며 거미줄에 걸려 죽어간 곤충들이 흉물스럽게 거미줄에 매달려 바람에 흔들리는 것을 지나갈 때마다 보곤 했단다. 사실 다래도 벤치에 앉아 책도 보고 노래도 불렀다고 한다. 그녀의 아버지가 외박하고 새벽에 귀가할 때면 다래는 살그머니 집을 나와 이곳에 올라와 하루를 보내곤 했단다. 그뿐만 아니라 그녀의 엄마도 봄에는 나물을 하러 간다고 나오고, 가을에는 잣 주우러 간다고 집을 나와 이곳에 올라와 모녀가 서로를 위로하면서 웃기도 하고 울기도 하면서 힘든 순간들을 넘겼다고 했다. 외박을 하루나 이틀 하면 옷을 갈아입기 위해 귀가하는 아버지가 보고 싶지 않은 눈치다. 우울해 보이던 그녀는 화사한 미소로 얼굴을 바꾸면서 화제를 바꾼다.

"어느 날 평소처럼 엄마와 나는 벤치에 앉아 차를 마시면서 쉬고 있었는데 빗방울이 하나, 둘, 떨어졌어. 우린 그냥 빗방울이 떨어지나 보다 했는데 순식간에 장대 같은 소나기로 변했었어."

그들은 곧 그치리라 생각했지만, 빗방울은 더욱 굵어지고. 초가을의 쌀쌀한 날씨여서 하산을 재촉하다가 아무래도 비를 피해야 할 것 같아 들어가게 된 곳이 먼지와 거미줄이 엉킨 지금의 그 방이었다고 한다. 그 후 두 사람은 더럽던 방을 청소하고 올 때마다 조금씩 바꾸어놓아 이제 그 방은 그들의 둘도 없는 훌륭한 피난처가 되어. 다래는 거의 매일 올라와서 혼자 시간을 보내곤 한다고 말했다. 그녀의 엄마가 잣을 줍는 날은 이곳에 와서 낮잠도 잔다고 한다. 그녀는 우울할 땐 혼자 올라와 실컷 노래를 부르다가 내려간다고 했다. 그녀가 둥굴레차를 건네면서 피터가 들고 있는 책에 눈을 돌린다. 재미있는 책이냐고 묻는다. 어떤 책인지 알고 싶다고 하자 피터가 아직 반 정도밖에 못 읽었다면서 다음에 만나면 이야기해 주겠노라고 말한다. 두 사람은 참으로 오랜만에 인생이 즐거운 것일 수도 있다는 생각을 떠올리기도 했다.

다음날 피터가 일찌감치 산에 올랐다. 벤치에 앉아 책을 펼쳤다. 때때로 다래 생각이 훼방을 놀아서 읽던 줄을 몇 번이나 읽고 또 읽었다. 맑은 눈동자에 나이답지 않게 티 없는 웃음, 외박하는 아버지 얘기를 할 땐 침체된 작은 목소리로 힘들게 몇 마디를 씹는지 삼키는지 분간이 어려웠다. 지난번에 들어가 보았던 통나무집 방이 눈에 어른거린다. 올라오던 길에 들러볼 걸 그랬다는 생각을 하면서 발은 어느새 그곳을 향하고 있었다. 문 앞에 도착한 피터가 잠겨있는 문을 보는 순간 한 발 물러선다.

"내가 지금 무얼 하는 거지?"

잠시 자신의 행동을 되돌아본다. 그의 마음은 이내 제 길을 찾는다.

"아니야, 그녀의 자연스런 행동에 내가 동요된 거야. 있는 그대로를 보여주는 그녀가 좋았으니까. 세상 밖으로 쫓겨난 기분이어서 외롭기도 한 내게 좋은 이웃을 만나게 된 건 행운이라고 할 수 있지. 만나서 이야기도 나누고 노래도 들을 수 있게 됐다는 건 생각만 해도 즐겁군. 기다려 봐야지. 올라올지도 모르니까."

잠겨있는 문을 한번 흔들어 본다. 분명히 잠겨있었다. 사방을 두

리번거리면서 잠시 기다린다. 간혹, 바람에 흔들리는 나뭇잎 소리만
들렸다. 피터는 벤치로 되돌아가서 다시 책을 펼친다. 눈으로 책을
읽고 있으나 마음은 다래가 올라오고 있을지도 모른다는 생각으로
가득 차 있었다. 그러나 그녀는 해가 중천에 뜨도록 나타나지 않았
다. 개들이 지루한지 끙끙거렸다. 집에 갈 시간이 한참이나 지나 있
었다.

"야! 입을 와이셔츠가 없잖아!"
"그 술집 여자보고 빨아 달라지 그래요."라고 말하고 싶은 마음
굴뚝같았으나 또 한 번 침을 꿀꺽 삼키고 넘어간다.
"없으면 하루 더 입으세요. 내가 요즘 잣 주우러 다니느라 바빴어
요."
"삼 일을 입으라고? 쓸데없는 일에 시간 낭비하면서 할 일을 안
하고!"
"당신이 돈이라곤 안 주니까 푼돈 좀 벌어서 써야죠!"
"다래는 어디 갔어? 집에 꼭 붙들어 두라니까. 집안 망신시키게
하지 말고 잘 지켜!"
"산으로 산책하러 나갔어요."
최진후가 구두 콧등을 문질러댄다. 얼굴이 비칠 정도로 가죽이
반짝거린다.
"아침도 안 잡숫고 나가요?"
"밥 먹을 시간 없어!"
"무슨 일이 그리 바쁜데요?"
"알 것 없어. 설명해도 못 알아들어!"

"오늘 밤에도 바빠서 못 들어오세요?"

"봐야 알아."

"그래! 오늘도 내일도 모래도 들어오지 마라! 바쁘다고? 보지 않아도 보는 듯하고 말하지 않아도 모두 들린다! 이해도 못 할 거라고? 그래! 힘든 일, 중요한 일 하겠지! 안왈순이가 만만하겠지. 나는 벨도 없으니까. 하긴, 생각해 보면 내가 너를 그렇게 만들었는지도 몰라. 가까이 오는 게 싫어서 몇 년을 애들 방에서 지냈으니까."

안왈순이 아이들 방으로 가게 된 것은 그녀로선 아픈 기억이었다. 셋째를 낳은 지 얼마 안 되어서 남편은 외박하더니 그날도 외박하고 새벽에 들어왔다. 그날은 월급 타는 날이었다. 주머니의 월급봉투는 반으로 줄어 있었고 놀랍게도 속옷이 여자의 것을 입고 있었다. 얼마나 술에 취해 있었기에…! 자신도 놀라서 야한 색의 속옷을 자기 가방에 쑤셔 넣다가 들키고 말았다. 그날 저녁부터 아이들 방에서 나오지 않는 안왈순을 달랠 방법은 없었다. 안왈순에게 그는 '걸레'보다 더러운 존재로 전락한 것이다.

"걸레는 양잿물을 넣고 삶아 빨기라도 할 수 있지만. 사람이나 동물이나 본능이니 그걸 강제로 자제시키는 것도 한계가 있었겠지! 그러니 천주교 신부들도 결국 인간의 본능을 부정당했다가 때론 순간적으로 본능이 제구실했을 뿐이 아니겠나. 결국, 여성의 신분을 비하해서 남성들이 군림하려고 만들어낸 관념의 함정에 자신들이 빠진 것이 아니고 뭐겠어! 네가 보고 배운 게 그렇듯이 나도 보고 배운 게 그랬으니까. 우리 어머니가 그랬고 할머니가 그랬고 할머니의 할머니도 그랬으니까. 남편을 하늘처럼 섬기면서 사는 거라고. 그런데 그놈의 아이틴가 뭔가가 발달했잖아. 우리도 더는 안방에서 바느질만 하진 안잖아. TV라는 창문이 생겨서 연속극만 봐도 세상이 보이는데! 게다가 여자들이 시집살이하느라 얼마나 머리를 많이 굴리면서 견뎌왔는데! 철학 공부가 따로 있나? 척하면 일백오십 척이지! 내가 자기를 몰라? 그래! 너도 놀랄 날이 올 거야! 이웃집 아낙이 장 구경 갔다가 어느 여자하고 모텔로 들어가는 걸 보았다는데. 무슨 회의에 갔었다고? 그렇게 많은 여자를 상대하면서도 여자를 몰라도 많이 모르네. 여자는 문어처럼 여러 개의 촉이 있다는 것을 모르는군. 나는 이제 속이 썩고 썩어 도통이 되었는지 아프던 가슴도 미움도 느껴지지 않지만, 응어리가 터지면 용서받기 어려울 텐데….”

　　혼잣말을 뇌이면서 언젠가는 기어이 분풀이할 것을 다짐한다. 그러나 답답한 마음은 그 심도를 더 할 뿐이다. 주섬주섬 진후의 옷을 세탁기에 집어넣는다. 공연히 그의 신경을 건드렸다간 다래만 들볶일게 빤하기 때문이다. 그녀는 딸이 몹시 불쌍하다고 생각하지만 어찌할 방법이 없었다. 요즘은 피터와 같이 보내는 시간이 늘면서 다래의 얼굴이 훨씬 밝아진 것 같은데 보기는 좋으나 그것도 그녀에게는 불안의 요인이 되고 있다. 에라, 모르겠다. 산에나 가자며 그녀는 대문을 나선다.

　　피터가 다래 집을 찾았을 땐 진후는 나가고 없었다. 다래가 들어오라고 손짓한다. 두 사람은 함께 차를 마시면서 두런두런 과거 이야기들을 나눈다. 피터는 자신의 이야기를 하다 보면 어느새 자신이 읽고 있는 책 속의 여인이 떠오른다.

　　“다래 씨, 이 책의 주인공은 저자 자신인 것 같아요. 한 여인이 자신이 버린 아들을 잊지 못하고 힘들어하는 이야기인데 그런 사람이 왜 아이를 버렸는지가 이해가 안 돼요. 게다가 저자는 자신의 절절한 심정을 훌륭하게 표현할 수 있는 능력 있는 사람이, 눈을 뜨니까 아이가 없어졌다면서 왜, 어떻게, 없어졌는지는 설명하지 않고 그녀의 어머니가 목 놓아 울었다는 얘기만 반복했어요. 마치 자기 어머니가 아이를 잃어버린 것처럼 말이에요.

다래는 눈이 둥그레진다.

"아이를 버린 게 아니겠지. 자신이 키울 수 없어서 키울 수 있는 사람에게 맡겼겠지."

"키울 수 없는데 왜 낳았을까요?"

"서로가 너무너무 사랑하다가 아차! 자연현상이 제구실한 건데 사회제도라는 올가미에 걸려 압력에 굴복한 거지!"

"그러면 사회가 아이를 떼어 놓았나요?"

"상황은 여러 가지일 수 있어. 하지만 오죽하면 어미가 아이를 포기했겠어! 아직 학생 신분의 어린 소녀였을 수도 있고, 강간을 당했을 수도 있고, 거짓 사랑에 속았을 수도 있고, 어미가 일하지 않으면 호구지책이 해결되지 못하는 처지였을 수도 있고. 결론적으로, 어미가 속해 있는 사회에 의해 정신적 육체적 폭행을 당한 거지. 그 이하도 이상도 아니고 폭력적 학대 그 자체인 거야. 아이 아비는, 우리 정부는, 그리고 우리 사회는 어디서 무얼 하고 있었을까!"

"그런데요, 내 얘기 하고 비슷한 게 있어요."

"어떤 게?"

"엄마의 성을 아이에게 주었다는 거요."

"그럼 피터 씨의 생모가 성이 이 씨라는 거네."

"그래요. 그리고 주인공을 입양 보낸 때와 내가 태어났을 때가 비슷해요."

"이 씨 성 가진 아이가 한 달에 한두 명 태어나겠어? 수십 명이 아니면 수백이 될 수도 있을걸!"

"그런가요?"

두 사람은 깔깔 웃으면서 집을 나선다. 산책길에 들어섰을 때 다래가 피터에게 묻는다.

"그 책 재미있네. 지난번에 책 속의 주인공 민우가 입대하게 되었다는 얘기까지 했어. 아휘라는 여자는 대학에 다니고 있고, 다음 얘기가 궁금해."

"아! 두 사람 사이에 작은 사건이 생겼어요, 입대하기 전날 밤에요."

"무슨 사건?"

***

# 제4장

# 아휘와 민우의 짧은 향연

아휘와 민우는 남매나 다름이 없었다. 비록 아휘의 가정 사정이 급속도로 기울어 생활이 어려운 지경이 되었지만, 강 여사는 민우 모자가 그대로 함께 살면서 버텨주기를 바랐고 민우엄마로서는 고마울 뿐이었다. 민우가 고등학교를 졸업하고 군대에 자원입대하기로 된 것은 강 여사가 더는 민우와 아휘의 교육비를 감당할 수 없게 되었기 때문이었다. 다행히 아휘는 외국대학에 장학생으로 뽑혀서 공부를 계속할 수 있게 되었다. 민우는 군 복무 후 자신이 벌어서 공부할 수 있다고 생각했다.

민우 친구들은 대부분 대학에 진학했다. 그날은 고등학교 때 친구인 희태네 집에서 모이기로 되었다, 희태 부모님이 여행을 떠난 사이에 민우의 입대 송별회를 하기로 한 것이었다. 일찍부터 하나둘 도착하기 시작했다. 희태는 여학생 동창들도 초대했다. 민우는 이리저리 오가며 희태를 돕는다. 민우에게는 자기 집만큼이나 친근한 집이다. 희태 부모님들이 민우를 좋아해서 주말이면 희태네 집에서 며칠씩 놀다 가기도 했다.

파티는 시작되었고 민우는 주인공답지 않게 심부름하기에 바쁘다. 아휘가 오기로 되어있으니 그의 마음은 기쁘기만 하다. 여학생들 때문인지 분위기가 더욱 화기애애했다.

"설 민우 보러 왔는데요."

"아! 네! 아…. 저…. 민우야! 이리와 봐. 네 동생 왔어."

"동생? 민우 동생 없는데!"

누군가가 말한다.

민우가 서둘러 나온다. 그러자 친구들이 시끌벅적 떠들면서 서로 민우에게 말하려 해서 정신이 없을 정도였다.

"야! 인마, 너, 동생 있다는 얘길 왜 안 했어. 나쁜 놈."

"여자 친구 아냐? 소개부터 해 인마."

민우는 머리를 한 대 맞은 기분이었다. 날씬한 몸매에 뒤로 질끈 맨 생머리와 민얼굴인 아휘가 무척 어려 보였던 모양이다. 동생이니 여자 친구이니 하는 친구들의 말을 들은 민우는 누나라고 소개하기 싫었다. 그러면 무어라 하지? 잠시 망설이는 민우에게 재촉하는 친구, 얼떨결에 아휘를 소개한다.

"이쪽은 우리 학교 동창들이고 이쪽은 나누라고 해."

"나누! 이름 예쁘다. 나누 씨 이쪽으로 들어오세요."

친구들이 서로 안내하겠다고 승강이다. 역시 누나는 인기가 있구나! 당연하지. 민우는 속으로 중얼거린다.

민우는 나누라는 이름을 아휘에게 붙여주고 아휘를 쳐다보지 않으려고 그녀의 눈을 피하면서도 그의 기분은 들떠 있었고 일종의 기막힌 돌파구를 찾은 것 같은 성취감마저 느껴졌다. 아휘는 나누가 되어 민우의 친구들과 어울리고 있었다.

"피터 이 책 참 재미있네! 남자의 나이가 여자보다 아래면 안 되는 줄 알던 시대이긴 하지만 그걸 무슨 사건이라고까지 생각해?"

"사건…. 그게…. 다시 말하면 민우가 아휘의 이름을 바꾸게 된 것이 현실적이던 그들의 관계를 상징적으로 변형시키게 된 요인이 된 것 같거든요."

친구들이 모두 도착하면서 시끌벅적 파티가 그 본색을 드러내기 시작하였으니 억제되어있던 고등학생 신분에서 벗어나 알코올까지 허용된 상황은 세상이 그들의 것이 되었고 그들은 대담해질 수 있었다. 그리고 인생은 아름다워 보였다. 서로 좋아하면서도 눈치만 보던 여학생과 남학생들이 짝을 짓기 시작했고 민우도 슬며시 아휘의 애인 행세를 하는 데 어려움이 없었다. 그의 당돌한 행동에도 아휘가 눈을 감아 주자 민우는 신바람이 났다. 얼마 후 아휘는 바쁜 하루를 보내고 왔기 때문에 잠시 쉬기 위해 파티로 무르익은 응접실을 나와 빈방을 찾아 나선다. 불이 켜있지 않은 부엌 옆의 작은 방을 발견한 아휘는 방으로 들어가 구석에 쭈그리고 앉는다. 졸음이 밀려와서 잠시만 눈을 붙일 생각으로 팔베개를 하고 누웠다가 잠이 들고 말았다. 새벽쯤 해서는 모두가 취하기도 했지만 사실상 몹시들 피곤한 나머지 여기저기서 잠드는 애들이 생기기 시작했다. 아휘는 꿈속에서 민우와 뜨겁게 사랑을 나누고 있었다. 그러나 아휘가 꿈이 아니라는 것을 알았을 때는 그녀도 많이 흥분된 상태였었다. 얼마 동안을 마구 뒹굴기를 하다가 숨을 고르던 민우가 벌떡 일어나 앉는다.

"누나 미안해 내가 자제를 못 하고 아름다운 누나를…!"

아휘가 수줍은 듯 웃으면서 손을 뻗어 민우의 얼굴을 쓰다듬더니 그의 얼굴을 자신의 얼굴로 끌어당긴다. 두 입술이 닿은 건 처음이 아니었다. 민우가 심하게 아플 때도 그녀가 그에게 다가갔었다. 그때는 누나가 동생에게 주는 위로라고 생각했었다. 한동안 두 입술이 함께 한 후에 그녀가 말한다.

"아니야, 너 혼자 그런 게 아니야. 나도 같이 그랬어."라고.

"고마워 누나. 누나 실망시키지 않도록 매사에 노력할게. 나, 누나 정말 사랑해!"

"나두 민우 사랑해!"

피터가 다래를 보면서 책 속의 이야기를 잇는다.

"다래 씨, 두 사람의 하룻밤 나눈 사랑의 대가는 아휘를 너무도 힘들게 하는 원인이 되었거든요. 사건이 아닌 것이 사건으로 남게 된 거죠. 이래서 딸을 가진 엄마들은 항상 불안해하는 건가 봐요."

피터는 다시 책 속의 이야기를 잇는다. 다소 흥분한 어조이다.

"민우는 군에 입대하고 아휘는 공부하느라 바빴어요. 바쁜 중에도 민우에게 답장 쓰는 일엔 게을리하지 않았어요. 민우가 다섯 장을 보내면 두 장이라도 답장을 썼고, 매일 오는 편지이지만 매일 기다려지는 편지였어요. 그렇게 오고 가기를 계속하던 편지가 어느 날부터 조금씩 늦어지기 시작하더니 편지의 길이도 짧아지기 시작했어요. 아휘의 건강에 이상이 생긴 거예요. 소화 기능이 정상적이 아니고 입맛이 없어 먹지를 못 하다 보니 기운도 의욕도 저조해져서 공부를 제대로 할 수 없는 지경까지 되었죠. 아휘는 민우를 걱정하지 않게 하고 싶지만, 자신도 모르게 짧아지는 편지의 길이나 답장의 횟수가 줄어드는 것은 체력이 그만큼 달렸기 때문이었어요. 결국, 아휘는 엄마, 강 여사에게 알리고 집에 가서 요양하기로 하는데 아휘의 어머니는 직장 다니랴 아휘의 병 간호하랴 바빴어요. 아휘가 음식을 소화하기는커녕 토하기까지 하자 강 여사는 아휘를 데리고 병원으로 갔고 거기서 뜻밖의 청천 벽력같은 소리를 듣게 된 거죠."

다래가 알겠다는 듯 나지막한 목소리로 말한다.

"임신이었군?"

"네."

다래는 자신도 모르게 말해놓고 순간 당황한다. 그러나 경험이 없는 피터는 눈치채지 못한다.

***

강 여사와 아휘는 밤낮으로 미래를 어떻게 엮어나갈 것인가를 고민해 보았지만, 답이 나오지 않는다. 제일 먼저 떠오른 얼굴! 남편이 언제 돌아올지 모른다. 강 여사도 전통과 문화의 굴레에서 벗어나지 못한 것은 대부분의 한국 어머니들처럼 내 딸은 미혼모가 될 수 없다는 것이다. 남편이 돌아오면 그녀에게 딸년을 잘못 가르쳐 집안 망신시킨다고 호통을 칠 것이 뻔했다. 그뿐 아니라 아휘를 집에서 내쫓으라고 호령할 것이었다. 그런데 아휘의 생각은 다른 것 같았다. 아이가 중요하다고만 되풀이 말했다. 하늘의 별 따기로 아휘에게 주어진 유학의 기회는 그녀의 밝은 미래가 될 수 있는 길이어서 이 또한 포기할 수는 없다고 생각하는 강 여사였다. 그렇다고 아기를 포기하라는 말을 할 수도 없었다. 매일 다람쥐 쳇바퀴 돌 듯 고민으로 하루하루를 보내는 동안 이젠 아기의 태동을 느끼고 거동이 불편할 정도로 배는 점점 불러왔다. 이런 상황에서 민우는 편지를 기다리다 못해 집으로 편지를 한다. 민우엄마로서는 미안한 마음과 자기 아들과 사이에 아이가 생겼다는 소식에 희비가 엇갈리지만, 어느새 무표정한 얼굴을 하는 데 익숙해졌고 아들의 편지에 딴청 부리는 것도 능숙해질 수밖에 없었다.

결국, 아휘는 유학을 포기하고 아기를 낳아 키우면서 학업을 계속할 생각이었다. 아버지 문제는 자신이 집을 나가서 아이에 관한 이야기를 모르면 된다고 생각하고 있었다. 강 여사도 구태여 남편에게 알려야 될 이유는 없었다. 아니, 강 여사로선 알리지 않아도 된다면 천만 다행한 일이다. 아휘는 현재 하는 고위 관료의 두 아들 가르치는 과외비로 생활하면 된다고 생각했다. 과외 시간을 늘려달라고 부탁받은 지 오래니 시간을 늘리면 수입도 그만큼 늘어날 것이다. 그렇게 결심하고 나니 아휘의 마음은 많이 편해졌다. 그동안은 너무도 힘든 시간이었다. 힘든 시간이 더는 계속될 수 없다는 생각을 할 만큼 피곤하고 머리도 아프고 정신이 오락가락하는 순간들이 잦아지고 있었다,

밀린 공부를 할 요량으로 책을 폈는데 갑자기 배가 아팠다. 아니

심한 복통에 열까지 나기 시작했다. 할 수 없이 병원으로 달려갔는데 도착해서 몇 분 안 돼서 실신하고 말았다. 강 여사가 소식을 듣고 뛰어왔다. 의사의 말은 환자가 심한 정신적 고통을 앓고 있는 것 같다면서 절대 안정이 필요하다고 이른다. 표현은 하지 않지만 아휘가 얼마나 힘들었을지 짐작이 갔다. 깨어난 아휘의 눈에서는 소리 없이 눈물이 흐르고 강 여사도 말없이 눈물을 훔친다. 아휘가 배가 아프다고 호소했다. 간호사가 와서 보고 고개를 갸우뚱하더니 의사를 부르러 갔다. 달려온 의사가 숨을 돌리면서 최대한 안정을 취해야 한다고 이른다. 아휘의 정신이 오락가락하는데 진통마저 시작된 모양이다. 때때로 고통스런 얼굴을 하는 아휘를 보는 강 여사의 마음은 더더욱 힘들었다.

"아이가 지금 태어나면 어쩌지? 아직 달이 차지 않았는데!"

혼자 되뇌며 아무것도 입에 넣을 수가 없는 아휘에게 맹물이라도 마시기를 종용하는 강 여사였다. 의사가 왔다가 나가더니 다른 의사를 데리고 왔다. 두 의사가 잠시 이야기를 나누더니 강 여사에게 말한다. 더 이상 기다릴 수 없겠다고. 아휘는 수술실로 옮겨졌고 강 여사는 안절부절못한다. 다행히 아휘는 약물에 잘 반응해 수술까지 가지 않고 분만에 성공했지만, 곧 실신하고 말았다. 강 여사는 아기와 함께 병실에서 나와야 했다. 의사들이 다시 바삐 움직였다. 얼마 후, 방문이 열리고 의사들이 나왔다. 아휘는 깨어났지만, 절대안정이 필요하므로 환자실 출입이 금지되었다. 대기실 벤치에 지친 몸을 기댄 강 여사는 긴장 속에서 잠도 제대로 자지 못한 탓인지 곧 잠이 들었다.

더듬더듬 아휘의 병실을 찾던 윤여심 박사가 벤치에서 잠든 강 여사의 얼굴을 안타까운 눈으로 내려다본다. 깊이 잠이 든 모양으로 윤 박사가 헛기침을 해 보지만 반응이 없었다. 윤 박사가 이 방, 저 방을 둘러본다. 아기를 보기 위해서다. 마침내 이 아휘라는 이름이 붙은 아기침대를 발견한다. 작은 체중의 아기이지만 비교적 건강해 보였다. 아기를 쓰다듬어 본다.

　"귀여운 아가야!"

　시간에 쫓기는 윤여심 박사로서는 오래 기다릴 수가 없었다. 다시 강 여사 곁으로 가서 그녀를 깨운다. 강 여사가 벤치에 몸을 기댄 채로 눈을 껌벅거리면서 윤 박사를 올려다본다. 강 여사가 비로소 정신이 들었는지 그녀를 알아보고 벌떡 일어나 그녀의 손을 두 손으로 잡는다. 답답한 마음을 전화로 털어놓았지만, 항상 바쁜 그녀가 병원까지 와 줄 줄은 기대하지 않았다.

　"여심 씨! 정말 고마워 와 줘서."

　"아이는 건강해 보이니 다행이야."

　"어떻게 하는 것이 가장 잘하는 걸까?"

　"내가 말한 대로 해. 답은 하나야. 아이를 입양시킬 수 있으면 최상이야! 마침 적당한 사람이 생겼어. 북유럽 부부인데 모 회사에서 파견돼 나와 있고 아이들이 둘이나 있는 가정이야. 아이를 키워본 경험도 있는 사람이라 조건이 아주 좋아. 유감스럽게도 우리나라 법인들이 외국 사람의 입양을 막으려 하지만 그건 무책임한 짓이야. 아이를 잘 키워줄 사람이면 법조인들이 막을 권리는 없어. 특히 국가의 위신이니 뭐니 해서 아이를 희생자로 만드는 행위는 비겁하고 치졸하고 비도덕적인 처사야. 전후에 참으로 많은 한국 아이들이 미국으로, 유럽으로, 입양되어 갔어. 어쩌다 몇 명의 입양인들이 힘든 경험을 했다고 해서 반대하는 건 옳지 않아, 특히 아이에게. 입양된 후 힘든 경험을 한 아이들은 대개가 고아원에서 살다가 입양된 아이들이야. 아이들의 나이가 세 살 이상이었거나 그보다도 더 나이가 많은 아이들이었을 거야. 이미 정서가 불안한 아이들이 다른 환경으로, 다른 언어권으로, 보내졌을 테니 아이가 많이 힘들었겠지! 아이에게 가장 좋은 방법은 아이 엄마가 키울 수 있도록 나라가 책임져 주는 것이지만, 나라는 그만두고 우리나라, 가정에서 입양하려는 사람들이 있으면 좋겠지만 혈통 운운하면서 안 하겠다는 게 현실인데 이를 극복할 수 있는 아무런 대책이 없는 상황에서 태어나는 아이들을 함부로 물건 취급을 한다면 그건 틀림없는 범죄야."

"어떤 사람은 고아원으로 보내라던데."

"아니! 그건 안 돼. 강아지도 자신을 처음 키워준 사람을 부모로 알듯이 아이에겐 부모라는 존재가 필요해. 보육사가 아침저녁으로, 혹은 일주일 간격으로, 바뀐다면 아이에겐 정서적 혼란이 생겨서 부모가 없는 것과 마찬가지야. 결국, 부모의 연이 맺어질 수가 없거든. 그래서 고아원은 안 돼. 아주 어릴 때 입양을 원하는 위탁가정에 곧바로 보내서 부모·자식 관계를 맺어주는 게 아이에겐 가장 좋은 방법이야. 물론 아이에게 생모보다 더 좋은 사람은 없지만 말이야. 생모가 키우지 못할 바에는 입양가정에서 자라는 게 가장 정신적으로 안정되게 성장 발달할 수 있는 길이야. 세 살 버릇 여든 간다는 소리 못 들었어? 아이의 성격이 형성되는 시기는 아이를 중심으로 처리되어야 해. 아이들은 감정으로 배워. 엄마와의 감정 교류가 대단히 중요한 이유야. 아기들이 식구들의 얼굴들을 인식하면서 엄마를 알아보기 시작하고 식구가 아닌 타인을 구분하면서 모르는 사람을 의심 찬 눈으로 바라보는 성장 과정, 그 자체가 그 아이의 성격 형성의 요소들이 되거든.

고아원은 한 사람이 한 아이를 돌보는 게 아니라 여러 애를 봐야 할 뿐만 아니라 고용인들이 바뀔 텐데 돌봐주던 사람이 바뀐다면 이는 엄마가 바뀌는 것과 같아. 아이는 엄마로부터 매번 버림을 받는 것과 같은 경험을 하게 되는 거지. 그런 경험은 아이가 아무하고도 쉽게 소통하려 하지 않는 외톨이로 자라게 돼. 다시 말하면 자아에 대한 자존감이 형성되지 못하고 자기의 정체성을 형성할 수 없어. 어린 시절의 피해 경험이 그 아이에겐 일생 마음의 상처로 기억되거든. 이는 무엇을 말하는 것이냐 하면 아이가 그의 인생을 아무렇게나 살 수도 있다는 얘기가 돼. 본능대로, 하고 싶은 대로, 남을 배려할 줄 모르는 행동으로 이어지게 돼. 피해자에 대한 공감 능력이 모자라거나 없거든. 법을 어기는 일이라도 지체치 않을 수 있다는 얘기야."

윤 여심 박사는 잠시 말을 중단하고 숨을 고르듯 하더니 다시 말을 이었다.

"내 생각은 갓난아이를 고아원에 보내는 일은 한 인간이 한 다른 인간의 미래의 빛을 가리고 어둠으로 몰아넣는 최악의 결정이라고 생각해. 아이는 엄마가 어느 인종이든 상관하지 않아. 차별하는 건 우리야. 우리 사회야. 아이를 차별하는 사람들은 그 아이뿐 아니라 다른 모든 사람을 차별하는 사람이야. 정도의 차이는 있지만 우리가 모두 다른 사람을 차별하지. 그 아이가 자라면서 받는 차별은 그에 대응방법을 터득해서 훌륭하게 해결해 낼 수도 있어. 그러기 위해서 아이는 자존심과 정체성이 형성되어야만 해.

자신을 사랑하고 엄마를 사랑하고 가족을 사랑한다면 어려움을 극복하고 오히려 그런 어려움을 이겨내면서 더욱 성숙해질 수 있을 거야. 아이가 자존심과 정체성을 형성할 수 있도록 도와주는 게 중요해. 모든 부모가 많은 실수를 하면서 아이들을 키우지만, 아이들은 자기 부모를 사랑하면서 동시에 자존심과 정체성을 형성 발전시켜 울타리 속의 한 일원으로 자랑스러운 일을 하려고 노력하게 되지. 자신이 어디에 속해있다는 생각은 그 자체가 정체성과 자존감이거든. 물론 이건 어디까지나 나의 의견이야."

　"너를 믿지만…. 처음 당하는 입장에서 참으로 어렵다. 그렇게 아이를 보내야 할지!"

　"언니가 돌볼 수 없는 이상 아휘가 아이 얼굴을 보고서 더 힘들어하기 전에 내가 데리고 갈게. 입양하려는 가정은 내가 직접 만나볼 생각이야. 법적으로 정식으로 입양이 되기까지는 여러 달이 걸려, 특히 외국인 입양은. 언니가 정히 데려다 키우고 싶으면 다시 생각할 기회가 주어지긴 해. 그러려면 하루라도 빨리 결정을 해야 돼. 아이와 입양 가족과의 유대감이 형성된 후에는 아이에게 좋은 영향을 주지 못하지. 오랫동안 아이가 방황하게 될 테니까."

　두 사람은 같은 이야기를 여러 번 반복해 보아도 결국 최선의 해결책은 나오지 않았다. 미혼모에 붙을 꼬리표만이 아니다. 아비 없는 자식이라는 눈초리 속에 살아야 할 아이는 생각만 해도 끔찍했다.

　아휘가 강 여사에게 말했다.

　"엄마! 나 내일 바로 서울로 올라가서 출국 준비 하고 싶어요."

　"그건 안 돼! 의사 선생님 말씀대로 해야 돼. 한 달을 병원에서 누어만 있었으니 서서히 회복하도록 해야지. 무리하면 또 쓰러지기 쉽다지 않니? 아직도 너는 빈혈이 심하고 정신이 쇠약하니 고집부리지 말고 최소한 몸과 마음이 추슬러 질 때까지 쉬었다가 올라가렴. 내 생각도 좀 하렴. 네가 너무 걱정되는구나."

아휘는 그렇게 할 수 없는 이유가 있었다. 쉬어가면서 무리하지 않을 것을 약속하면서 기어이 떠날 수 있었다. 혹시라도 민우가 찾아올지도 모른다는 생각 때문에 아휘는 가야만 했다. 아기는 아휘가 두 번째 실신하자 강 여사의 허락으로 윤여심 박사가 데리고 떠났다. 아기도 떠났고 출국해야 할 날짜도 다가오고, 책에서 멀어진 지 오래니 되도록 빨리 다시 공부 속으로 들어가 현실을 망각하고팠는지도 몰랐다.

피터가 책을 덮으면서 심각한 표정이 되었다. 다래가 그의 곁으로 다가가서 그를 토닥인다. 그러자 피터의 눈에서 눈물이 핑 돈다.
"아휘가 너무 불쌍해요. 얼마나 가슴이 아팠을까요. 다래 씨!"
"여자들은 여러 형태로 고통을 받지만 아마도 아휘 같은 경우가 가장 큰 고통 중의 하나일 거야."
"강 여사는 너무 했어요. 어떻게 아기를 그런 식으로 보냅니까?"
"그 어머니인들 오죽했겠어! 강 여사의 가슴도 많이 아팠겠지만, 그녀에겐 그녀의 자식이 누구보다도 중요했던 거야. 딸이 죽느냐 사느냐 하는 와중에 아기는 뒷전이 되는 게 엄마의 마음이에요. 게다가 딸의 장래를 가로막는 걸 그대로 보고만 있을 수가 없었던 거야. 아휘처럼 하룻밤의 사랑의 대가를 그녀 홀로 그 값을 치러야 하는 경우는 많은 여자가 경험해. 아이는 나라의 미래이니 나라가 아이의 성장을 위해 아기와 엄마를 지원해야 할 책임과 의무가 있다고 이해하는 나라가 되기 전까지는 모든 여성은 물심양면으로 외롭고 힘들 수밖에 없어. 특히 한국의 미혼모들은 그래."

이번에는 다래가 머리를 숙이고 땅에 떨어지는 자신의 눈물방울을 헤아리고 있었다.

# 제5장

# 어미의 모습

"그게 뭐예요?"

보물단지처럼 무엇인가를 조심스레 가슴에 품고 문을 들어서는 이 씨 아주머니를 보면서 피터가 묻는다.

"달걀이에요. 다래 어머니한테서 사 왔어요. 우리 닭들이 앉아서 졸기 시작했어요. 알을 품으려 하는 거예요."

윤 박사가 키우던 닭 열 마리를 맡아서 키우는지 어언 일 년 가까이 되어왔다. 아휘는 방사해서 낳은 달걀을 피터에게 먹이는 것이 기뻤다. 넓은 정원을 돌아다니면서 갖가지 벌레와 풀을 뜯어 먹으면서 낳은 알이라 무엇을 하든지 맛이 있었다. 밝으면서도 진한 황금빛 노른자의 그 탱글탱글함이 그녀의 가슴을 뿌듯하게 했다.

"우리도 달걀 있잖아요?"

"같은 어미와 아비 사이에서 깨어난 닭들이라 수탉과 암탉들은 형제나 사촌 사이 일 거예요. 다른 집, 닭의 알을 품게 해 주려고요."

"왜요?"

"사람들도 사촌지간에는 결혼을 안 하는 것과 같아요. 동물들도 마찬가지예요. 근친하면 불구가 태어날 확률이 높아지거든요. 게다가 다래네 닭이 청계이어서 청계 병아리를 키워보려고요."

"청계 암탉이 낳은 알을 우리 토종닭이 품으려 할까요?"

"당연하죠! 인간이나 동물이나 태어나서부터 부모와 자식 간의 연을 맺으면 자신의 자식이나 남이 낳은 아이나 다르지 않아요. 특히 갓난아기를 입양하는 부모들은 자신이 낳은 아이가 아니라는 것을 까맣게 잊듯이 닭도 알을 그대로 받아들여요. 다섯 개를 넣어주었으니까 삼 주만 있으면 청계 병아리가 다섯 마리가 나올 거예요."

"그럼 수탉 병아리도 청계가 나오나요?"

"그러겠지요. 수탉 병아리는 한 마리만 나왔으면 좋겠어요."

"왜요?"

"어차피 수평아리는 한 마리만 남길 거니까요. 태어난 병아리를 없애 버리는 번거로움이 안 생길 테니까요. 어떻게 없애던지 없애는 건 즐거운 일이 아니잖아요. 암수의 비율을 십 대 일로 하면 적당하대요."

"없애지 않고 키우면 안 되나요?"

"수탉들은 두 마리만 있어도 싸워서 안 돼요. 싸움에서 이기는 수탉만이 수탉 노릇을 하거든요. 수평아리들은 약병아리로 자라면 다래 어머니께 드리려고요. 잡아 잡수시라고요."

"불쌍한 수탉! 그런데 달걀에 무슨 글씨를 쓰세요?"

"날짜를 쓰고 있어요. 여기에 쓴 날짜에서 정확하게 이십 일일이면 병아리가 태어날 거예요. 그리고 날짜를 쓰는 이유는 암탉이 알을 품고 있는 둥우리에 다른 암탉들이 끼어 들어가서 알을 낳거든요. 자기 알도 깨우기 위해서지요. 종족 번식의 욕구는 동물도 인간도 같은 것 같아요. 뻐꾸기처럼 말이에요. 물론 병아리들은 뻐꾸기처럼 다른 새들을 둥우리에서 밀어내지 않고 함께 잘 지내요. 안데르센의 '미운 오리 새끼', 오리가 백조의 알을 함께 품은 동화처럼 말이에요. 문제는 다른 알들이 날짜가 차서 모두 병아리로 태어나면 어미는 병아리들을 돌보기 위해서 병아리들을 따라 둥우리를 떠납니다. 그런데 나중에 낳은 알들은 아직 깨어날 때가 못 되었기 때문에 알 상태로 있는데 암탉이 둥우리를 떠나면 그 알들의 체온이 떨어지면서 부화를 멈추지요. 그러면 그 알들은 썩어요. 글씨가 없는 알들이지요. 그래서 가끔 글씨 없는 달걀들은 꺼냅니다.

"그러면 암탉들은 스무하루 동안 둥우리를 지키기 위해 품고만 있나요?"

"하루나 이틀에 몇 분 동안 나와서 변을 보고 잠시 모이도 먹고 물도 마시고 들어갑니다. 달걀이 식지 않도록 짧은 시간에 부지런히 볼일을 보고 들어가는 거지요. 그래서 병아리가 나올 때쯤 되면 암탉의 벼슬이 빛을 잃을 정도로 기진맥진한 상태가 되지요. 그러다가 병아리들이 태어나면 그들을 위해 모이를 찾아주고 병아리가 위험에 처하면 목숨 걸고 지킵니다. 닭에게서 신기한 걸 발견했어요. 암탉들은 인간과 달리 어느 시기까지만 병아리들의 모이를 찾아주면서 돌보다가 독립시킬 때가 되었다고 생각하면 잔인하다고 할 만큼 냉정하게 곁을 주지 않습니다. 인간이 암탉에게서 배울 점이지요. 결국, 병아리들은 그때부터 암탉에게서 독립되어 자신의 먹이를 찾아 나서

지요."

"인간도 자녀를 독립시키잖아요? 한국은 안 그런가요?"

"아! 모두 그런 건 아니고요. 서양에서는 십 팔 세가 되면 독립시키킨다는 얘기를 들었어요. 한국은 조금 다릅니다. 이젠 많은 사람이 핵가족으로 살아갑니다마는 아직도 사랑을 절제하지 못해서 어머니의 아들 사랑이 인생을 망치는 경우가 있으니 말입니다. 시집살이시키는 시대가 지났건만 아직도 그런 사람들이 있어요. 딸의 경우는 아버지가 자주 나섭니다. 되도록 부유한 집으로 시집을 보내려고 하고 일단 시집을 가면 출가외인이라고 합니다. 하긴 딸을 독립시키지 못하는 부모도 있지요. 재미있는 건 닭도 수평아리가 어미 닭을 포기 못 하고 성장할 때까지 삐악거리며 쫓아다니는 경우도 있긴 해요. 게다가 다 자라니까 지가 수컷이라고 어미를 올라타더라고요. 하하."

아휘는 자신도 모르게 말을 해 놓고서 얼굴이 붉어졌다. 화제를 돌린다.

"아! 이거 피터 씨 해 드리라면서 다래 어머니가 주셨어요. 땅 두릅하고 엉겅퀴 싹이래요. 귀한 나물이에요."

피터는 여러모로 이해가 안 되던 아랑의 행동이 조금씩 이해가 되는 듯했다. 피터는 아무리 그녀의 부모가 그들의 결혼을 반대한다 해도 아랑이 자신을 사랑한다면 대문을 박차고 자신을 따라 나왔을 거로 생각했는데 그리하지 못하는 것은 그만큼 그녀의 피터를 향한 사랑이 약해서일 거로 생각했었다. 풍습이 다른 것이었다. 같은 인간 사이에 문화의 다름이 이토록 행동의 다름으로 이어진다는 새로운 면을 그는 깨닫게 된 것이다.

눈에 뜨이게 피터를 챙기는 다래 엄마였다. 아휘도 대충 짐작은 하지만 모르는 체하고 있었다. 다래 엄마가 피터를 좋아했던 것이다. 불쌍한 딸이 이 깊은 산속에서 쓸쓸한 날들을 보내고 있는지도 어언 5년이 되어왔다. 집안 망신시킨다면서 펄쩍 뛰는 다래 아버지 때문이기도 하지만 다래로서는 마음의 상처 때문에 밖에 나가 돌아다닐 생각이 없었다. 어쩌면 세상을 포기했는지도 모른다. 아직은 그녀의 과거에 대해 아무것도 모르는 피터는 그녀의 신선함이 마냥 아름답기만 했다. 하루하루를 자연 속에서 자연과 어울려, 목적도 계획도, 야심도 없이, 있는 그대로, 느껴지는 대로, 구김 없이 표현하고 행동하는 그녀가 피터에겐 신선함으로 와 닿은 것이다. 게다가 그녀의 사물에 대한 이해와 자연의 아름다움 속에 존재하는 시련의 아픔을 품어주려는 그녀를 볼 때는 그의 가슴이 지글지글 탄산수를 마신 것 같이 시원하면서도 뒷맛은 살짝 쓰라린 느낌이었다. 그녀의 정신세계는 높은 곳에 도통이라도 한 듯싶은데 자신은 발로 땅을 짚고 허덕이는 기분이었다. 그녀처럼 모든 세상 것들을 훌훌 털어 버리고 자유로워지고 싶다는 생각을 한다. 그는 요즘 그녀와 같이 산에 오르는 것이 하루 삶의 희망이고 보람이 되었다. 거기에 그녀가 있기에.

오늘도 두 사람은 벤치에 나란히 앉아 노래도 하고 얘기도 하고 방에 가서 아휘가 싸준 점심과 다래가 가지고 온 음식을 나누어 먹기도 하고, 잣나무 숲을 걸으면서 나무와 나무 사이로 스며드는 햇살을 가로질러 골짜기에 속삭이듯 흐르는 투명하리만큼 맑은 물을 보면서, 피터가 읽고 있는 책 이야기를 하다 보면, 피터는 혹 천국이 여긴가 생각해 본다. 마루와 돌이가 짧게 짖는다. 그들의 식사시간이 된 것이다. 다래와 피터는 느린 발걸음으로 산길을 더듬듯 내려와서 다래네 집 앞에서 부담 없이 가벼운 입맞춤을 하고 헤어지는 사이가 되었다.

최진후는 이날도 이틀 만에 귀가했다. 안왈순은 남편이 아침을 먹고 있는 사이에 갈아입을 옷들을 챙겨서 의자에 걸어 놓는다. 골라 입으라고 각기 다른 색의 넥타이와 셔츠를 두 개씩, 그리고 양말도 넉넉하게 여러 켤레 늘어놓는다. 그는 민망해할 법도 한데 전혀 그런 표정은 안 보인다. 삼 일 전, 이른 아침, 최진후는 잠자리에서 일어나지도 않았고 안왈순은 부엌에서 아침준비를 하는데 한 중년 부인이 들이닥쳤다. 대문에서부터 큰 소리로 남편의 이름을 부르는 소리가 나서 내다보니 화장을 짙게 한 중년 여인이 눈을 비비며 파자마 바람으로 나온 남편을 향해 팔을 휘저으면서 호통을 친다.

"나도 낙태를 시키더니 이젠 내 딸까지 낙태를 시키려 해? 네놈이 사람이냐? 이번에는 네놈을 그대로 안 둘 거야!"

최진후는 그녀를 끌고 방으로 들어갔고 방문이 닫혔다. 안왈순은 부엌에서 나와 다래 방으로 들어간다. 다래도 잠에서 깨어 있었다. 방안에서는 한참을 큰소리가 오가더니 잠잠해졌다. 곧이어 방문 여는 소리가 났고 대문을 나가는 소리가 들렸다. 흥분한 여자를 잘도 토닥인 모양이었다. 그들이 나간 후 다래가 엄마를 달랜다. 안왈순은 정신이 나갔는지 멍한 얼굴이었다. 무슨 생각을 하는지 입이 굳게 닫힌 그녀의 눈은 초점을 잃었다. 다래가 부엌으로 가서 엄마가 차리던 상을 차린다. 둘이 마주 앉아 수저를 입으로 나르지만 안왈순은 결국 수저를 내려놓고 눕는다. 그녀 눈가의 눈물이 아침 햇살에 반짝였다.

피터는 요즘 아침마다 닭장 근처를 서성인다. 병아리가 알에서 깨어난다는 건 알고 있었지만 실제로 온몸으로 보물덩어리를 품기라도 한 듯 며칠째 나오지 않고 앉아있는 암탉의 모습이 처량해 보이기도 하고 거룩해 보이기도 했다. 하루 이틀도 아니고 자그마치 3주를 저렇게 품고 있어야 한다니! 가끔 알을 굴리거나 자신이 방향을 바꾸어 앉기도 하고 혹은 돌아앉기도 했다. 저렇게 고생을 하는데 혹시 알에서 병아리가 나오지 않으면 어쩌나 하는 어두운 생각이 스칠 때는 피터는 머리를 좌우로 흔들어 어두운 생각을 떨쳐 버린다. 그러면서도 혹시 어미의 날개 밑에서 병아리의 머리가 보이기라도 할지 모른다는 기대감에 날개 밑을 살피곤 했다. 아휘가 아직 병아리가 깨어나려면 며칠 더 있어야 한다고 말해 주었는데도 왠지 한 마리쯤은 일찍 나올지도 모른다고 믿고 싶은 모양이었다. 이날도 그는 찻잔을 들고 나왔다. 날씨가 아직도 쌀쌀한 편이지만 봄 냄새는 완연했다. 서울은 개나리가 만개한 지 며칠 되었는데 이곳 산속은 4~5도가 낮은 탓인지 진달래도 아직 피지 않았다. 버들강아지들이 씩씩한 모습으로 앞장서서 피었고 그 뒤를 버드나무 잎들이 삐죽삐죽 나오고 있다. 닭들이 가랑잎을 헤치고 푸릇푸릇 돋은 새싹 풀들을 뜯어 먹었다. 오늘이 바로 암탉이 알을 품은 지 스무 하루째 되는 날이었다.

"상쾌한 아침이네요."

아휘도 손에 찻잔을 들고나온다.

"안녕히 주무셨어요!"

"어젯밤 잠을 설쳤어요."

아휘가 말끝을 흐리면서 머뭇거리는 이유는 예감이 안 좋은 모양이었다. 자연의 질서에 부응치 못했을 때 겪어야 하는 냉정한 현실을 그대로 보여주는 참혹함을 경험하게 될지도 모른다는 예감 때문일지도 몰랐다.

"오래 기다리던 예정일이 되었네요."

"그래요? 오늘이 알에서 병아리가 깨어날 날이에요? 그런데….오른편에 앉은 하얀 닭은 오늘이 예정일이고요, 왼쪽은 일주일 후에요. 일주일 늦게 앉기 시작했어요. 만일 알들이 살아 있었으면 이미 깨어난 병아리가 어미 날개 밑에 있을 수도 있어요. 알 속에서 병아리가 삐악삐악 소리를 내면 어미 닭이 꼬꼬라고 대답을 하고 알에서 나오려는 병아리를 위해 알을 쪼아 준답니다. 그렇게 깨어난 병아리는 아직 털이 젖은 상태여서 털이 모두 마를 때까지 어미가 품어줍니다. 털이 마르면 머리만 조금씩 내놓고 바깥 구경을 시작하지요. 깨어난 당일은 병아리가 모이를 먹지 않아요. 오늘 하루 종일 어미 닭은 병아리가 깨어나는 것을 도울 겁니다."

피터는 빈 찻잔을 들고 열심히 하얀 닭을 응시하지만, 닭의 몸은 움직이지 않았다. 결국, 아침상이 차려졌다는 부름에 아쉬운 발걸음으로 뒤를 돌아보면서 집 안으로 들어갔다. 도시 생활만 한 피터로서는 보잘것없는 것 같은 자연현상들이 신기하고 때론 무섭고 아름답다. 처음 본 살모사가 피터의 눈에는 별거 아닌 것 같은데 사람이 물리면 죽을 수도 있다는 사실을 접했을 때 놀랐고, 산돼지가 새끼들을 데리고 마을 입구에 나타났을 때 귀여운 새끼들을 만져보려 가까이 가면 꿀꿀거리며 접근해 오던 돼지가 사람을 치명적으로 공격할 수 있다는 것에 놀랐다. 한 마리의 매가 공중에서 맴을 돌더니 다이빙을 해서 낚아챈 들쥐를 물고 올라가는 것을 봤을 때 들쥐가 몹시도 불쌍했는데, 올빼미인지 매인지 꽤 큰 몸집의 새가 공중에서 맴을 돌다가 풀어놓은 토종닭 한 마리를 거뜬히 채고 올라가는 것을 보았을 때는 더는 산에서 못 살 것 같았다.

그러나 어제께처럼 휘영청 달이 밝은데 들려오는 개구리 소리, 오목눈 새들의 모습, 푸른색, 흰머리, 검은 색등, 갖가지 색의 오목눈 종류의 새들, 뻐꾸기뿐 아니라 서로 주고받는 새들의 신호 소리, 굴뚝새의 앙증맞게 올라간 꼬리날개! 휘파람새의 휘파람 소리는 영락없는 사람의 휘파람 소리를 닮았다. 손이 시리도록 찬 산골짜기 물속에 사는 물고기들. 초가을이면 주렁주렁 달리는 산 열매들, 보리수의 아름다운 꽃, 그림으로만 보던 만물의 삶, 자연의 질서를 지키면서 살아간다는 것을 눈으로 보는 피터의 마음은 자연은 아름답기만 하지 않다는 것을 배워가고 있었다. 무서울 만큼 잔인하고 아픔과 어려움을 이겨내면서 견디는 자연현상을 눈으로 보고 깨달으면서 4월을 잔인한 달이라 읊은 시인 티 에스 엘리엇의 마음도 알 듯했다.

병아리가 알에서 깨는 일은 매년 경험하는 다래로서는 별로 신기할 것이 없는 시골 생활의 한 부분일 뿐이다. 그러나 피터는 하루 종일 병아리 생각을 하던 터라 산에서 일찍이 내려오고 싶었고 다래도 그와 함께 병아리를 보기로 했다. 매년 경험하는 일이지만 사실 새 생명을 보는 순간만큼은 즐겁고 아름다운 일이어서 싫다는 소리 하지 않고 쫓아왔다.

두 사람은 닭장 속 암탉둥우리 앞에 서서 움직이지 않고 앉아있는 암탉을 보고만 있자니 답답하기 짝이 없었다. 다래가 장갑이 있느냐고 묻는다. 집안으로 장갑을 찾으러 들어간 피터는 하얀 면장갑 한 켤레를 들고나왔다. 아휘도 뒤따라 나왔다. 피터가 다래에게 장갑을 건네주자 다래는 장갑을 끼더니 능숙하게 닭의 날개를 들추어 본다.

달걀들이 옹기종기 보인다.

"아주머니 혹시 날짜를 잘못 계산하신 것 아녜요? 스무하루가 되었어요?"

"틀림없는데!"

아휘는 손가락을 접었다 폈다 하면서 다시 날짜를 세어 본다.

"오늘은 스무 이틀째 되는 날이에요. 어제가 사실은 예정일이에요."

하루가 지났는데도 소식이 없어서 아휘가 잠을 설쳤던 것일까?

다래가 다시 장갑을 끼더니 암탉의 날개를 쳐드니까 암탉이 마구 쪼아댄다. 다래가 알을 한 개 꺼냈다. 그러더니 흔들어 본다. 그리고 의심의 여지가 없는 어조로 말한다.

"암탉이 잘못 품었거나 무정란이에요. 알이 썩었어요!"

"네? 그걸 어떻게 알아요?"

다래가 알을 깨려 하니까 피터가 깜짝 놀라서 하루쯤 더 기다려 보자면서 깨지 못하게 한다. 다래가 빙그레 웃으면서 피터의 손에 알을 넣어 준 다음 흔들어 보라고 한다. 알이 흔들리는 게 틀림없다. 아휘도 시골을 떠나 산 지 오래다 보니까 자세한 부분은 잊어버려 아무 말도 못 하고 다래가 하는 대로 보고만 있다. 다래가 톡톡 알을 깬다. 그녀가 말한 대로 알은 상해 있었다.

"무정란이었네요!"

"그게 무슨 소린가. 수탉이 세 마리나 있다던데!"

"맞아요. 우리 수탉이 세 마리나 있어요. 두 마리는 몇 해 묵은 닭이지만 한 마리는 한 살 밖에 안 되었을 텐데!"

"암탉이 잘못 품은 건 아닌가요?"

암탉이 잘못 품었다는 얘기는 암탉이 모이를 먹으러 나와서 너무 오래 있었거나 다시 둥우리로 들어가지 않아서 알의 체온이 내려가서 죽게 되는 경우를 말한다. 그런 경우엔 병아리의 머리나 몸이 생기다가 멈춘 흔적을 볼 수 있다. 노른자의 흔적이 없어지고 붉은 피와 함께 병아리가 자라던 흔적이 보이는 것이다. 품고 있던 다섯 개 알이 모두 무정란인 것이 밝혀졌다. 알을 꺼내자 스무하루를 제대로 먹지 않고 앉아만 있던 벼슬이 힘없이 옆으로 기울어진 암탉은 꼬꼬댁거리면서 둥우리를 떠났다. 다래는 일주일 후가 예정일인 닭의 알도 꺼내본다. 그리고는 살살 흔들어 본다. 그러더니 조금 더 세게 흔들어 본다. 모두가 흔들린다. 역시 무정란을 안고 앉아 있었던 것이다. 모두 꺼내 아휘 손에 넣어준다. 아휘도 흔들어 본다. 그리고 한 개를 깨어 본다. 역시 무정란이다. 노른자가 깨어지면서 흘러나왔다.

피터는 머릿속이 갑자기 하얘지고 새로운 경험을 했다는 생각보다는 왠지 암탉이 불쌍한 생각이 들었다. 엄마가 자신의 누나가 될 뻔한 유산된 아기 이야기가 생각났다. 둥우리를 뛰어나가며 울던 암탉! 유산된 아기! 죽어서 나온 아기를 본 엄마가 얼마나 힘들었을까를 생각하니 엄마가 보고 싶어졌다. 아버지가 원망스럽다. 자주 외박하던 아버지와 많은 다툼을 하면서 체중이 눈에 뜨일 정도로 줄었었다고 했다. 목욕탕에서 어지러워 쓰러졌던 다음날 일어난 일이었다. 지금이라도 엄마를 위로하고 싶은 마음이다. 그런데 당금은 무슨 이유인지 엄마가 자신을 위로해 주기를 바란다. 암탉 때문에 눈물이 나올 지경이기 때문이다. 어려운 순간이 있을 때마다 엄마는 이런저런 이야기를 해서 현실을 이해시키고 극복해 나갈 수 있게 도와주곤 했다. 피터의 팔다리가 힘을 잃어가고 있었다. 엄마가 보고 싶었다. 엄마! 엄마! 불러만 보아도 가슴을 따뜻하게 해주는 한마디의 말, 엄마! 부스럭부스럭 주머니를 더듬어 전화기를 꺼낸다.

"엄마! 저예요. 어떻게 지내세요?"

"너도 알잖아. 나, 항상 바쁜 거. 너는 어떻게 지내니? 그런데 너, 목소리가 왜 그래? 무슨 일 있구나! 무슨 일이야? 어디 아파?"

"아니요. 아무 일도 없어요. 그냥 엄마 목소리가 듣고 싶어서….."

"그게 아닌데! 내가 너를 모르니? 어서 말해 무슨 일이야? 내가 필요하면 오늘은 안 되고 내일은 비행기 예약이 가능할 거야. 내가 네게로 갔으면 좋겠니?"

"아니에요. 그냥 암탉이 불쌍해서."

"암탉? 무슨 암탉? 원래 모든 암컷은 수컷의 시달림을 경험하지! 인간도 동물도! 누구네 암탉인데? 암탉은 인간보다 현실적응이 빠를 거야. 나처럼 몇 날 며칠을 누워만 있다가는 살아남을 수 없을 테니까. 너무 걱정하지 마. 엄마, 강의시간에 늦겠다. 또 통화하자! 안녕!"

"좋은 아침!"

"안 좋은 아침!"

"왜, 무슨 일 있었어요? 다래 씨! 얼굴이 피곤해 보이는군. 아버지가 다래 씨한테 술주정하셨어요?"

"아니. 어제 잠을 거의 못 잤어. 주문한 책이 도착했거든."

"책이 무척 재미있었나 봐요! 사실은 나도 어제 늦게까지 책을 읽었어요. 민우에게 뜻밖의 일이 생겼거든요."

피터는 책 속으로 다시 잦아든다.

민우의 마음 한구석에는 아휘에 대한 생각이 항상 자리하고 있었다. 아무리 생각해도 답은 하나였다. 아휘에게 다른 남자가 생겨서 자신과의 연락을 끊은 것이라는. 다른 이유가 있을 수 없었다. 민우는 군 복무를 하면서도 실연의 아픔으로 힘들었는데 제대해서 집에 와 보니 구석구석에 아휘의 그림자가 깃든 어린 시절부터의 기억들이 범벅되어 눈앞에 나타났다가 사라지곤 했다. 그녀의 모습이 손끝에 닿을 듯, 잡힐 듯, 다가가고 다가가도 그녀는 미소 띤 얼굴로 뒷걸음질을 하다가 다시 사라지곤 하는 것이었다. 하루가 몇 달 같고 한 달이 몇 년 같은 반년이 지나서야 정신이 들어 군대에 입대하기 전에 가르치던 과외 학생들에게 연락하여 과외를 다시 시작했고 대학입시 준비에 열중했다. 대학입시는 생각보다 쉬워 원하던 공과대학에 합격했다. 대학 생활이 시작되자 시간에 쫓기기 시작했다. 공상에 빠질 시간이 없었다. 과외를 늘렸기 때문에 기숙사에 머무는 게 시간상으로 편리해서 기숙사 생활을 시작했다. 방학 동안에도 기숙사에서 지냈다. 아휘 생각으로 머리가 복잡해지는 것을 피하기 위해서이기도 했다. 그러던 어느 주말 전화가 울렸다. 강 여사의 전화였다.

"그렇게 바쁘냐? 좀 더 자주 내려오도록 해라. 너만 바라보고 사는 엄마 생각도 해야지. 엄마가 너를 무척이나 기다리셔. 다음 주말엔 아휘가 귀국한다는데 내려올 수 있겠니?"

"네? 네! 내려가야죠! 아주머니."

대답은 했으나 가슴이 뛰기 시작했고 서서히 얼굴이 달아오르고 있었다. 아무리 생각해도 화가 났다. 어떻게 아무런 설명 한마디도 없이 떠나가서 지금까지 엽서 한 장도 없단 말인가. 괘씸한 생각이 들어, 보고 싶지 않은데 왜 내려가겠다고 대답한 것일까? 자신이 무슨 생각을 하는 것인지, 자신의 속을 들여다보아야겠다는 생각을 하자 갑자기 머릿속이 캄캄하게 변해 아무것도 보이지 않았다. 머릿속은 하얗게 한여름 대낮처럼 변하면서 공중으로 날아가고 있었다. 머리를 숙이고 뚫어지라고 땅을 응시하면서 서서히 머리를 든 그는 작은 작심에 도달했다. 부딪혀 보자. 만나보자. 들어보자. 그녀의 눈을 들여다보고 싶었다, 그녀의 눈이 모든 것을 설명해 줄 테니까!

피터가 책 속의 그 문 귀에서 잠시 머뭇거리자 다래의 눈빛이 재촉하고 있었다. 피터가 빠른 속도로 다시 읽기 시작한다.

민우에게 다음 주말이 오기까지는 생각보다 오래 걸렸다. 주말을 생각할 때마다 민우의 가슴은 울렁거렸고 밤잠을 설쳤다. 기숙사에 돌아와서도 민우는 정신이 나간 사람처럼 아무것도 안 하고 우두커니 앉아서 재판장의 결정이라도 기다리는 사람처럼 무표정하게 눈에 초점을 잃고 있었다. 아무것도 안 하는 게 아니라 아무것도 할 수가 없었다. 아무런 생각도 할 수 없었다. 생각도 신호등에 걸린 것처럼 신호가 바뀌기를 기다리는 자동차들 같았다.

드디어 자동차 소리가 나고 대문이 열리면서 아휘가 나타났다. 민우는 너무 기뻤다. 그녀의 얼굴을 보는 순간 아무 생각 없이 반갑기만 했다. 민우의 엄마가 다가가서 그녀를 껴안더니 울기 시작했다. 민우는 의아했다. 엄마가 아휘를 그토록 좋아하는 줄 몰랐다. 그다음 아주머니가 말없이 그녀에게 다가가서 껴안고 오래도록 그렇게 서 있었다. 짐들이 들어오고 아휘가 그녀의 방으로 들어가자 민우가 따라 들어갔다. 아휘가 돌아서서 민우를 쳐다보더니 미소와 함께 잘 지냈느냐고 묻는다. 민우는 잠시 머뭇거린다. 그는 그녀의 눈을 읽고 있었다. 그녀의 눈은 그를 밀어내고 있었다. 마지못해서 하는 인사였다. 민우가 그녀 앞에 나타나지 않기를 원했던 거북한 눈빛이었다.

"그렇지. 그렇게 갑자기 다른 남자에게 마음을 줄 수 있었다고 말하긴 싫겠지. 그녀의 눈에 서린 슬픔인지 원망인지 분간할 수 없는 표정! 어떤 남자이기에? 그런데 오늘 이렇게 혼자 집에 온 이유는 무엇일까? 그 남자는 왜 함께 오지 않은 것일까? 엄마는 왜 울었을까? 엄마는 무언가를 알고 있는 게 틀림없어!" 민우는 아무 말도 하지 않은 채 뒷걸음질을 하고 있었다. 그가 아휘의 방에서 나와 그의 방에 들어서는 순간 그는 흐느끼기 시작했다.

밖에서 들릴까 봐 입을 막고 울고 있었다. 세상을 잃은 것 같았다. 자신이 세상 밖으로 내쫓긴 것 같았다. 쓸모없는 인간! 멍청한 인간! 제 기분대로 하는 인간! 제 기분에만 빠져서 남을 생각할 줄 모르는 인간! 자신이 세상에서 사라진다 해도 아무도 모를 것인데, 무엇하러 살려는 것인가 싶었다. 수증기처럼 증발할 수 있다면 그리 하고 싶은 순간이었다. 한참을 울다가 잠이 들었던 모양이다. 나와서 밥 먹자는 강 여사의 목소리에 눈을 떴는데 왠지 눈이 감긴 기분이다. 거울을 보니 눈이 많이 부어 있었다. 세수하고 방을 나서다가 아휘와 마주쳤다. 그녀의 눈도 불그레하게 부어 있는 것 같았다. 밥상 앞에 앉았는데 엄마가 부엌에서 일하면서 쳐다보지도 않는다. 한참만에 돌아서서 밥상을 향해 오고 있는 엄마를 흘깃 쳐다본 민우는 깜짝 놀랐다. 엄마의 눈이 많이 부어 있었다. 네 사람이 함께하는 식사 시간이 평소와 다르게 조용하기만 했다. 먹는 것이 목구멍을 넘지 않으려 했다. 할 수 없이 계속해서 씹기만 했다. 강 여사가 일어서자 기다렸다는 듯이 모두가 자리를 떠났다. 민우는 방으로 가는 대신 밖으로 나갔다. 잠시 생각을 가다듬고 있는 그를 뒤따라온 사람은 그의 엄마였다. 엄마가 무엇을 알고 있는지 묻고 싶던 터라 그는 그녀가 반가웠다. 엄마는 민우에게 따라오라는 신호만 하고 돌아서서 걸어갔고 민우는 그녀의 뒤를 따른다. 아휘가 타고 온 차 앞에 다다르자 엄마가 말했다.

"잠시 후 아가씨가 서울로 떠나야 하니 모든 짐을 속히 싣도록 해라. 시간이 촉박하다. 운전은 네가 해야 하겠다. 아가씨가 시차 때문에 몹시 피곤해하니까. 운전은 조심해서 해라. 가는 동안만이라도 아가씨가 쉴 수 있도록 말이야. 도착하면 바쁜 일정이 있다고 한다. 알겠니?"

"예. 그렇게 하지요."

"고마워 민우 엄마. 정말 고마워!"

엄마가 말하는 동안 말없이 옆에 서 있기만 하던 강 여사가 낮은 목소리로 말한다. 이게 어떻게 된 일인가! 엄마의 태도도 이해가 안 되고 아주머니가 무슨 죄라도 지은 사람처럼 엄마 앞에서 넋이 빠진 사람처럼 보이는 이유는 또 무엇일까?

아휘의 숙소에 짐을 내리자 아휘가 하얀 봉투 하나를 내민다.

"내일 아침에 열어 봐. 오늘 저녁은 넘기고. 별건 아니야."

차고로 들어가는 차를 바라보고 있는 사람은 강 여사였다.

"고마워 민우. 피곤하지? 점심 먹자!"

점심식사를 하면서도 민우의 마음은 하얀 봉투에 가 있었다. 어떻게 내일까지 기다린단 말인가. 찻잔을 비우고 부지런히 자신의 방으로 들어간 민우는 봉투를 열어보려고 가위를 찾고 있는데 누군가가 문을 두드렸다. 강 여사였다.

"내가 민우하고 할 얘기가 있어. 잠시면 돼. 괜찮겠어?"

"네! 들어오세요."

# 제6장

# 우는 사내

"아휘 이야기야. 아휘가 무슨 이야기 하던가?"

"아무 얘기도 못 들었는데요."

"아이 이야기 안 했어?"

"아이요? 아니요?"

"모르고 있었구나! 아휘가 얘기하지 않았군! 엄마한테서도 아이 얘기 못 들었어?"

"아뇨!"

"아휘가 아이를 가졌댔어."

민우는 올 것이 왔다고 생각하고 고개를 숙인 채로 가만히 있었다. 아휘가 결혼을 해서 아이를 가졌는데 나하고 무슨 상관이란 말인가? 더는 아무런 이야기도 듣고 싶지 않았다. 다음에 나오는 이야기가 무엇인지 모르지만 계속해서 듣고 있을 자신이 없었다. 자신의 그런 심정을 말할 수는 더욱 없었다. 목구멍이 마르면서 구역질이 나올 것 같았다.

"저- 잠시만 물 좀 마시고 와도 될까요?"

찬물을 한 그릇 가득 마시고 나니까 살 것 같았다. 고개를 숙인 체 강 여사 앞에 앉았다. 강 여사도 목이 마른 지 헛기침을 한 다음 작심을 한 듯 말문을 열었다.

"아휘가 말하지 않은 모양인데 자네와 아휘 사이에 아이가 생겼었어. 그런데 그 아이를 우리가 데리고 있을 수가 없었어. 그래서 키워주겠다는 사람이 생겨서 그 사람들에게 보냈지. 내가 그렇게 했다는 말을 하는 거야. 아휘가 임신 칠 개월에 아이를 조산하고서 정신을 잃었었어. 의사 얘기로는 너무 신경을 써서 제대로 먹지 못해 몸무게가 늘지 않아 조산이 되었고 산모가 너무 쇠약해졌는데 그 쇠약한 정도가 심각한 지경이라 하더군. 마침 윤 박사가 소식을 듣고 찾아 왔었어. 윤 박사가 잘 아는 아이가 둘이나 있는 유럽인 가정에 위탁할 수 있다 하여 그리로 보냈어. 그 후에도 아휘는 정신 들었다가 나가기를 반복해서 정신을 안정시키기 위해 아이에 대해 아무런 상의도 할 수 있는 입장이 아니었어. 한 달을 입원해 있어야 했으니까. 퇴원할 즈음 모든 것을 알려주었지. 그 후로는 매일 울기만 하더군! 그러더니 어느 날 홀쩍 출국해 버리더군. 그리고는 편지도 없었어. 내가 열 번 편지 하면 간단하게 두어줄 써 보내더군. 나를 많이 원망하는 것 같아. 죽든지 살든지 데리고 있었어야 한다고 생각하는 것 같아. 무엇보다도 민우에게 볼 낯이 없어 하는 것 같았어. 민우도 윤 박사에 대해서 잘 알고 있잖아. 윤 박사가 아이를 위해서 고아원에는 절대로 보내면 안 된다면서 열악한 처지에서 내 아이라는 이유로 붙들고 있는 것보다는 장래를 위해 더 많은 기회를 줄 수 있다면 보내는 것이 아이를 위하는 일이라고 하더군. 그녀의 말이 위안이 되더군. 내가 잘 했다는 말은 절대로 아니야. 내가 죽는 날까지도 나는 그 아이를 잊지 못할 거야. 나는 울 자격도 없는 사람이지만 많이 울 수밖에 없었어. 어미에게서 떼어놓은 죄책감, 그러나 나에겐 내 딸이 그 아이보다 중요하더라고. 아이는 다행히 건강하게 태어났지만 아휘의 생명이 위험하다니 그런 상황에서 어쩔 수가 없었어."

강 여사가 민우 앞에 무릎을 꿇는다.

"아주머니 이러지 마세요. 일어나세요. 이러시면 안 돼요. 용서는 제가 빌어야지요. 저는 정말 아무것도 모르고 있었어요. 정말 죄송하고 송구스럽습니다. 저의 실수로 여러분을 힘들게 한 것도 모르고…. 누나한테 죽을죄를 지었네요. 아주머니 제발 저를 용서해 주신다면 더는 바랄 게 없습니다. 누나한테 용서를 구해야겠네요. 저, 지금 누나한테 다녀오고 싶습니다. 저는 누나가 다른 사람하고 결혼을 했나 보다고 오해를 했었어요. 저는 정말 나쁜 놈입니다. 누나 앞에 무릎 꿇고 용서를 빌어야겠습니다."

민우는 강 여사를 붙들었던 팔을 풀고 방을 나갔다. 무슨 말부터 해야 할지도 생각해 보지 않고 페달을 마구 밟으면서 달려왔는데 막상 아휘의 방문 앞에 서자 암담했다. 가슴이 방망이질했다. 문을 두드리자 마치 예견이라도 한 듯 아휘가 살며시 문을 열었다.

"내일 열어보라고 했는데 벌써 읽어 봤어? 지금은 몹시 피곤하니까 내일 만나서 얘기해. 그럼 잘 가!"

말을 마치면서 그녀는 문을 살며시 닫았다. 말 한마디 못해보고 닫힌 문을 선 채로 한참을 쳐다보다가 발길을 돌리는 민우의 가슴이 조금씩 안정을 찾아가고 있었다.

피터가 책 읽기를 끝냈다.

"재미있네. 다음 이야기가 궁금해지네! 내 생각엔 두 사람이 헤어질 것 같은데, 규열 씨 생각은?"
"글쎄요. 다래 씨 읽고 있는 책도 재미있어요?"
"내가 읽는 책은 심심할 때 소일거리로 읽는 단편집이야. 재미있는 이야기라기보다는 편 편마다 말하고자 하는 깊은 뜻이 있어. 꽤나 심각한 문제점을 동화처럼 쓴 작품도 있고. 예를 들면:

진돗개와 암고양이 코렛의 이야기인데 두 동물은 한집에 살면서 주인의 사랑을 독차지하기 위해 자주 으르렁거리는 사이였대. 진도도 암컷이고 코렛도 암컷이다 보니까 봄이 되면 동네 개들이 담 너머를 넘겨다보면서 짖어대는가 하면 동네 고양이들이 몹시도 코렛을 성가시게 쫓아다녔대. 결국, 진도는 두 마리의 하얀 강아지를, 그리고 코렛은 세 마리의 푸르스름한 예쁜 새끼 고양이를 낳았대. 온 집안이 매일 떠들썩하게 잔칫집 분위기였는데 어느 날 진도가 바람 쐬러 밖에 나갔다가 옆집 누렁이 녀석을 만나 오랜만에 보니 반가운 마음에 장난을 치다가 달려오던 자전거에 심하게 부딪히는 사고를 당하고 말았어. 정신을 잃었다가 깨어났을 때는 몸이 온통 붕대로 감겨 있었을 뿐만 아니라 몸을 움직일 수가 없었는데 그래도 새끼들이 걱정되어 부러져서 감각이 없는 뒷다리를 질질 끌고 강아지들을 찾아 집으로 갔는데 개집이 텅 비어 있고 강아지들은 온데간데없는 거야. 끙끙거리며 슬퍼하고 있을 때 코렛이 옆에 와서 야옹야옹! 하면서 앞장을 서더래. 진도가 영문을 모르지만 일단 고양이 뒤를 따라갔대. 아직 눈도 뜨지 않은 강아지와 코렛의 아기고양이들이 함께 놀고 있더래. 코렛이 야옹야옹, '엄마 왔다'라고 하니까 아기고양이와 강아지들이 모두 달려들어 고양이의 젖을 빨기 시작하더래. 그동안 고양이가 엄마 노릇을 하고 있었던 거야. 진도는 감격해서 컹컹! 고맙다고 인사를 했고."

"고양이와 진도는 혈통주의 같은 거 없잖아!"

"동물 이야기를 통해 말해 주는 바가 교육적이네요."

"비슷한 얘기는 많아. 내가 좋아하는 이야기 한가지는 개와 염소 얘긴데, 염소가 새끼를 두 마리를 낳았는데 아비 염소가 바람을 피웠는지 어미 염소가 정서불안 증세로 새끼 하나를 젖을 빨지 못하게 할 뿐만 아니라 어미의 근처도 못 오게 하더래. 하는 수 없이 주인은 병 우유를 먹이고 강아지들 옆에 두고 외출을 했대. 주인이 돌아왔는데 염소가 강아지들과 같이 개의 품 안에 있더래. 주인아주머니를 더욱 놀라게 한 건 새끼 염소가 배가 고팠는지 '메에헤 헤!' 하면서 우니까 개가 달려가서 젖을 물리더라는 거야. 감동적이지 않아?"

"결국, 모든 동물은 친어미이던, 양 어미이던 어미만 있으면 새끼로서는 살만한 세상인 거지! 모성애는 누구도 부정할 수 없으니까. 세상의 모든 것이 더럽고 역겹다 하더라도 엄마의 사랑은 그렇지 않다고 제임스 조이쓰 ( James Joyce)도 인정했지!"

"바로 그거야. 어미의 사랑은 사랑의 극치이니까. 그래서 보호시

설은 안 돼. 그건 가장 잔인한 처사야. 모든 새끼는 어미 품이 필요하고 가족이 필요해. 살을 서로 비비면서 잠투정을 할 수 있는, 더도 덜도 말고 어미만 있으면 살 수 있어. 그런데 동물만도 못한 인간들이 아기들을 고아원에 보내도록 한다는 거 알고 있어? 물론 전시에는 어쩔 수 없었겠지만 말이야."

"그게 무슨 소리여요?"

"엄마 친구한테서 들은 이야기야. 남편이 직업군인으로 한국에 파견되어 사는 사람들인데 아이를 좋아하는 아이들 엄마가 자신의 막내가 초등학교에 입학하자 갑자기 집이 텅 빈 것 같더래. 그래서 갓난 한국 아기의 위탁모가 되기로 작정을 하고 남아 하나를 데려다 키웠대. 아이를 2년 가까이 키우다 보니 아이는 어느결에 그녀의 아이들 중 하나가 되었고 아이에게 그녀는 엄마가 되어 있었던 거야. 그녀의 식구들은 당연히 그 아이에겐 그의 가족이었던 거지. 아이가 배운 첫마디 '엄마' 역시 그녀를 부르는 것이었고 그녀의 아이들은 형들이 되고 누나가 되었던 거야. 상황을 인식한 위탁모는 남편의 동의를 얻어 입양하기로 하고 법정엘 갔대. 세상은 모성애가 어떤 것인지 그리고 갓난아이가 무엇이 필요한지를 모르는 사람들이 결정권을 가지고 있었던 거야. 입양을 허락지 않았다는 얘기야."

"왜요?"

"위탁모가 외국인이어서!"

"여러 해 한국에서 근무하고 있는 부부는 아이가 한국 아이인 만큼 한국에서 계속 살 생각까지 하고 있지만 백인이어서 안 된다고 판결이 났다는 거야! 온 식구들이 슬픔에 빠져 있고 아이를 품에 안고 눈물을 흘리자 눈물의 뜻을 알기라도 하는지 아이가 엄마의 눈물을 닦아 주더래."

"판결을 한 건 남자였을 거예요."

"모성이 무엇인지 안다면 그럴 순 없지! 아니면 아이를 낳아보지 않은 여자였거나. 우리 사회가 아직도 생각들이 이런 수준이니까 요즘 여자들이 결혼을 못 하는 거야."

"안 하는 거 아니고요?"

"하고 싶어도 상대 남자의 변하지 않는 구태의 모습 때문에, 덫에 걸린 듯 굴레 속에서 희생을 강요당한 엄마, 남자는 하늘이고 여자는 땅, 남자가 자기 부모 형제와 자신의 가족에 양다리 걸쳐 시어머니 시집살이, 시누이 시집살이 시키는 걸 당연한 것으로 아는가 하면 하물며, 자신의 넓적다리 살을 떼어 시어머니에게 바친 며느리가 효부상을 받는, 효부가 생기던 세상을 찬양하는 식이니, 갈 길이 멀기만 한 거지!"

"변해가고 있잖아요. 호주제 없어진 게 어디예요!"

"이제라도 호주제가 없어진 건 다행이지만 여자들도 문제가 있어. 여권신장은 여자 자신들이 하는 거지 남자들이 해 주는 게 아니야. 남자들 탓해 뭐해. 아들을 둔 엄마들이 바뀌지 않는데!"

"나는 우리 엄마, 아빠가 한국에 근무할 때 입양됐는데. 전혀 문제가 없었던 거로 알고 있어요."

"그때만 해도 우린 일본의 식민치하에서 벗어난 지 얼마 안 됐고, 이어서 한국전쟁이란 참혹한 전쟁을 겪은 후였으니까 나라가 온통 상처투성이여서 엄마들이 봄이면 전쟁의 잿더미에서 얼굴을 내민 새싹 풀을 뜯어 밥상을 차리던 때였으니 모성애도 그리고 어려운 환경에서 태어난 아이들의 인권도 마구 짓밟혔던 거지."

"내가 다섯 살이었을 때 많은 아이가 버려져서 우리 엄마는 여아를 하나 더 입양할까 생각을 했었어요. 내게 여동생이 있으면 좋을 것 같다고 생각을 했대요."

"그래서? 그때가 몇 년도야?"

"1997년이었을 거예요."

"아! 아이엠에프 때구나!"

"그런데, 아빠가 반대해서 그만두었데요."

"피터 씨는 한국어를 언제 배웠어?"

"한국에서요."

"한국에서?"

"한국에서 아홉 살까지 살았거든요. 학교는 국제학교에 다녔지만."

"그랬구나. 어쩐지! 이제 책 이야기로 돌아가자. 아휘가 건넨 하얀 봉투 속에 뭐가 있었는지 궁금해."

아휘의 거처에서 쫓겨나듯 나온 민우는 집으로 가는 길을 벗어나 발길 닿는 대로 걷는다. 걷는 것 외에는 아무것도 할 수 있는 일이 없었다. 왜 이리도 불안한 것일까. 온몸으로 엄습해 오는 불길한 느낌. 엉켜진 실타래처럼 그의 머릿속은 갈피가 잡히지 않는다. 사방은 어둡다. 그 속을 걷고 또 걷는다. 껌뻑이는 가로등 밑에 긴 의자 같은 게 보였다. 마음도 다리도 피곤하고 정신마저 흐려진 것 같아 의자에 앉아 이 생각 저 생각 하는데 피곤함이 몰려왔다. 집에 가서 잠잘 생각을 하면서 일어서던 그가 문득, 편지봉투 생각이 떠올랐다. 아휘는 자신이 편지봉투를 열어보고 온 줄 알고 있다. 봉투 속의 내용을 보고 참지 못하고 달려간 줄 알고 있었다. 봉투 속에 무엇이 있기에 내가 참지 못하고 달려간 줄 아는 것일까. 자신을 다시는 보고 싶지 않다는 편지를 쓴 것이 아니라면, 그렇지 않고서야 다음날을 기다리지 못하고 오밤중에 달려올 수밖에 없을 이유가 또 있을까. 아휘가 어머니와의 대화를 피할 정도로 마음의 고통을 겪었으니 내가 보고 싶을 수가 없겠지. 그런데, 내일 이야기하자고 했어! 그래, 내일 보자고 했어! 민우는 자문자답으로 자신을 위로해 보려 하지만 쉽지 않다. 거리는 조용해가고 새벽의 신선한 공기가 마음을 조금은 다독여주었다. 대문은 잠기지 않았고 마루에 엷은 전등불이 졸고 있다. 민우는 방으로 들어서면서 입은 옷 그대로 쓰러지듯 눕는다. 그러다 벌떡 일어난다. 봉투! 그 봉투에 무엇이 들어있기에…. 더듬더듬 봉투를 집어 들고 떨리는 손으로 불을 밝힌 다음 조심조심 봉투를 연다. 편지 한 장! 단숨에 읽어 내려간 민우는 복받치는 울음을 터뜨린다. 모두가 잠든 새벽, 부스럭 소리도 크게 들릴 수 있으니, 그는 마음 놓고 울 수 없어 이불을 뒤집어썼다. 그리고 흐느낀다. 죄책감뿐만이 아니다. 자신이 비열한 인간처럼 느껴지고 부끄러워 아휘의 눈을 마주칠 수 없을 것 같다. 고귀한, 수준이 다른, 정결한 몸과 마음을 가진 그녀를 한때는 의심까지 했던 자신이 욕정에 눈이 어두운 동물에 지나지 않는다는 생각이 들었다. 자비의 눈으로 세상을 보는 여인 앞에 어리광부리는 어린아이의 모습을 상상하는 것도 무리가 아니라는 생각을 하면서 눈물을 훔치고 점차 자신의 주변을 정리하기 시작한다. 샤워하고 잠옷으로 갈아입은 민우는 옛 아휘의 사진을 꺼내 들고 마냥 그녀의 얼굴을 들여다본다. 사진에 입맞춤한다. 사진을 서랍에 다시 넣는데 민우의 입속이 향기로 가득하다.

"그토록 힘들었던 겨울을 견디고 아직도 향기 가득한 꽃을 피우는 인동초 같은 여인의 말, 마음, 사랑! 나는 행복한 사람이다."

민우가 혼잣말로 읊조리며 다시 편지를 펼친다.


"사랑하는 민우에게,

얼마만이야! 그동안 많이 보고팠던 얼굴! 아이가 나를 떠난 후 다시는 너를 못 만날지도 모른다는 생각을 했을 땐 참으로 힘들었을 때였어. 그런데 이렇게 다시 얼굴을 마주할 수 있어서 행복해. 우린 함께 해야 하는 사람들인 거야.

나는 결국은 우리 아이를 만나야 해. 우린 그 아이를 사랑하니까. 내 몸처럼 사랑하니까. 사랑한다고 말해 주어야 하니까. 우린 그 아이를 사랑하기 위해 열심히 살 수 있고 열심히 살아야 해. 우린 그 아이에게서 사랑을 선물 받았으니까. 그에게서 받은 사랑은 풍선처럼 커져 모든 엄마가 그러하듯 우리도 사랑이 어떤 것인지 배웠으니까. 모성이 얼마나 아름다운 것인지 알게 되었으니까. 그 아름다운 사랑을 부정할 수밖에 없던 여인들을 이해할 줄 알게 되었으니까…. 내일부터 우리는 제2의 인생을 시작하는 거야. 내일 보자. 사랑해!"


"얘가 웬 늦잠이야! 일어나!"

민우의 어머니가 곤히 자는 그를 흔들었을 때는 해가 중천에 떴을 때였다. 마당을 나온 민우는 다른 세상에라도 온 듯 모든 것이 새로워 보이고 아름다워 보였다. 하늘도, 땅도, 나무도, 엄마도 그리고 자신이 들이쉬는 공기도 아름답고 향기롭게 느껴졌다. 행복해 보이는 아들을 본 그녀는 묻는다.

"단꿈이라도 꾸었니? 얼굴이 밝구나!"

"네? 단꿈요?"

잠시 망설이던 민우가 지난밤을 생각하면서 그의 엄마를 쳐다본다.

"네! 그런데, 단꿈도 어려운 순간들은 있게 마련인가 봐요."

"당연하지. 인생의 경험이 거의 없는 아기도 잠결에 울기도 하고 웃기도 하는데. 너도 꿈속에서 울다가 웃었어?"

"울기는요. 사내대장부가…."

"사내대장부는 울면 안 되나? 그런 자세로 아휘를 행복하게 해 줄 수 있을까?"

"네? 무슨 말씀을…."

"사내도 감정을 느낄 수 있어야 하고 남의 감정을 읽을 수도 있어야 하고 자신이 느낀 감정을 표현할 수도 있어야지. 울음은 슬프고 아플 때만 우는 게 아니고 기쁠 때도 울 수 있고 심한 걱정거리가 해결되었을 때도 안도의 눈물을 흘리지. 남자는 모든 말을 아껴서 해야 함은 틀린 말이 아니지만 남자라고 말을 너무 안 해도 남을 힘들게 할 수 있단다. 항상 의견을 주고받는 부부지간에도 상대의 감정을 제대로 읽지 못하거나 자신의 감정을 제대로 표현하지 못해 오해가 생길 수도 있단다. 말을 잘하는 사람은 상대방의 말을 제대로 듣고 그에 적절한 대답을 하는 것이야. 요즘 정치인들은 말을 잘해서 거짓도 사실인 양 남을 속일 수 있는 능력이 있지만, 이는 전쟁의 씨가 되어 죄 없는 아녀자들의 고통으로 이어지게 되더구나. 약자에게 갑질하는 사람이나 약한 나라에 공갈 협박을 일삼는 사람들을 보면 그들의 엄마가 원망스러워. 아들들을 좀 더 잘 키웠더라면 하는 마음에서 말이다. 유감스럽게도 세상을 좌지우지하는 사람들이 아직은 대부분 남자니 말이지만. 그러니 나는 너의 어미로서 바라는 것은 내 아들이 최소한 자신을 사랑해 주는 아내만큼은 정신적으로 육체적으로 동반자로서의 최선을 다해 행복하게 해 주기를 바란다. 그러기 위해서는 아내가 정신적으로, 육체적으로 무엇을 필요로 하는지를 살필 줄 알아야 할 거야."

"네, 어머니. 명심할게요. 가르쳐 주셔서 고맙습니다. 제 생각이 짧은 게 틀림없어요. 자주 귀띔해 주세요."

그렇게 간단히 대답하면서도 민우는 놀랐다. 그의 엄마는 아휘의 마음을 알고 있었던 게 틀림없었기 때문이다. 감격의 연속이었다. 집을 나서는 민우의 마음은 가벼웠다. 미처 생각지 못했던 부분을 엄마의 지적으로 알게 된 것도 그를 기쁘게 했다. 아휘와 함께하는 길로 가는데 필요한 준비가 된 기분이다. 운전대에 앉는다. 걸음을 재촉한다. 아휘를 빨리 보고 싶었다.

# 제7장

# 결혼이란 것

책 속의 사연을 듣고 있던 다래가 흥분된 목소리로 말한다.

"아! 나까지 기분이 좋아지네. 피터 씨도 그래? 아휘는 참으로 영리한 여인이야. 여인의 행복은 상대가 자신의 존재를 인정하고 동등한 입장에서 서로의 상황을 이해할 수 있으면 그들의 사랑은 힘든 삶을 보람으로 꽃피울 수 있을 거야. 재산이나 집안을 따지기 쉬운데 현명한 아휘는 상황을 직시하면서 쉽지 않은 용기를 보여주고 있어."

피터는 순간 아랑이 생각나서 우울해짐을 어쩔 수 없었다. 다래가 눈치를 챈 것 같았다.

"소나기가 오려나? 하늘이 어두워지네요. 내려갈까요?"

피터가 얼버무린다. 그런데, 피터의 말이 끝나기 무섭게 굵은 빗방울이 떨어지기 시작했다.

"집보다는 통나무집이 가까워. 비 멎을 때까지 가 있자."

두 사람이 방안으로 들어섰다. 마치 기다렸다는 듯이 물 보가 터지기라도 한 듯 굵은 소나기가 퍼부었다. 다래가 차를 마시자면서 물을 끓인다. 쏟아지는 빗소리와 번개, 천둥소리가 요란했다. 방에 앉아 밖을 내다보며 따뜻한 차를 손에든 피터가 다래를 쳐다보며 행복한 미소를 짓는다.

"이곳으로 오길 잘 했어요. 이 방이 오늘은 유난히 아늑한 느낌을 주네요. 집을 향해 갔으면 우린 물에 빠진 생쥐가 될 뻔했어요. 옛날 생각이 나요. 예상치 않은 소나기를 만나 흠뻑 젖어서 집에 도착한 적이 있었어요. 나를 본 엄마가 영락없는 생쥐라고 하시면서 깔깔대며 웃으시는데 엄마 옆에 한 여학생이 있었어요. 나는 얇은 옷이 비에 젖어 몸에 착 달라붙은 것 때문에 부끄러워서 어쩔 줄 모르는데 그 여학생은 신나게 엄마랑 같이 웃는 거예요. 그 여학생이 누구였을 것 같아요. 아랑이었어요. 엄마가 특별히 생각하는 학생이었죠."

"무슨 학생?"

"엄마가 여성학을 가르치셨어요. 입학도 되기 전부터 엄마는 아랑을 좋아하셨어요. 입학 인터뷰 과정에서 지원자들에게 질문이 '가장 인상 깊게 읽은 책 한 권을 뽑는다면?'이라는 질문을 했대요. 그때 아랑이 서슴지 않고 나왈 엘 싸다위(Nawal El Saadawi)의 'POINT ZERO'라고 하더래요. 그 책에 대해 기억나는 대목이 있느냐고 물었더니, 긴 문장을 그대로 외우더래요. 엄마로서는 거의 충격적이었대요. 특히 그녀가 한국 학생이라는 점과 나이가 스무 서넛밖에 안 된 미혼녀이었기 때문이었대요."

"나도 그 책을 읽은 것 같은데, 혹시, 결혼에 관한 것 아니었나?"

"그래요. 결혼에 대한 유별한 문장들이었어요. 기억나세요?"

"그게 아마, 주인공인 여죄수의 독백이었던 것 같아. '모든 여성들은 속임수의 희생자이며 남성들은 여성들을 속일 뿐만 아니라…… 발밑에 밀어 넣고 짓밟고 모욕하고 두드려주기까지 하지요. 나는 창녀들이 속임을 덜 당했음을 깨닫게 되었으며 결혼이란 여성들을 가장 잔인하게 괴롭히는 제도이지요."

"바로 그 문장이에요. 우리 엄마가 반복해서 내게 들려주던 문장이에요. 현세대의 남녀관계에는 문제점이 많아요. 이러한 문제점들이 인간사회가 발달해온 역사의 과정만큼이나 길고 복잡해서 꼭 집어 이거다, 아니면 저거라 말하기 힘들지요. 얽히고 설켰으니까요."

"특히 서양문명에 주도적 역할을 했다고 할 수 있는 그리스 문명 속엔 기독교의 영향을 받은 아리스토텔레스가 있었고 기독교는 한때 대부분의 유럽 국가들의 종교였으니까 일반적으로 생활에 기독교 영향을 받을 수밖에 없었겠지. 우리나라도 서양문화의 영향을 많이 받아서 기독교인들이 많이 늘고 점점 늘어가고 있어. 게다가 가부장체제를 강화하는데 크게 기여했다는 송나라의 주자까지 더 했으니 우리 어머니들, 할머니들이 불쌍하지! 아담과 이브의 탄생과 그리고 그 위에 첩첩이 쌓아온 생활양식, 심지어는 풍습까지 종교에 업혔고 정치까지 엮였으니까. 어느 하나가 여성의 인권을 찾아줄 수는 없지만, 방법이 없진 않다고 생각해. 예를 들어, 아랑처럼 여성 자신이 자신을 존중하고 다른 여성들을 존중해서 자신의 인권을 잃지 않고 다른 여성들의 인권을 존중한다면 아무도 이들을 해치지 못할 거야. 다시 말하면 여성들이 자신들의 문제점을 충분히 이해하고 그것을 바탕으로 여성 스스로 인권을 지키자는 거지. 그녀들의 인권을 유린하려는 자가 있으면 유린 못 하도록 해야 하고. 수단과 방법을 가리지 않고 싸워야 해. 한 사람 한 사람이 아랑과 같은 자세로 바뀐다면 세상은 바뀔 거야. 아랑 같은 여인이 있다는 자체가 세상은 바뀌고 있다는 증거이기도 하고. 여권이 신장되어야 사회가 발전하고 이어서 나라가 발전할 테니까."

"그래서 저는 결혼을 하더라도 제도적인 결혼은 할 생각이 없어요. 서로가 좋으면 함께 삶을 나누는, 제도적인 것이 아닌, 결혼을 하고 싶어요."

"그런데 왜 아랑 씨와 결혼하려 했어?"

"우린 세상 사람들이 하는 식의 결혼을 할 생각은 없었어요. 오직 그녀의 식구들과 잘 지내고 싶어 나를 소개하려 했을 뿐이었어요."

"아랑 씨도 그리 생각했을까?"

"당연하죠. 아랑은 절대로 그녀의 부모가 생각하는 결혼은 안 할 겁니다. 우리 엄마도 그건 알아요. 우린 서로가 원하면 함께 하므로 해서 생산적이고 싶었어요. 외로움은 비생산적이거든요. 우린 함께 있으면 즐거웠고 옆에 있다는 것만으로 행복했으니까요."

"그랬구나! 그걸 알면 아랑의 부모님들이 실망이 크시겠네!"

"차츰 이해하시게 될 거로 생각했었어요. 세상이 조금씩 바뀌고 있지 않아요? 어제 뉴스 보셨죠? 이번 유럽 경제연합 집행위원장이 여자가 되었더라고요. IMF도 그렇고요. 막강한 자리에 여성의 숫자가 늘고 있어요. 더는 아다위 씨처럼 여권을 주장한다고 감옥으로 몰리는 위험은 없을 거예요. 죽인다는 협박을 받던 시대는 바뀌고 있어요. 물론 갈 길이 먼 나라들도 있지만요."

"비가 그쳤네. 내려갈까요?"

"내려가면서 민우의 그다음 얘기 좀 해줘."
"그래요. 불쌍한 민우 씨 이야기에요."

　민우는 아휘의 문 앞에 도달한 후 잠시 숨을 돌린다. 가슴은 여전히 뛰고 있었다. 민우가 문의 손잡이를 잡고 돌리려는 순간 문이 열리면서 아휘의 얼굴이 나타났다. 놀란 민우는 한발 뒷걸음질을 칠 수밖에 없었다. 그러나 아휘의 미소 지은 얼굴을 보는 순간 그는 자신도 모르게 그녀에게로 달려들었다. 얼마를 승강이하듯 얼굴을 비벼대는 민우를 아휘가 살짝 밀고 그의 얼굴을 들여다본다. 그러면서 묻는다. 민우도 나를 사랑해? 민우는 대답 대신 다시 그녀를 잡아당긴다. 차를 한 잔씩 손에 들었을 땐 아휘의 표정은 사뭇 다른 것이었다. 부드러운 말 한마디 한마디마다 앞으로의 계획들이 들어있었고 그것들은 이행되어야만 하는 것임을 보여주고 있었다. 그렇게 두 사람은 하나가 되어 각기 맡은 일들을 각기 이뤄가고 있었다. 민우는 우선 공부를 마쳐야 하고 이제 자신은 취직해야 했다. 귀국하면 찾아오라던 회사들에 이력서를 보낸 지 불과 며칠 사이에 답장들이 도착했다. 그중의 한 작은 의약품 수출입 회사를 선택했다. 이 회사는 방학 때나 방과 후에 아휘가 시간제로 일해서 용돈을 벌어 쓰던 곳 중의 한 회사였다. 이 회사가 정당치 않은 클레임을 받았을 때 아휘가 편지로 조곤조곤 따져서 클레임을 해결한 적이 있는 회사이기도 했다. 사장은 아휘를 반겼다. 그리고 함께 일하게 되어 기쁘다면서 몇몇 직원들과 함께 저녁 식사도 했다. 식사시간에는 옛이야기를 나누면서 즐거운 시간을 보냈다. 취직이 되어 기쁜 소식을 엄마에게 알리기 위해 서둘러 집으로 갔다. 아휘가 대문을 들어서며 엄마, 강 여사를 찾으려 하자 민우엄마가 조용히 하라는 신호로 입에 손가락을 대고 아휘를 끌고 방으로 들어간다.

"무슨 일 있어요?"

"어머니가 울고 계세요."

"왠지 아세요?"

"자세한 건 모르는데, 아버지 소식을 들으신 것 같아요."

"아버지가 오셨나요?"

아휘의 가슴이 뛰기 시작했다. 올 것이 왔다는 생각이다. 엄마 강여사가 그동안 하루하루를 마음 졸이면서 한편 기다려지기도 하고 한편 돌아올까 봐 겁이 나기도 하던 아버지가 연락한 것 같았다. 우선 아버지는 자신과 민우와의 관계를 인정할 리 없을 것이고 얼마나 엄마를 괴롭힐까를 생각하니 앞이 캄캄했다. 이를 미리 걱정하는 엄마가 상상되고 우선 엄마에게 미안한 마음 때문에 괴로웠다. 이를 어떻게 하면 좋을까! 자신이 사라지면 해결이 될까? 그렇게 해서 풀릴 것 같지는 않고 그렇다고 아버지에게 맞설 자신은 더욱 없다. 그랬다간 자신과 엄마가 육체적인 폭력까지 당할 수 있었다. 그러나 문제를 장기적으로 해결하는 길은 결국 아버지를 이해시키고 민우와 잘 살수 있음을 확신시키는 방법인데 어려울 것 같았다. 민우를 죽이겠다고 달려들지도, 그러면 민우는 반항하지 않을 것이고. 자신도 모르게 아휘의 눈에 이슬방울이 맺히고 있었다. 그때 문소리가 났고 민우엄마가 서둘러 먼저 나왔다. 두런두런 이야기 소리가 들리더니 민우가 아휘를 향해 다가갔다.

"누나, 너무 걱정하지 말아요."

"엄마를 때릴까 봐 무서워."

"그럴 일은 없을 거예요. 그럴 필요도 없을 거고요. 아버님이 집을 떠나신 지 3년이에요. 그동안 우린 성장했고 아버님도 변하셨을 겁니다. 만에 하나 폭력을 쓰신다면 내가 가만히 안 있어요."

"뭐? 같이 싸워? 싸우면 네가 이기겠지. 그러나 그건 내가 용납 못 해!"

"무슨 그런 말을, 내가 아버님을 가로막으면 돼요. 나를 때리시겠지. 때리시면 맞아드리면 되고요. 곧 지치실 테니까요."

아휘의 가슴은 조금씩 진정되어가고 있었다.

"나 옷 갈아입고 나올게. 엄마한테 직장 구한 얘기하려고. 불쌍한 우리 엄마!

"아버지 들어오시면 어디 가지 말고 엄마 옆에서 엄마 지켜야 돼! 옷만 갈아입고 올게."


아휘가 방에서 나오는 강 여사와 마주쳤다. 강 여사의 눈은 아주 붉어 보였다.


"엄마! 아버지 오셨어요?"

"아니!"

"어디 계시데요? 뭐 하고 계시데요?"

"미국에 있대. 일본식당에서 일해서 비행깃값 벌고 있대."

"그게 무슨 얘기예요? 집엔 한 푼도 남기지 않고 그 많은 돈 다 가지고 가셨는데 그 돈을 모두 쓰셨대요?"

"사업을 해 볼까 하셨는데 그게 잘못됐나 봐. 여행사를 넘겨받았는데 사업 시작도 하기 전에 무슨 호텔비다, 식당 음식값이라면서 빚쟁이들이 몰려들더란다."

"그래서 간 데가 일본식당이래요? 자존심 상해서 직장에서 뛰쳐나오시고 출국하신 분이 그 자존심은 어디로 갔을까! 해도 너무 하시네. 일본식당이라니!"

"아버지에 관한 이야기를 민우 앞에서 함부로 하지 마라. 결국, 너만 창피해."

"아뇨. 아버지처럼 엄마의 감정을 살필 줄 모르고 무책임하고 자존심도 없는 남자가 되면 안 되니까 이런 사실은 알려야 해요. 어리병병 살다가는 남의 말이 아니고 내 말이 될 수도 있잖아요!"

"식사준비 다 되었답니다. 어머님, 식사하러 들어들 오시래요. 누나도 들어가요. 화내지 말고요. 어머니 힘드세요."

"바로 그거야. 엄마가 속이 상하시기 때문에 내가 화가 나는 거야. 나는 그런 남편을 용서할 수 없을 것 같은데 엄마는 여전히 아버지 걱정이시잖아. 나는 그게 화가 나는 거야."


민우가 쟁반에 국그릇을 받쳐 들고 와서 강 여사 앞에 한 그릇 놓고 아휘 앞에도 놓는다. 넷이 둥그렇게 둘러앉아 말없이 식사했다. 식사가 끝나자 아휘가 강 여사에게 묻는다.

"언제 귀국하실 계획이래요?"

"글쎄, 비행기 푯값을 벌고 있다니까 금방 올 수가 있겠니. 다시 연락하겠다고 하셨으니 연락이 또 오겠지!"


그 후 지인을 통해 전해온 소식은 그가 호주로 갔고 거기서 어느 여인을 만나서 함께 살고 있다는 것이었다. 이는 아휘에겐 희소식 중의 희소식이었다. 그러나 강 여사에겐 슬픈 소식이었고 심한 배신감을 느끼게 하였다. 비록 그녀가 더는 아휘와 민우와의 관계로 시달릴 염려가 없어졌다는 건 다행한 일이지만.

그럭저럭 4년이란 세월이 흘러 민우가 대학을 졸업하고 석사과정으로 들어갔다. 결혼식 같은 것은 중요치 않다고 믿은 아휘와 민우두 사람은 모두가 함께 강 여사 집에서 살기로 했다. 아이도 한 명 낳았다. 아휘는 아이를 낳으면 다른 여자들처럼 당분간은 회사를 나가지 못할 거로 생각했었다. 여자가 배가 불룩한 만삭의 상태로 일터를 드나드는 것을 불미스럽게 취급했고 심하게는 천박한 사람처럼 쳐다보던 시대였다. 임신이 아름답고 신비스러운 여성만이 경험할 수 있기에 임신을 경험하는 여자들은 떳떳하고 대단하고 자신만만하지만 이를 역으로 생리와 성교를 거쳐 발생하는 지극히 본성적인 결과라는 인식으로 낮추어 보는 부류도 없지 않았다. 생리도 신비스러운 현상이고 임신은 더욱 그러할진대 인간의 삶에서 가장 중요한 일 중의 하나일 수밖에 없는 경사라고 아휘는 생각하면서 첫 번째와는 달리 이번 임신은 모두가 반기고 그녀도 그 신비함에 감탄하면서 즐기기로 했다. 해산일이 가까워져 오자 해산 휴가를 한 달 정도로 할 수있으면 했지만 얼마 전까지도 여자직원이 해산할 때가 되면 사직을하는 것이 관행으로 되어있었다. 그런데 예상치 않게 회사는 해산휴가신청서를 내기도 전에 아휘를 승진시켜주면서 삼 개월의 해산 휴가를 주었다. 사장은 자기 회사의 운영에 절대 필요한 존재인데 짧은 해산 휴가는 어쩔 수 없지만, 사표는 안 된다는 말까지 덧붙였다.

그러면서 승진까지 시킨 것이다. 사실, 아휘는 다른 회사에서도 좋은 기회라 생각했는지 해산 후 채용하고 싶다는 신호를 받은 바 있었다. 아휘의 능력이 인정을 받은 것이었다. 능력이 있어도 일자리가 없으면 있을 수 없는 일이었지만 좋은 인력의 일자리가 조금씩 늘어나고 있을 때였기 때문이기도 했다. 민우엄마는 자신이 아기를 키울 테니 아무 걱정하지 말라고 했다. 강 여사도 아휘의 임신 소식에 마음부터 바빠진 모양으로 몸짓에 활기가 넘쳤다.

아휘는 딸을 낳았고 둘째는 아들이었다. 두 아이의 엄마가 된 아휘는 무척이나 바빴다. 다행히 아이들은 강 여사와 민우엄마가 돌봐주어 일에 집중할 수 있었다. 회사는 번창하여 직원 수가 몇 배로 늘어났고 회사 건물도 근처에 크게 지어 이사했다. 회사도 계열사들이 생기면서 그룹으로 바뀌었다. 석사과정을 마친 민우는 IT에 관한 공부를 더 하기로 했다. 이는 아휘가 제의한 것이었다. 아휘와 민우는 가까운 장래에 회사를 차릴 생각을 하고 있었다. 급속도로 발전해가는 정보통신 분야를 관리해야 하기 때문이다. 아이들은 두 어머니가 잘 돌보아주고 있지만 부모인 자신들이 할 일들도 있게 마련이었다. 큰애가 세 살이 되자 유치원에 데려다주는 일은 민우가 맡기로 했다. 세월이 빠른 만큼이나 아이들도 빨리 잘 자라고 있었다. 어느덧 큰애가 초등학교에 입학하게 되었을 때 민우는 회사를 차릴 준비를 시작해야겠다고 생각했는데 예상치 않게 아휘가 사장으로 승진이 되었고 회장이 된 전 사장은 민우를 자기네 IT 계열사를 맡아 달라고 부탁하기에 이르렀다. 그렇게 두 사람은 각기 다른 일을 같은 그룹에서 하기에 이른다. 두 사람은 열심히 맡은 바를 다 하고 있었다. 그들의 하루하루의 일들은 경험이라는 사업의 밑거름으로 저장되어가고 있었다. 이와 같은 경험을 바탕으로 드디어 창업한 아휘와 민우의 회사는 당연히 승승장구하기에 마땅했다. 아이들은 대학갈 나이가 되었고 강 여사는 그동안 호주로 간 남편의 초청으로 민우엄마와 같이 이주했다.

아휘는 회장이 되고 민우는 부회장이 되었다.

다래가 책 속의 내용을 요약된 말로 옮기는 피터의 말을 끊었다.
"아휘와 민우가 아주 바쁠 테니 입양 보낸 아이에 관해서는 까맣게 잊었겠지?"
"정신이 없었겠죠! 사업을 직접 한다는 건 또 다른 아이를 키우는 것만큼이나 신경이 쓰일 테지요."
"반대로 여유시간이 생겼을 수도 있겠지. 일들은 직원들이 할 테니까."

" 어느 날 윤 박사한테서 전화를 받은 아휘가 회사의 월요회의를 취소하고 자신이 직접운전을 해서 어디론가 가고 있었대요."
"운전기사가 알면 안 되는 곳으로 갔나?"
"글쎄요!"
윤 박사는 딸네 집에 도착하자 아휘에게 전화를 했다. 한 시간은 족히 되는 긴 대화였다. 아휘는 연거푸 고맙다고 말했다. 무엇이 그리도 고마운 것일까?
"나는 이제 할 일을 다 했어. 그런데 너희 엄마한테는 아직 알리지 않는 게 좋을듯한데 네 생각은 어떠냐? 알리면 당장 뛰어오려고 하실 거야!"

"안되죠. 알리지 않을 거예요. 알리면 당연히 오시겠죠. 모든 게 정리가 될 때까지는 알리면 안 돼요. 저는 고맙다는 말씀밖엔 드릴 말씀이 없습니다."

"기적이 따로 없구나. 너희 엄마하고 내가 그렇게 오랜 세월을 찾아 헤매었건만 흔적조차 못 찾았었는데 제 발로 걸어서 내 앞에 이렇게 오다니! 그런데 이게 분명히 꿈이 아니지? 믿기 힘들지만, 현실이 틀림없지?"

"그게 이야기의 끝이야?"

다래가 실망스러운 어조로 묻는다.

"네."

"너무 아쉽다. 뒷이야기가 궁금하네!"

다래가 자리에서 일어나자 피터도 일어선다. 두 사람은 깊은 생각에 잠긴 듯 말없이 산길을 내려왔다. 어느새 길가의 달맞이꽃이 사람의 키만큼이나 자라 봉오리들이 가득히 달렸다. 해가 지면 노란 꽃망울들이 달을 향해 환하게 웃을 것이다. 달맞이하기 위해서. 대문을 들어서는 피터를 본 아휘가 반가운 표정으로 그의 팔을 끈다. 담 밑으로 길게 철망을 둘러 만들어진 닭장은 바로 옆 칸막이 너머에 마루와 돌이의 네 눈망울이 번쩍이고 있어 쥐나 족제비가 닭을 넘겨다 보지 못하도록 했고, 지붕은 주위와 어울리는 엷은 초록색 플라스틱으로 덮어 비가 들어가지 않게 되어있다. 여름에는 박을 심어 덩굴이 철망을 타고 올라가서 그늘을 만들어 주어 시원하도록 했다. 닭장 앞에 도착한 아휘가 희색이 만면해서 손짓으로 피터에게 보여주는 것은 암탉 한 마리였다. 둥우리 하나에 거북한 듯 잔뜩 엎드린 하얀 암탉은 약간 경계하는 눈치였다. 아주머니가 조심스레 집게로 암탉의 날개를 살짝 올리자 놀란 듯한 눈망울들이 옹기종기 어미 품속에서 내다보고 있었다. 회색빛 털이 보송보송한 병아리와 검은색과 흰색이 섞인 병아리가 보였다. 아홉 마리의 병아리들이 어미 날개 사이로 머리만 내밀었다. 알을 열 개를 넣어주었는데 그중 한 개의 알만 무정란으로 아홉 개의 알이 아홉 마리의 병아리로 태어난 것이었다. 예쁜 병아리들을 보니 즐겁고 한편 신비스럽다는 생각을 했다.

"청계 병아리들이에요. 알을 품으려 하기에 청계란을 사다가 넣어주었어요."

"언제 넣어주셨는데 벌써 병아리가 되었네요! 우리 닭은 토종닭 아닌가요? 토종닭이 종류가 다른 청계 알도 거부하지 않고 품나요?"

"암탉들은 알의 종류를 따지지 않아요. 큰 것도 작은 것도, 둥근 것도 갸름한 것도, 하얀 알도 그리고 푸른 알도 모두 품어요."

"우리 엄마가 나를 품어준 것처럼!"

"그래요. 사람이나 동물이나 새끼는 모두 사랑스럽거든요. 그리고 키우다 보면 남의 새끼도 내 새끼도 모두 내 새끼로 느껴지거든요. 모정이라는 게 그렇게 만들어요. 고양이가 상극이라는 개의 새끼 강아지를 품어준다든지, 암캐가 엄마를 잃은 고양이 새끼를 품어주는 경우는 심심치 않게 알려졌잖아요. 작가 안데르센의 '미운 오리 새끼'(Ugly Duckling)가 나중에 백조가 된 이야기 아시죠? 오리가 백조의 알을 품었던 거예요."

"그러면 저 병아리들은 나중에 청계란을 낳을 건가요?"

"당연하지요."

"그런데 병아리들이 회색인데 두 마리는 검은색인 것은 혹시 청계 수탉이 아닌 토종닭이 수정된 것 아닌가요?"

"검은 청계도 있데요."

"저 병아리가 토종닭이 아비인 암탉일 경우에도 청계란을 낳을지도 궁금하네요."

"아비가 토종닭이라도 어미가 청계이면 청계란을 낳는다고 해요."

그때 큰소리로 떠벌리는 소리가 들렸다. 두 사람은 놀란 표정으로 서로의 얼굴을 쳐다보면서 귀를 기울인다. 소리는 조금씩 가까워지고 있었고 차츰 목소리도 누구의 것인지 분간이 가능해지고 있었다. 두 사람은 눈짓으로 집 안으로 들어가자고 한다. 조금 더 가까워진 소리는 대화가 아니라 한 사람의 독백인 것 같았다. 다래 아버지가 만취한 상태로 택시에서 내려 집으로 들어가면서 하는 독백이었다. 누구를 향한 무슨 내용의 소리인지는 알 수 없으나 행복한 이야기는 아닌 것 같다. 때때로 상스러운 표현도 했다. 피터와 아휘가 이층으로 올라가 창밖을 동시에 내다본다. 저만치 다래네 텃밭 앞에서 다래 아버지가 멈춰 섰다. 다리를 비틀거리면서 대문 열라고 고함을 질렀다. 아무 대답이 없자 발길로 대문을 있는 힘을 다해서 걷어찬다. 그래도 아무런 반응이 없자 몇 번을 걷어차더니 땅바닥에 주저앉는다. 얼마 후 그는 거기서 잠이 든 모양이었다. 늦은 오후까지 그렇게 누워있던 다래 아버지가 잠에서 깼는지 술에서 깼는지 일어나 바짓가랑이를 털면서 주섬주섬 옆에 떨어져 있던 가방을 챙겨 들고 가방 속에서 무엇인가를 찾는다. 대문 열쇠를 찾은 그는 아무 일 없었던 것처럼 대문을 열고 들어갔다. 열흘 전 아침이 생각난 모양이다.

# 제8장

# 폭발한 왈순 씨

열흘 전, 그날은 왈순 씨의 생일 하루 전날이었다. 남편 최진후는 그녀의 생일만큼은 기억했다. 그의 어머니와의 약속이 있었기 때문이다. 그의 어머니는 자신의 기일은 잊어도 며느리의 생일은 잊어서는 안 된다고 강조했다. 그래서인지 사흘은 나가 있다가 생일 하루 전날 저녁에 쇠고기 덩어리 하나를 사서 들고 들어왔다. 들어왔어도 그가 생일상을 차릴 리는 없고 생일상을 같이 먹어주는 것에 지나지 않으니 왈순 씨가 크게 감격할 일은 아니다. 다음날, 평상시보다 훨씬 일찍 일어난 다래 엄마는 아침준비도 하지 않고 남편 최진후의 방문을 두드렸다. 아직 잠에서 깨지 않은 그를 일어나라고 채근했다. 예전엔 없었던 일이었다. 전에 없던 일인지라 놀란 최진후가 어리둥절해 하며 일어나 앉았다.

"무슨 일이야?"

"이제부터 내 말 잘 들어요."

"무슨 얘긴지 나중에 해. 잠자는 사람을 깨고 야단이야!"

최진후가 다시 드러누웠다. 그녀를 보기 싫다는 듯 휙 돌아눕는
다. 잠시 후 왈순 씨가 벌떡 일어나 밖으로 나갔다. 그리고 식칼을 손
에 들고 방으로 들어왔다.

"벌레도 밟으면 꿈틀한다는데 나도 이젠 더는 못 참아. 일어나!"

놀란 최진후가 하는 수 없다고 생각했는지 다시 일어나면서 소릴
지른다.

"이게 반말지거리야! 못 참으면 뭘 어쩔 건데?"

왈순 씨가 칼을 휘두르면서 남편에게 바짝 다가앉으며 흥분된
어조로 말문을 연다.

"나, 죽을 각오 한 사람이야."

"당신 미쳤어? 뭐 하는 짓이야?"

"미쳤어. 미쳐도 많이 미쳤어. 그만큼 다래의 인생을 망쳐놓았으
면 됐어. 더 이상은 다래 다치는 것 내가 두고 못 봐. 다래는 이제는
아이가 아니야. 성인이란 말이야. 약을 안 먹고 견뎌 온 게 그럭저럭
5년이야. 이 산속에 가둬놓아도 말없이 하루하루의 무료한 시간을
보내면서도 불평 한마디 안 하지만 그 애가 얼마나 힘들었는지 나는
알아. 그런 다래에게 기적 같은 일이 일어났어. 이 산골에 하늘이 다
래를 불쌍히 여겨 피터라는 청년을 보냈어. 그리고 그를 다래가 좋아
하고 있고. 요즘 그늘졌던 얼굴에 생기가 돌아왔어."

"무슨 소리 하자는 거야. 당신도 같이 내쫓기고 싶어?"

"아! 바로 그 얘기야. 내가 하고 싶은 말이 바로 그거라고. 이번에
는 내가 당신을 내쫓을 차례라는 것을. 이제 이 집에서 나가. 이 집은

내 집이잖아. 내가 시집와서부터 조금씩 모은 돈 모두를 당신이 찾아다가 지은 집이야."

"어디로 나가라고?"

"당신이 고등학교 갓 졸업한 다래를 내쫓을 때 갈 때 있어서 내쫓았어? 남학생과 여학생이 사귈 수도 있지. 길거리로 내쫓긴 아이가 거지처럼 길거리에서 오가다 그나마 좋은 사람 만나 유학까지 갔던 똑똑한 우리 딸이 임신해서 집을 찾아 왔는데 그걸 다시 내쫓아 병원에 실려 가게 만든 당신이 아직도 할 말이 있어? 오죽 힘들었으면 정신병까지 생겼을까! 잃어버린 자식인들 어찌 생각이 안 나겠어. 아이가 어디서 어떻게 길러지고 있는지, 살아 있는지도 모르는 아이. 자식을 잃은 어미, 불쌍한 우리 다래. 당신은 사람도 아니야. 이제 당신 갈 길 가. 이제 다래도 행복할 권리가 있으니까."

"그래서 내가 안 나가면, 그 칼로 나를 죽일 셈인가?"

"아니! 당신이 다래나 나를 해치려 하면 나도 이 칼로 당신과 싸울 거야. 당신이 나가지 않으면 법으로 해결할 거야."

"법! 무슨 법?"

"이혼법!"

"뭐? 이혼당하고 싶다고! 그래 이혼해주지 뭐."

"위자료는 줘야 할걸?"

"내가 돈이 어디 있어서?"

"당신 연금을 내가 받아야겠어."

"무슨 권리로?"

"받을 권리 많지. 대 볼까? 어느 작가의 말대로 당신이 사용한 수십 년의 창녀 서비스, 아이 셋 낳아준 대리모 비용, 낳은 후 밤낮으로

24시간 내 젖 먹여가면서 키워준 유모 비, 당신 밥해준 식모 비, 집안 청소비 빨래해서 다려까지 준 세탁비, 당신 부모님 돌아가실 때까지 병치레 간병한 간병 비, 이쯤 되면 당신 연금으로 모자라지만 모자라는 대로 받을 거야. 그리고 안 나가려면 하숙비 선금으로 내놔야 이 집에 있을 수 있어."

두 눈을 똑바로 뜨고 쳐다보는 왈순 씨의 자세가 완강했다. 남편을 계속해서 몰아세우던 왈순 씨가 말을 멈출 수밖에 없었던 것은 평소보다 일찍 일어난 다래가 방을 나오는 소리를 들었기 때문이었다. 왈순 씨는 아무 일 없었던 것처럼 쏜살같이 부엌으로 들어가서 아침 준비를 하는 척한다. 다래가 따라 들어와 엄마 생일을 축하하면서 엄마를 돕는다. 결국, 아무 일 없었던 것처럼 아침상 앞에서 최진후도 생일을 축하한다고 중얼거리듯 말한다. 그리고는 셔츠도 바꿔 입지 않고 입던 옷차림으로 대문을 나선다. 툭 하면 살림을 때려 부수고 몽둥이를 휘두르던 그가 달라진 모습이다. 그날도 다래와 왈순 씨가 방에 있으면서 나와 보지도 않은 것을 알면서도 전 같지 않게 별일 없이 지나갔다.

다음날,

"어제 별일 없었어요?"

피터가 다래에게 물었다.

"어제? 아! 우리 아버지! 별일 없었어. 알다가도 모를 일이야. 며칠 전부터 갑자기 변하셨어. 난폭한 술주정에 입에 담지 못할 소리로 엄마를 괴롭히곤 했는데…. 술은 여전히 하시는데 덜 마시는 건지 조금 조용해지셨어."

"중독은 아니신가 보군요. 중독이 아닌 사람도 끊기는 힘든가 봐요."

"나 옛날에 담배 피웠었는데 끊었어. 자존심 상해서 못 피우겠더라고."

"왜, 자존심이 상해요?"

"생각해봐! 그 생명도 없고 입에서 냄새만 풍기는 풀잎, 물론 수백 가지를 첨가해서 만든다고 하지만, 풀은 풀인데 그걸 끊지 못한다니! 어느 날 담배를 집어 들고 불을 붙이려다가 문득 담배를 보는 순간 자존심이 상해서 내려놓았지. 왜 못 끊어. 끊으면 끊는 거지. 그 풀잎이 나를 휘둘러? 통제해? 안 되지! 내 생각에 울 아버지도 술을 끊을 마음이 진정으로 절실하면 끊을 수 있다고 생각해. 절실하지가 않은 거야. 울 엄마한테 조금이라도 미안한 마음이 있다면 지금이라도 술 끊고 잘 해야지. 그래도 요즘은 미안해하시는 눈치야. 예상치 못한 일이야. 누구 말마따나 오래 살고 볼 일이라더니, 우리 아버지가 변하시는 것 같아."

피터와 다래는 오랜만에 오리요리 먹으러 깊이울 식당에 가기로 했다. 정글 같은 산길을 들어서자 마루와 돌이의 목줄부터 풀어준다. 목줄이 풀리자 날아갈 것 같은 모양이다. 두 마리의 개는 날 듯이 뛰어 어느새 자취를 감추었다.

"길 잃지 않을 자신 있어요?"

"당연하지. 수십 년을 다닌 길이야. 눈 감고도 찾을 수 있을걸."

비도 최근 여러 번 왔고 날씨도 따뜻해서인지 산길이 풀로 우거졌다. 정글에 들어온 착각마저 날 지경이었다. 산길을 내려갈수록 점점 앞이 안 보일 정도로 숲이 무성했다. 특히 칡덩굴이 치렁치렁 늘어진 게 깊은 산속을 실감케 했다. 칡덩굴 마디마디에 달린 보라 꽃송이들은 바람에 그네를 뛰면서 꽃향기를 날린다. 골짜기 물을 따라가다 보니 옛날의 논이었다는 구릉은 산돼지가 목욕했는지 늪이 온통 진흙으로 덮었다. 앞장서서 엉덩이를 흔들면서 내려가는 다래의 뒷모습은 성숙한 여인의 익을 대로 익은 과일처럼 관능적이었다. 아름답고 우아하며 약간은 차가움이 도는 아랑과는 사뭇 다른 모습이다. 성악을 해서인지 풍만한 가슴이 벌어진 어깨 사이에서 출렁이고 잘 발달한 엉덩이는 참나무를 연상케 하는 굵은 두 다리가 받혀주고 있다. 두 사람은 어느새 산 아래로 깊이 내려와 마을을 향하고 있었다. 저만치 마을이 보이자 피터는 길을 잃어 헤매던 기억을 떠올린다. 아직도 기억에 생생했다. 다래가 서슴지 않고 들어서는 식당은 피터가 지난번에 갔던 '깊이울 오리집' 그 식당이었다. 식당들이 많은데 이 식당은 유난히 많은 사람으로 붐볐다. 밥상을 일자로 붙여놓은 방은 손님들로 가득했다. 전에 왔을 때는 신을 벗고 들어가서 방바닥에 앉아서 먹었는데 서양식으로 마루방을 신을 신은 채로 들어가서 의자에 앉도록 바뀌었다. 피터에게는 훨씬 익숙한 환경이었다. 두 사람은 고기를 구우랴 먹으랴 바빴다. 오랜만에 불에 구운 오리고기와 쌈이 환상적이라는 생각을 하면서 부지런히 굽기도 하고 먹기도 한다. 돌이와 마루에게 줄 기름 섞인 고기를 한쪽으로 모아 놓는다. 접시에 상추가 한 잎 남았다. 다래도 오래간만에 폭식하듯 야무지게 먹고 있었다. 한참 동안 먹느라 바쁘던 피터가 주섬주섬 고기 조각들과 먹고 남은 찌개 냄비의 뼈다귀들을 건져 싸 들고 나섰다. 개들이 알아차리고 꼬리가 빠지게 흔들어 댔다. 피터는 준비해온 플

라스틱 접시에 나눠준다. 마루는 오리고기의 맛을 음미라도 하는지 몇 번 씹고서 넘기는데 식성이 왕성한 마루의 아들 돌이는 뼈다귀들을 씹지도 않고 삼키는지 빨리도 접시를 비웠다.

피터와 다래는 따뜻한 숭늉으로 입가심을 하면서 식당을 나왔다. 걸음걸이가 아주 느렸다. 식후 금방이어서 일 것이다. 먼 거리는 아니니까 산속의 아름다운 풍경과 숲 냄새를 맡으면서 둘은 여유 있게 걷기 시작했다. 마루와 돌이는 골짜기 물을 마셔가면서 즐겁기 한이 없다는 듯 앞질러 간다. 한참을 가다 보니까 개들이 보이지 않는다. 피터가 개들을 불렀다.

"마루, 돌이! 이쪽으로 가자!"

마루와 돌이가 알아들었는지 부르는 쪽으로 달려왔다. 앞서거니 뒤서거니 사람들과 개들이 어설픈 산길을 한 줄로 가면서 새길을 만들어 가고 있었다. 나무들의 키가 제법 큰 숲을 헤치면서 걷는다. 앞장서서 걷던 다래가 뒤를 돌아보면서 걱정스러운 표정을 짓는다.

"아까 개들이 가려던 길로 갔어야 했었던 것 아냐?"

"길을 잘 모르겠어요?"

"세월이 흐르면 강산도 변한다더니 길이 바뀌었는지 잘 모르겠어."

"하긴 개들이 더 잘 찾아갈 거예요. 개들을 앞장세우면 어떨까요?"

"그게 좋겠어."

두 사람은 개들을 앞세우고 걷고 또 걸었다. 개들도 이리저리 가다 보니 혼돈이 되었는지 갈팡질팡하는 것 같았다. 꽤 오래 헤맸다.

다래가 기진맥진해 보인다. 그때 마루가 길옆 골짜기로 뛰어가더니 물을 벌떡벌떡 마시는 게 아닌가.

"이제 됐어요! 이 골짜기 물줄기만 따라가면 통나무집 앞이 나와요!"

피터는 자신도 모르게 격앙된 목소리로 말했다. 맞는 말이었다. 지난번 자신이 길을 잃었을 때 마을 사람이 말해 주던 바로 물 <u>흐르</u>는 그 골짜기였다. 일단 길을 찾고 나니 없던 기운이 솟구쳤다.

두 사람은 단숨에 통나무집에 도착했다. 그러나 도착하자 다래는 아무 말 없이 방으로 들어가 눕는다. 모든 힘이 소멸된 모양이었다. 피터도 사실 한발도 더 내디딜 수 없을 지경이었다. 그도 방으로 들어가 벽에 기대앉는다. 잠시 후 두 사람은 모두 잠이 들고 말았다. 누군가가 잠꼬대를 했다. 벽에 기대있던 피터는 잠결에 다래 옆으로 다가가서 깊이 잠이 들었다. 곤히 자던 다래가 갑자기 피터를 끌어당겼다. 깜짝 놀란 피터가 일어나자 다래도 눈을 떴다.

"미안해! 잠결이었어."

"아녜요. 괜찮아요."

"그런데, 피터, 나 안아주면 안 돼? 이러면 안 되는 것 알지만 내가 피터를 너무 좋아해."

다래의 눈에서는 눈물이 흐르고 있었다. 피터가 다가가서 다래를 포옹한다.

"왜 안 되는데요? 나도 다래 씨 좋아해요!"

"아랑이 있으니까 안 되지."

"아랑하고는 함께 할 수 있는 사이가 아니잖아요. 나는 아랑에게

갈 수 없고 그녀는 내게 오지 않고…."

"그럼 내가 피터 씨 가져도 돼?"

피터는 더 이상 말하지 않고 그녀를 강하게 포옹한다. 저녁노을
이 붉은빛으로 서산을 물들일 때쯤 해서 두 사람은 손에 손을 잡고
행복한 표정으로 산길은 내려오고 있었다. 왈순 씨가 대문 앞에서 서
성이고 있다가 그들을 보자 서둘러 안으로 들어간다.


"왜 그리 늦게까지 산에 있었어? 걱정했잖아."

"미안해요. 우리가 깊이울에 갔다가 돌아오는 길을 잘못 들어 많
이 헤맸어요. 통나무집 지나오다가 들어가 쉬고 오는 길이에요."

"네가 깊이울 간지가 십 년은 될 테니 길을 잃을 만도 하지. 배고
프겠다."

"아버지 일찍 들어오셨네!"

"그러게 말이다. 나도 진작 붙어볼 걸 누가 알았나. 남자는 여자
가 하게 달렸다더니!"

"붙어보는 건 뭐고 여자가 하게 달린 건 무슨 말이에요?"

"응? 아무것도 아니야."


다음날 피터는 다래가 보고 싶어 일찍부터 다래를 찾아갔다. 다
래도 기다렸다는 듯이 집을 나선다.

"저희 산 한 바퀴 돌고 올게요, 아주머니."

"그, 그래요. 날씨가 산책하기 안성맞춤이네."

"엄마, 다녀올게요!"

두 사람은 산 입구에 다다르자 더는 참을 수 없다는 듯이 서로를 안았다. 통나무집에 도착하자 기다리기 힘들었다는 듯 두 사람은 엉키기 시작했다. 옆에만 있어도 위로가 되던 다래였기에 이토록 빠르게 자신에게 다가오리라고 예상치 못했기에 피터는 아직도 꿈만 같았다. 두 사람은 하루 종일 통나무집 속에서 지루한 줄 모르고 지냈다. 피터의 배에서 소리가 났다.

"배고프구나!"

"아뇨!"

"뭐가 아니야. 배에서 쪼르르 소리가 나는데. 나도 배고파. 내려가서 밥 먹자."

피터는 그녀의 허리를 감고 아쉽다는 듯이 산길을 내려왔다. 못 보던 개가 어슬렁거리다가 두 사람을 보고는 뛰어 달아난다.

"누구네 개가 암내가 났나? 못 보던 수캔데! 고개 너머에서 온 것 같은데."

"다래 씨네 흰둥이가 혹시 암내 난 것 아니에요?"

"암내 난 건 흰둥이가 아니고…!"

말끝을 웃음으로 흐리면서 피터를 쳐다보는 다래를 보고 피터도 따라 웃는다. 서산에는 엷은 반쪽짜리 달이 보였다. 사방에는 벌써 달맞이꽃들이 꽃잎을 열고 달 맞을 준비를 하고 있었다. 다래네 대문 앞에 다다랐을 때 왈순 씨는 마당 가에서 풀을 뽑고 있었다. 다래가 엄마를 보더니 어린아이처럼 말한다.

"엄마 배고파 죽겠어! 밥 줘."

"밥상 차려 놨으니 들어가 먹어. 자네도 같이 들어가 먹지."

피터의 손을 이끌면서 안으로 들어가자고 한다.

"아빠 나가셨어?"

"아니! 아빠 방에 계셔."

"아빠가 야단 안 하실까?"

피터가 급히 다래에게 손사래를 하면서 말한다.

"아니에요. 저는 집에서 아주머니가 기다리실 텐데요."

"그래, 그럼. 내일 봐."

피터는 풀을 손에 쥔 채 일어서면서 허리를 펴는 다래 엄마를 향해 꾸뻑 인사를 하고 겸연쩍은 표정으로 도망이라도 치듯 마을 길을 내려간다. 피터가 저만치 가는 것을 보고서 다래는 대문으로 들어섰다.


손발을 씻고 나오면서 수건으로 얼굴을 닦던 피터는 밥상을 보자 서둘러 수건질을 끝내고 밥상 앞에 앉는다. 시장했던 모양이었다. 이 씨 아주머니는 밥상을 차려주고 옆에 앉아 바느질하고 있었다. 피터가 수저질로 한참 바쁘던 손을 멈추고 물을 마신다. 그의 눈길이 아주머니의 손놀림으로 간다. 인형의 옷을 만드시나? 무언지 모르지만, 아기 저고리 같은 모양새의 옷이 마무리되고 있었다. 궁금한 마음에 물어본다.

"무얼 만드세요? 인형 만드세요?"

"이거요, 이거 우리 아이들의 첫아이 옷이에요. 배냇저고리라고 해요."

"자녀분이 몇 분이신 데요?"

"딸 하나 아들이 둘이에요."

"모두 출가하셨나요?"

"아직, 모두 미혼이에요."

"그런데 아기 옷을 만드시는 거예요?"

"하! 하! 맞아요. 미혼이라도 아기가 생길 수도 있는 것 아니에요?"

"그건 그렇지만…. 저의 생모도 미혼이었대요. 남자친구는 군대에 가 있었대요."

"그랬군요!"

"그래서 말인데요, 미혼인데 아기를 낳으면 입양을 시켜야 하지 않나요?"

"그건 옛날이야기이지요. 그땐 그랬지요. 지금이야 키울 수만 있으면 여자나 남자가 혼자 키울 수 있어요. 옛날엔 집안 망신이라면서 난리들을 했지만 이젠 남이 뭐라던 상관 안 해도 되는 세상이니까요. 아이들이 안 키우겠다면 내가 키울 거예요. 혼자 아이를 키운다는 건 사실 대단히 어려워요. 아이를 누구에게든 맡기고 돈을 벌어야 할 테니까요. 하지만 결혼을 했어도 요즘은 부부가 모두 일을 하니까 아이들이 힘들어요. 우리 애들은 나한테 아이를 맡기면 될 테지만."

"아기를 기다리시는 것 같아요."

"많이! 큰아들이 아이를 낳으면 좋으련만…."

"큰 아드님이 여자 친구가 있나요?"

"글쎄요. 생긴 것도 같고 아닌 것도 같고."

다래와 피터는 잠시도 떨어져 있고 싶지 않을 정도로 발전해 가고 있었다. 피터는 영국에 있는 엄마도 잊고 살고 있었다. 그러던 어느 날 마크의 메일을 받는다. 그의 엄마, 세라가 그를 보러 올 생각이라는 것이다. 전화해도 시차 때문에 통화가 어렵다면서 무슨 일이 있는 것 같다고 했다는 것이다. 피터는 마크를 만나러 갔다.

"오랜만이네. 그 산속에서 무슨 일이 바빠서 전화통화가 어려운가? 얼굴은 아주 좋아 보이는군. 표정이 평화로워졌고."

"그렇게 보여? 마음은 편해진 게 사실이야."

"산속에 살아서 그런가?"

"그런 면도 있겠지. 무엇보다도 말동무를 찾아서인 것 같아."

피터가 다래를 알게 된 이야기를 하자 마크는 고개를 끄덕이면서 대단한 관심을 보였다. 피터는 다래를 그에게 인사시킬 것을 약속한다.

피터가 아침을 간단히 먹고 다래를 만나러 갔다.

"피터! 그 책에서 아휘 아버지가 일본식당에서 일한다던 이야기 기억 나?"

"네, 왜요?"

"요즘 우리나라가 꼭 아휘 아버지 격이 되었다고 생각지 않아?"

"그게 무슨…?"

"그렇잖아! 뉴스는 매일 정쟁에 바쁘더니 일본에 한 대 얻어터졌는데도 어떤 사람은 대낮에 일식집에 가서 일본 술을 마셨다니, 물론 반주였겠지만, 그 술이 목구멍으로 넘어간다는 게 나는 신기해. 일본의 의존도가 그렇게 높은 산업인 걸 알고 있었으면서 우린 그동안에 뭐 하고 있었대? 너불너불 말도 잘도 하고 큰소리도 치는데 뼈다귀가 뭔질 모르겠어. 그 전문가라는 사람들은 방송에 나와 말하는 것 보면 잘 들도 알고 있었으면서 왜 정부나 기업에 닥칠 수 있는 상황을 예고치 않았을까? 하긴 정쟁에 바빠서 안 들렸을 수도 있지! 민주주의와 자본주의의 절충이 쉽진 않겠지만 기업이 있고 노조가 있다는 것 명심해야 할 거야. 우리 엄마 말씀에 의하면 우리나라가 끔찍이도 배고픈 시절에 한 똑똑한 정치인이 말했다더군. 우리나라는 우선 부강해야 한다고. 그러기 위해서는 수출 그리고 또 수출이라고 하던 때가 엊그제 같은데, 일본사람 말대로 우리가 빨리도 잊어버리는 건지 용서를 잘 하는 민족인지 모르겠어."

"용서란 자기 잘못을 인정하고 반성하는 자에게 하는 것 아닌가요?"

"그렇지? 그럼 우린 잘 잊어버리는 건가?"

"교육에, 특히 역사 교육에 문제가 있는 것 아닐까요? 일본은 가해자이니까 자국민에게 왜곡된 역사를 가르친다지만 한국은 기억하기 싫을 정도의 끔찍한 경험을 장기간 하고도 모자라 전쟁에다가 분단까지 되고 만 마당에 후손들에게 경각심을 주기 위해서라도 역사 교육을 제대로 해야 할 것 같아요."

# 제9장

# 어린이날

"우리나란 고쳐야 할 부분들이 많아. 제일 먼저 남자들의 자세, 술에 대한 자세, 여자들에 대한 자세, 아이들에 대한 자세…. 끝도 없어."

"아이들에 대한 건 묘해요. 방정환 선생님이 어린이라는 말을 만들어 어린이날도 만들고 어린이들이 나라의 미래라는 걸 일찍부터 깨닫게 해 주었잖아요. 저는 모든 나라가 한국처럼 어린이날이 있는 줄 알았었어요."

"모든 나라는 아니고, 몇몇 나라들이 있는데, 어린이날이 있는 우리나라에서 아이들이 버려진다는 게 누가 들어도 듣기 거북한 거지."

"그러니까요! 지난주에 서울 갔을 때 마크한테서 들었는데 아랑이 쉼터라는 곳에 가서 아이들과 출산을 앞둔 미혼모들을 돌본데요. 자원봉사하는 거죠. 그런데 한 외국인 위탁모가 삼 년을 아이를 키워서 엄마와 아들 관계로 정이 들어 아이를 아들로 입양을 하겠다는데 외국인이라 안 된다면서 보육원으로 보냈대요.

보육원이라는 곳은 여러 사람이 일을 하잖아요. 엄마 격의 돌봄이 들이 각 아이에게 배당되는 게 아니고요. 일하는 사람이 매일, 아니면 아침저녁으로 바뀔 수도 있고요. 아이가 필요로 하는 '엄마'라는 존재가 있다가, 없어졌다가, 바뀌고, 또다시 갑자기 없어지는 거지요. 병아리가 어미 닭을 잃었다면 그 공포가 얼마나 크겠어요.

그래서 최근 아랑은 법정엘 쫓아다닌다고 해요. 법 공부도 시작했고요. 그런 아이들을 돕고 싶다고 하더래요. 나는 다행히 내가 태어난 지 10일 됐을 때 우리 엄마가 데려다가 위탁모라는 자격으로 키웠대요. 동시에 입양 절차 밟았고요. 그땐 입양이 어렵지 않았대요."

"한국 사람들은 혈통주의라서 남의 피를 가진 아이를 입양하려 하지 않아. 그러니 외국 사람들은 외국 사람이란 이유로 입양을 못하게 하니 결국 아이들은 유기견처럼 보육원으로 보내지는 거지! 너무 슬프고 실망스러워. 여자 판사들이라면 그렇게는 안 할 것 같은데…. 남자들의 횡포는 횡포인 줄조차도 모르면서 행하니까 말문이 막혀."

피터가 입양되던 1970-90년대에는 대단히 많은 아이가 홀트라는 아동복지시설을 통해 외국으로 입양이 되었다. 그 후 IMF가 닥쳤을 때 또한 많은 아기가 외국으로 나갔다고 했다. 한국 여성들의 당시 현주소였다. 마치 여자들이 아이를 홀로 배기라도 한 듯 남성들은 아무런 영향을 받지 않았다. 모성은 짓밟히고 비판까지 받으면서 그녀들의 분신을 떠나보내야 했다. 그나마 외국으로 보내진 아이들은 양부모 밑에서, 가정의 일원으로 살아갈 수 있었다고 한다. 물론 혹은 몰지각한 가정교육을 받은 아이들의 성숙지 못한 편견으로 힘든 경험도 했을 것이었다. 그러나 그것이 반드시 인종차별이라기보다는 나와 다른 것에 대한 불안의 표현이었을 수도 있다. 요즘은 누구의 정책인지 입양정책이라는 것이 바뀌었다고 한다. 누구를 위한 정책일까? 출산율이 떨어지니까 장래 노동력을 계산한 정책인가?

보육원으로 보내어지는 아기들! 한 남자아기가 법정의 결정으로 위탁모의 품으로부터 떨어져 한 보육원에 보내졌다. 낯선 곳에 온 두 살짜리 아이는 엄마를 부르면서 여러 날을 울었지만, 흔히 있는 일이어선지 누구도 관심을 두지 않았다. 울다 지친 아기는 잠들었다가 깨어서 다시 울기를 몇 주를 계속했다고 했는데 한 달쯤 된 어느 날 아이의 위탁모였던 여인이 나타나자 아이가 뛰어가서 안기더니 떨어질 줄 모르고 울기만 했다. 위탁모는 아이에게 또 오마고 달래고 달랜 후 떠났는데 그 후 위탁모는 잠 못 드는 밤이 많았다. 홀로 남겨진 아이는 그날로부터 먹지 않으려 하고 겁에 질린 낯빛으로 말도 하지 않고 점점 말라가고 있었으며 뿐만 아니라 세상을 믿을 수 없다고 생각했는지 그 후론 위탁모가 찾아가도 더 이상 반가워하지도 않고 방구석으로 피해 가서 조용히 혼자 앉아 있었다고 했다. 결국, 위탁모는 긴 법정 싸움 끝에 아이를 데려갔지만, 집으로 돌아온 아이는 육 개월 이상 입을 닫은 채 물어보는 일도 없고 의사표시를 하지 않았으며, 아이의 몸무게가 정상에 가까워지기까지 일 년여가 걸렸다고 했다. 먹지도 말하지도 않고 울기만 하는 아이는 사람들에 의해 고문을 당했기 때문이라고 했다. 더 이상 위탁모가 아닌 정식 엄마가 된 여인은 아이가 받은 충격이 나중에라도 인간관계에 부정적인 영향을 주지나 않을까 걱정이라고 말했다. 어른들에 대한 불신, 혼자가 되었을 때의 외로움과 공포가 잊힐 수 있을지 의문이라고 했다.

아랑의 일터에도 비슷한 상황에 처해질 수도 있는 아이가 생겼다. 아랑은 이를 방지할 방법을 알아보기 위해 법방으로 찾아다니면서 공부를 하고 있다고 했다. 그녀가 걱정하고 있는 아이는 태어난 지 일주일 되던 날 3남매를 키우는 한 외국인 위탁모에게 보내졌다. 그녀는 십 대 아들과 그 밑에 두 딸이 있는데 막내가 초등학교에 입학 하자 허전함을 느껴 위탁모가 되기로 했다. 물론 입양을 목적으로 시작한 것이었다. 아이는 잘 자라주었고 말을 배우기 시작하자 그는 위탁모를 엄마라고 그녀의 남편을 아빠라고 부르면서 순조로운 한 가정의 일원이 되었다. 그러던 어느 날 생모가 아이를 데리러 온다는 소식과 함께 삼십 대 중반의 부인이 나타났는데, 이때는 아이가 약 이십 개월이나 되어 마구 뛰어다니고 있었다. 아이는 낯선 생모 앞에서 위탁모를 엄마라고 부르면서 온갖 재롱을 부렸고 이를 본 생모는 차마 아이가 엄마로 알고 있는 위탁모 사이를 갈라놓을 수 없다고 믿었다. 아이가 자기에게서 떠날 것으로 생각되어 슬픔에 젖어있는 위탁모를 보면서 생모는 말했다고 한다.

"나는 곧 감옥에 가야 되는데 그때 아이와 같이 갈 생각을 했어요. 돈을 갚아야 하는데 돈이 없거든요. 사기를 당했어요. 입양을 원하신다면 저보다 훨씬 훌륭하게 키우실 것 같아요. 키워주세요."라고.

위탁모는 고맙다는 말과 함께 고개를 숙였고 생모는 더는 아이 걱정은 안 하겠다면서 마음 편히 빚을 갚을 때까지 감옥에서 견딜 수 있겠다고. 떠나기 전 생모는 아이에게 다가가서 손을 내밀면서 말했다.

"나는 너의 엄마 친구야. 너 손 좀 만져 봐도 돼?"

두 엄마는 아이 앞에서 서로를 껴안고 눈물을 흘리면서 서로에게 고맙다고 했다. 특히 위탁모는 훌륭한 생모를 포기하고 자기에게 온 아이를 잘 키워야겠다면서 울었다고 한다. 아랑이 이어서 말했다.

"그 후 위탁모 부부는 정식으로 입양 절차에 들어갔지요. 그런데 이게 웬일입니까? 법정이, 판사라는 사람들이, 이를 거절한 것입니다. 누구를 위해서? 아이를 위해서? 보육원으로 보내는 것이, 아이를 위하는 것이란 말인가요? 생모가 자기 뜻이었음을 알리는 편지와 함께 재심을 청구해 놓은 상태인데 아이는 어느덧 두 살이 넘어 세 살이 되니 말도 잘 하고 형, 누나 모두 한 식구로서 단란한 가정인데 이번에도 이들의 가정을 인정하지 않는다면, 법정 싸움을 하는 동안 아이는 보육원에서, 엄마 없는 쓸쓸한 낯선 곳에서 지내야 될 텐데 이런 아픔을 아이에게 줄 수 있는 권리를 판사들은 어디에서 부여받았다는 것인가요? 위탁 부모는 아이가 열여덟 살이 될 때까지 위탁모로 한국에 남아 있을망정 아이는 포기할 수 없다고 했답니다. 그렇게 힘들어하는 위탁모 옆에는 그녀를 지지하면서 함께 하는 남편이 있기에 다행입니다."

피터가 사라진 후 아랑은 '사랑의 숲'이라는 쉼터로 갔다. 그녀가 사랑하는 사람을 떠나보낸 부모이지만, 그녀의 친구 하나가 부모들이 세상을 떠난 후 많이 괴로워하는 것을 본 일이 있었다. 부모, 특히 엄마에게 좀 더 잘하지 못한 것을 후회하며 아랑에게 당부하곤 하던 일을 생생하게 기억했다. 잘 해 드리진 못해도 최소한 부모가 반대하는 결혼은 하지 말라는 것이었다. 엄마의 반대는 딸을 위해서 하는 것이고 대부분은 결국 딸은 엄마를 거역한 후회의 고통을 겪는다는 것이었다. 사랑하는 엄마이기에 후회할 일을 하기 싫었던 아랑은 아무런 불평 없이 하루하루를 보내다가 요즘은 쉼터에서 신생아들과 출산을 앞둔 십 대, 혹은 이십 대와 삼십 대 여인들을 돌보아주는 일에 푸욱 빠져 있었다. 자신이 살아온 세상과는 아주 다르지만, 피터를 만난 후 알게 된, 자신이 모르던 세상 속으로 조금씩 빠져들어 가고 있었다.

인간 세상에서 가장 고귀하고 기적적인 현상이 생명이 태어나는 것이건만 그 귀함이 세상의 뒤안길에서 허덕이는 산모들과 새 생명이 연줄에 매달려 미래의 방향도 주소도 모르고 바람 부는 대로 날고 연줄이 끊어지기라도 하면 어쩌나 하는 생각으로 아랑은 온몸이 경직되기도 했다. 자신이 이 어린 생명들을 위해 아무것도 할 수 없을지도 모른다는 생각에 몸서리쳐지기도 했다. 그러나 요즘 자신이 새로운 세상을 볼 수 있게 된 것에 대해 한편 부끄럽기도 하고 한편 자랑스럽기도 했다.

아랑의 부모도 쉼터가 무엇인지도 알게 되었고 아랑이 경험하는 일들이 참으로 새롭고 상상도 해 보지 못한 다른 세계의 일임을 깨달았다. 물론 신문에서, 혹은 방송에서 상자에 버려진 아이들에 대해서 읽어도 보고 들어도 봤지만, 당신들과는 상관없는 남의 일처럼 생각했었다. 그들을 돕겠다고 바삐 뛰어다니는 딸을 보면서 부모들의 생각도 조금씩 바뀌고 있었다. 심지어는 아랑에게 그녀의 아버지가 묵직한 봉투를 건네면서 아기들을 위한 일에 쓰라고 했다. 아랑은 알고 있었다. 출산을 앞둔, 대부분이 미혼모들에게 도움이 절실한 것을. 이들이 출산 후 쉼터를 떠나는 순간부터 갈 곳이 없다는 사실을 알고 있었다. 아랑은 이들을 위해 그녀의 아버지가 건넨 돈으로 거처를 마련하기로 했다. 낡은 헌 집이지만 방이 여러 개 있는 집이어서 거기서 아랑도 함께 생활하기로 했다.

피터가 다래와 하는 이야기를 저만치서 듣고만 있던 이 씨 아주머니가 피터에게 묻는다.

"그러면 그 아랑이라는 아가씨는 집을 나왔다는 얘기가 되네요?"

"아마도 그렇겠죠?"

피터가 다래와의 이야기를 이어나갔다.

"다래 씨! 부탁이 있어요."

"뭔데?"

"다음주에 마크하고 점심하러 가줄 수 있어요? 마크가 다래 씨 소개해 달라고 해서…."

"그러지 뭐. 어려운 일 아니잖아. 서울 가본지 참으로 오래됐네!"

# 제10장

# 돌출구

이 씨 아주머니는 아랑을 찾아보기로 마음먹는다. 그녀가 다래를 싫어하는 건 아니지만 아랑이 알면 슬퍼할 것 같다는 생각을 해 본다. 이날은 쉬는 날이었다. 주말을 빼고 일주일에 이틀은 이 씨 아주머니에겐 쉬는 날이라기보다는 실제 더 바쁜 날이었다. 목요일은 회장인 그녀가 주관하는 회사 임원 회의가 있었다. 그녀가 바쁠 땐 남편인 민우가 대신 하지만 되도록 자신이 참석한다. 금요일은 일주일 동안의 회사경영상황을 점검하는 날이었다. 그러나 내일은 아랑이 일하고 있다는 쉼터를 일반 방문객처럼 가볼 생각이다. 아랑이 어떤 여자인지도 알고 싶지만, 무엇보다도 아랑의 피터를 향한 마음이 궁금한 그녀였다.

쉼터는 허름하고 자그마한 건물이었다. '사랑의 숲'이라는 간판이 붙어있었다. 입구에 들어서자 작은 경비실 창문이 열리면서 경비로 보이는 중년 남자가 묻는다.

"안녕하세요. 자원봉사자이신가요?"

"네."

이 씨 아주머니는 얼떨결에 대답하고 말았다. 그러자 경비아저씨는 봉사자 담당사무실로 아주머니를 안내했다. 방에 들어서자 하얀 작업 저고리를 입은 중년 나이의 부인들 대여섯 명이 그날 할 일에 대해 설명을 듣고 있었다. 방을 들어서는 그녀를 본 한 젊은 여인이 설명이 끝났는지 그녀에게로 다가와서 묻는다.

"어떻게 오셨는지요?"

"사실은 제가 누굴 좀 만났으면 해서 왔습니다. 김아랑이라는 분 좀 만날 수 있을까요?"

"물론이죠. 아랑 씨는 지금 임산부들 방에 가 있을 겁니다. 가셔서 만나보세요. 들어가셔도 됩니다. 저기 보이는 저 방입니다."

고맙다는 인사를 하고 임산부 방을 찾아간 아주머니는 빠끔히 열린 문틈으로 몸을 숨기고 안을 들여다본다. 아랑으로 보이는 여자는 화장기 없는 얼굴에 생머리를 뒤로 묶어 늘어뜨렸고 약간 말라 보이는 늘씬한 몸매다. 눈은 반짝이고 야무져 보이는 입매 등, 주관이 또렷해 보였다. 깔끔했지만, 옷은 방금 빨아 입은 듯한 헌 옷으로 십년은 입던 옷이라고 해도 믿을 만큼 헐렁하고 낡은 청바지에 윗도리는 남자 옷인지 여자 옷인지 분간이 어려운 회색 셔츠를 입고 있었다. 무슨 이야기를 하고 있는지는 들리지 않았지만, 임산부들은 그녀의 얼굴을 쳐다보면서 열심히 듣고 있었다. 그렇게 방안을 들여다보고 있던 아주머니를 깜짝 놀라게 한 건 아랑이 일어서면서 얼굴을 돌렸을 때였다. 순간 몸을 숨긴 아주머니는 잠시 후 다시 방안으로 고개를 돌렸다. 아랑은 사라졌다. 아랑의 얼굴이 다시 보인 건 얼마 후였다. 이제 어떻게 그녀와 이야기를 해 볼 수 있을지 자신이 누군지 왜 그녀에게 관심이 있는지를 알리지 않으면서 할 수 있는 대화가 무엇이 될 수 있을까를 고민하면서 문 앞에서 서성이고 있었다.

"아직 못 만나셨어요?"
좀 전에 만났던 여성이었다.
"아, 네, 바쁜 것 같기에….'
"이리 들어오세요."
그녀를 따라 들어갈 수밖에 없었다.
"아랑 씨! 이분이 한참 기다리셨어요.'
"네? 저를 만나러 오셨어요?"
"아시는 분 아니세요?"
"아, 네. 제가 뭘 좀 여쭤보려고요."
이 씨 아주머니는 아랑이 안내하는 방으로 따라가면서 머릿속이 하얗다. 죄지은 게 없건만 왠지 거북했다.
"앉으세요. 제가 김아랑입니다. 무슨….'
"저는 이 아휘라고 해요."
"네? 성함이 어떻게 되신다고요?"
"이 아휘라고 해요. 만나서 반갑습니다."
악수를 청하는 아휘의 손을 잡는 아랑은 순간 머릿속이 아무것도 없는 넓은 사막 같은 공간 속에서 무엇인가를 찾아야 하는 답답함과 함께 휭! 하는 소리가 들렸다. 무슨 이유일까 뭐지? 이름! 저 이름은 어디서 들었지? 아! 그래! 거기서 봤어. 바로 그 책이야! 그 책에서 보았어. 마크가 읽어보라던 책 속의 인물! 아휘와 민우!

"혹시 남편 분이 이 민우 씨?"

아휘도 아찔함을 순간 느꼈지만 동시에 복권에 당첨이라도 된 것 같은, 행운이라도 잡은 것 같은, 느낌이 다가오면서 가슴이 벅차왔다.

"그걸 어떻게?"

"그래요!"

"그러면 그 책을 쓰신 분?"


이럴 수가 있단 말인가. 자신의 신상이 순간에 알몸처럼 드러나다니! 아휘는 믿기 어려운 현 상황을 생각하면서 자신이 믿기 어려울 정도로 차분해짐에 또한 놀란다. 오히려 날것처럼 홀가분한 기분과 행복한 것 같은 기분이 무슨 연유로 생기는 것일까 자문해 보지만 여전히 담담하기만 한 자신의 상태에 다시 놀란다. 어쩜, 막다른 골목에서 잡힌 도둑의 입장처럼 피할 길이 없음에 자포자기라도 한 것인가 생각도 해 본다. 앞으로 어떻게 실타래처럼 얽히고설킨 과거와 현재 상황을 풀어서 아랑과 대화를 이어 갈 것인지 알 수가 없었다. 아마도 무의식중에 시간이 해결하겠지. 하는 생각? 아니면 하늘이 무너져도 솟아날 구멍이 생길 거라는 믿음? 이젠 아랑에게만큼은 숨길 게 아무것도 없다는 생각을 하기에 아휘의 가슴은 설레고 있었다. 두 사람은 서로의 얼굴을 마주 보고 앉아서 생각은 각기 다른 곳에서 빠르게 움직이고 있었다. 아랑이 먼저 정신이 들었던 것일까.

"제게 물어보고 싶으신 게 있으시다고요."

"네에, 물어본다기보다는 만나보고 싶었다고 하는 게 맞는 것 같아요. 혹시 그 책을 읽으면서 내가 피터의 생모일지도 모른다는 생각은 안 해보았어요?"

"제가 지금 꿈을 꾸고 있는 건 아닌가 하는 생각을 하고 있습니다. 그리고 너무도 갑자기 닥친 지금 이 순간에 저의 생각이 멀리 피터에게까진 미치질 못했어요. 그러나 질문을 받고 나니 그럴 수 있겠다는 생각이 드는군요. 그게 사실인가요?"

"그렇습니다. 피터의 생모입니다. 그뿐만 아니라 제가 지금 피터의 집에서 가사도우미로 일하고 있는 사람이기도 합니다. 아들의 밥상을 차려주고 싶었습니다. 나 자신의 신분을 밝히지 않은 상태로 아들을 대하고 있습니다. 그럴 수밖에 없는 것 아니겠습니까? 감히 내가 네 어미라고 나설 수는 없으니 말입니다. 그럴 자격이 없지요."

"그렇게 생각하고 계시군요. 저라면 그렇게 생각지 않을 것 같은데요. 그렇다면 제가 질문을 해도 괜찮겠습니까?"

아휘는 대답하는 대신 의아한 눈으로 아랑을 쳐다본다.

"혹시, 출산하기 위해 여기에 머무는 여인들이 있다는 걸 알고 계시는가요?"

"네, 알고 있습니다. 미혼모와 비혼모 들일 것으로 짐작합니다."

"그렇다면 이분들이 아이를 낳은 후 이곳에 아이를 두고 떠날 것이라는 걸 아시나요? 떠날 수밖에 없다는 말이 더 정확할 것 같군요."

"네, 알고 있어요."

"그렇다면 아이를 지킬 수 없었던 어머니의 입장은 한 개인의 문제라기보다는 사회적인 문제라고 생각지 않으시나요? 값싼 의사의 손에 맡길 수도 있었던 아이들의 생명을, 낙태로 끝내버릴 수도 있었던 아이를, 자신의 인생을 걸고 지키려고 이곳에 온 10대, 20대 혹은 30대 엄마들이 자신의 분신을 두고 떠나야 하는 고통은 사회문제로 토론조차 제대로 되고 있지 않아요. 다시 말하면 제가 이곳에 와서 알게 된 현 상황들을 우리 사회는 모르고 있다는 것입니다. 이분들이 겪고 있는 고통을 우린 모르고 있다는 것입니다. 해당 관리들은 알렸다고 할는지 모르지만, 우리 국민이 진실을 알게 되면 우리 국민은 이처럼 외면하지 않을 것입니다. 이들이 겪고 있는 고통은 바로 입으로만 부르짖는 남녀평등이라는 미명 이면의 우리나라 여성들이, 엄마들이 처한 현실을 반영해 준다고 생각합니다. 저도 할 말은 없는 사람입니다. 저도 최근에야 한 인간이 다른 인간에게 범하는 가장 잔인한 행동은 모성을 부정하는 행위라고 생각하게 되었으니까요. 진정한 여성이 된 아기엄마들, 이들의 모성은 보호되어야만 해요. 우리 사회가 보살펴 주어야 할 국민 중의 제 일 선위가 새로 태어난, 돌봄 없이는 생존할 수 없는 아기들이라고 본다면 모성을 부정당한 이 엄마들은 우리 사회의 폭력의 희생자이고 아기들은 그 위정자들의 위선의 희생양이에요.

동물 세계에서 어미가 새끼를 보호하기 위해 온몸을 내 던지는 모습을 보는 것은 흔한 일이거늘 어찌 인간의 모성은 이처럼 몰인정하게 잘 보이지 않는 곳에 가려진 것인지! 모든 생명은 어미의 품에서 시작되며 갓 태어난 생명에게서 어미가 사라진다는 것은 그 생명이 사라질 수 있다는 것일 텐데! 이 엄마들이 아기를 키우려 한다면 우선 의식주가 해결되어야 하고 사회의 인식이 바뀌어야 할 것입니다. 주위의 편견과 위선으로 그들의 인격을 모독하고 그들의 생명을 위협하고 있습니다. 이들 어미들은 일자리 구하기도 어렵고 아이가 있으니 일할 수 있는 시간도 자유로울 수 없고 그에 따른 보수도 주는 대로 받아야 하는 악조건일 것이니 삶이 아니고 죄 없는 죄인으로 전락될 수밖에 없는 것이지요. 그보다 더 어려운 일은 사회적 편견 때문에 겪어야 하는 외로움은 정서적으로 엄마에게도 아이에게도 힘든 일일 터인데 아이가 자라면서 들어야 하고 겪어야 하는 언어적 학대와 폭력을 생각하면 엄마들이 아이를 외면하고 떠나지 않기에는 너무 열악한 우리 사회입니다. 교육이 필요해요. 무지한 편견이 어디서 온 건지 근원을 밝혀내고 여인들 앞에 무릎을 꿇어야 해요.

아비 없는 자식을 두고 떠날 수밖에 없었던 이유는 각기 다를 수 있겠지만, 공통점은 어쩔 수 없이 떠났다는 것입니다. 자식인데! 이들을 두고 엄마가 될 자격을 운운할 수 있는 사람은 아무도 없을 것입니다. 한 번 더 자신의 아이를 보고픈 마음이건만 차마 아이의 얼굴을 다시 보면 돌아설 수 없을까 봐, 아기의 장래를 위해, 얼굴을 가리고 눈물을 훔치면서 떠난 아기 엄마들! 잘 살 수 있을까요? 아기를 잊고 아무 일 없었던 것처럼 살아갈 수 있을까요? 많은 밤을 눈물로 지새우겠지요. 아쉬움과 그리움으로 꿈속에서 울다가 깨어나서 더 많이 울 수밖에 없겠지요. 큰 소리로 울 수조차 없어 얼굴을 이불 속에 묻고서 말입니다. 죄책감은 자기학대로 이어지고 슬픔은 자기 상실감을 거쳐 수면장애에서 음주, 마약에 정신분열까지 겪게 되는 아기엄마들! 언제까지? 죽을 때까지. 거기에는 날이 밝자 그림자처럼 사라진 아빠들! 유쾌한 남자들! 아기엄마들의 아픔에 무지하거나 외면하는 검은 양복에 넥타이를 그럴싸하게 맨 인사들. 당신처럼 끝내는 잃었던, 혹은 버렸던 아기를 되찾은 행운의 여인이 몇이나 될까요? 성장한 자기 아기와 함께한다면 세상을 다 가진 아기 엄마! 위대하고 아름다운 엄마의 사랑이었기에, 인간의 사랑! 당신 같은 엄마가 엄마임을 밝힐 수 없다면 사라진 아빠가 할 말이 있을까요? 어찌합니까? 누가 뭐래도 아빠데? 빌어먹을!

우리 사회는 그녀들에게 사과해야 하고 앞으론 그런 일이 생기지 않도록 여성, 특히 출산을 앞둔 모든 어머니가 마음 편하게 나라의 미래인 아기들을 순산해서 편한 마음으로 아기들이 구김새 없이 밝게 자랄 수 있도록 해야 할 것입니다. 그렇게 함으로써 우리나라의 장래가 밝게 자란 아이들에 의해 밝은 사회가 조성될 테니까요. 비용이 많이 든다고 생각하는 이들도 있겠지요. 밝은 사회, 즉 밝은 국민은 생산성을 올릴 것이고, 범죄율을 줄일 것이며, 그리고 정신적으로, 육체적으로 건강한 국민은 모든 국가가 나서서 해야 할 궂은일들을 줄일 것이며 그에 따른 비용을 절감하여 결국은 국가에 손실이 아니라 이익을 가져올 것입니다."

조용하고 부드러운 인상을 주는 아랑의 그러나 야무져 보이는 입매에서 소나기처럼 쏟아져 나오는, 꽤나 많은 생각을 한 듯한, 미혼 혹은 비혼모들의 실황을 듣던 아휘가 입을 연다.

"아기의 존재조차 모르는 남자들도 있어요."

"그래서요?"

"그냥…. 그럴 수도 있다는 얘기에요."

아휘는 민우를 변명해 주고 싶은 모양이었다. 아휘의 책을 읽은 바 있는 아랑이다 보니 민우의 입장에 대해서는 이해가 되는지 더 이상 따지려 하지 않는다.

"그렇게 말해 주어서 너무도 고마워요. 물어보고픈 게 있는데….."

"말씀하세요."

"피터를 어떻게 생각하고 있는지…."

"부모님이 반대하시는 일은 피하고 싶어요. 물론 부모님을 거역할 수도 있었지만, 부모님과 연을 끊을 수는 없고 끊는다고 끊어질 수 있는 것 또한 아니고 단지, 서로 만나지 않고 보지 않는다고 해도 마음은 서로를 보고 있으면서 아파하게 될 것이어서…. 요즘은 피터를 거의 잊고 살아요. 바쁘기도 하지만 나도 모르게 온몸과 마음이 아기들과 아기엄마들 생각에 빠져 있다 보니까 다른 생각을 할 사이가 없어요. 게다가 아시다시피 아기들 입양이 순조롭지 않을 때가 있어요. 혹시 아기가 보육원으로 보내지지나 않을까 걱정이 돼서 우왕좌왕하면서 법적 서적도 들여다보고 컴퓨터도 두드려 보고 전화도 걸어 보고 무슨 방법이든 찾아보고 싶거든요. 하루가 너무 짧을 때도 있어요. 진작 알았으면 법대라도 갈걸!"

"그렇군요."

아휘는 맥이 풀리는 걸 느꼈지만 표정을 유지하면서 말한다. 자신이 피터의 생모라는 걸 최소한 당분간은 밝히고 싶지 않으니 협조해 달라고. 아랑은 피터가 소식을 들으면 무척 반가워할 거라고 말했지만 아휘는 자신의 쌓였던 심정을 털어놓는다.

"지난 이십여 년 동안 우리 아이들에게 맛있는 음식을 준비할 때마다 피터를 생각했답니다. 언젠가 내가 그를 위해서 따뜻한 밥상을 차릴 수 있기를 희망해 왔답니다. 지금 내가 피터에게 밥상을 차려주는 건 얼마나 나를 행복하게 하는지 상상이 안 될 겁니다. 그동안 느꼈던 죄책감이 정성을 들여서 반찬을 만들 때면 조금씩 그 농도가 엷어지는 듯합니다. 조금씩 피터를 향해 다가갈 수 있는 용기가 생길지 모른다는 생각이 들어요. 그렇다고 나의 죄책감이 모두 사라질 수는 없겠지만 내 품에 피터를 안아볼 수 있는 용기가 생기는 날까지만 이라도 기다려 주어요."

아랑은 아휘의 말을 듣고 자신이 엄마 마음, 모정,이라는 것을 잘 이해하고, 다 알고 있다고 생각했었지만, 아이를 낳아보지 않은 자신이 모정에 대해 모든 것을 알고 있지 못함을 인식하고 아휘의 요청을 받아들여 가슴에 묻어두기로 약속한다. 바쁜 아랑이기에 다시 만나기로 하고 아휘는 쉼터를 나온다. 잠시 후 아휘의 연락을 받은 차가 도착하고 운전기사가 내려 차 문을 연다.

"회사로 가야겠어요."

"네, 알겠습니다."

아휘가 타고 있는 제네시스는 골목길을 벗어나 길게 뻗친 대로를 달렸다.


마크와 헤어진 후 피터는 다래가 피곤해하는 것 같아 곧바로 주차장으로 가서 차에 오른다. 롯데타워를 지나 포천고속도로로 빠지자 도로는 비교적 한산했다. 구로 터널을 나왔을 때 하늘은 마냥 높고 푸르고 그 밑으로 자신만하게 버티듯 누워있는 산들은 진한 녹색으로 변해 있었다. 포천 시내를 지나 고개를 넘으려고 산을 오르던 피터가 산마루에서 차를 세운다. 다래는 곤히 잠들어 있었다. 차 문을 조심스레 열고 나와 마을을 내려다본다. 산으로 둘러싸인 마을은 구름이 산봉우리까지 내려앉아 마치 바닷물처럼 출렁이고 더 멀리 보이는 산봉우리들은 물 위에 떠 있는 듯 보인다. 골짜기에는 안개가 살랑살랑 치맛자락을 흔들며 날아가고 있다. 피터가 전화기를 꺼내 든다.

"마크 씨 좀 바꿔 주세요."

"나야."

"오늘 점심 잘 먹었다고 인사하려고."

"그래, 와 줘서 고마워. 다래 씨 멋있어! 아주 독특해. 그 산속에서 그런 여자를 만날 줄 상상이 쉽지 않아. 넓은 시야에, 세상을 다 가진 것 같은 자신감, 생각의 폭은 내 마음마저 시원하게 하더라."

"그렇게 생각해?"

"영어 실력 또한 수준급이던데!"

"우린 서로 국어를 쓰니까 영어를 잘 하는 줄 모르고 있었어. 음악공부 하러 이탈리아에 갔었다기에 나는 이탈리아어를 잘 할 거로 생각하고 있었는데 나도 조금은 놀랐어."

"오랫동안 전화가 없어서 걱정했었는데 이제 걱정 안 할 거야. 축하해! 와 줘서 고마웠다고 다래 씨한테도 전해주고."

"알았어. 잘 지내. 자주 연락할게."

다시 운전대를 잡은 피터는 천천히 고갯길을 내려간다. 다래는 피곤했던지 여전히 자고 있다. 마루와 돌이가 심하게 짖어댄다. 피터의 차가 자기 집을 지나치는 것을 보았기 때문이다. 다래가 개들 짖는 소리에 잠을 깼다. 잠이 덜 깬 얼굴로 손을 흔들며 대문을 들어서는 그녀를 보면서 피터는 차를 돌려내려 온다.

피터도 오랜만에 운전해서인지 많이 피곤했던 모양이었다. 오랜만에 늦잠을 잤다. 커튼을 열자 아침 햇살에 눈이 부셨다. 산 까치들이 고욤나무에 떼로 몰려 앉았다. 노르스름하게 익어가는 고욤을 먹나 보다. 끽끽 떠들면서 푸드덕거린다. 배나무 아래에는 어젯밤에 바람이 불었는지 봉지에 싼 배들이 떨어져 있었다. 창문을 열자 햇살과는 달리 공기가 제법 차다. 일교차가 많이 나는 초가을이 느껴진다. 아침을 간단히 먹은 피터는 서둘러 다래네 집을 향한다. 약속한 시각보다 많이 늦은 시간이다. 대문 앞에 도착하여 문자를 보낸다. 곧이어 다래가 신발을 끌면서 나와 대문을 열더니 들어오라고 손짓을 한다. 아버지가 외출 중이라는 증거다. 몇 번 둘이서 걷는 걸 보고도 별말은 하지 않았지만, 아버지 성격을 아는 다래는 많이 조심하는 눈치였다. 방으로 들어서자 바느질을 하고 있던 다래 엄마가 미소 지은 얼굴로 반겨준다. 곧이어 바느질감을 한쪽으로 밀어놓고 방을 나갔다. 방문이 닫히기 무섭게 다래가 피터에게 안긴다. 그리곤 입맞춤을 퍼붓는다. 피터도 질 새라 이에 대응한다.

왈순 씨가 점심준비가 다 되었으니 차려 먹으라면서 산으로 향한다. 요즘 왈순 씨에게는 마냥 바쁜 계절이다. 김장배추도 거두어야 하고 고추도 따서 말려야 하고 산에도 가야 한다. 엊그제까지도 푸르던 머루가 까맣게 익었을 테고 익지 않아 단단하던 다래도 말랑말랑하게 익었을 것이다. 이것들을 제때에 따지 않으면 새나 고라니가 모두 먹어버리거나 땅에 떨어져 썩을 것이라 그렇게 내버려 둘 수가 없는 게 왈순 씨다. 게다가 추석이 가까웠으니 차례 준비도 해야 하므로 우선 솔잎도 따다 놓아야 하고 밤도 익은 거로 따 와야 했다. 오후 늦게야 점심상 앞에 앉은 다래와 피터는 행복한 미소를 주고받으며 서울 다녀온 이야기를 나눈다.

"마크가 다래 씨 영어 잘 한다고 하던데요. 언제 그렇게 영어를 배웠어요? 나는 지금도 한국어가 어려워서 헤맬 때가 많은데! 영어는 한국어와 어순이 달라서 배우기 힘들었을 텐데요."

"나 공부 열심히 했어. 하루 세 시간 이상을 자 보지 못했어. 때론 잠이 너무 부족해서 능률이 나지 않는 건 아닐까 의심도 했지만 자는 시간이 아까워서…. 지금 생각하면 어리석었던 것 같아. 차라리 여행을 그렇게 열심히 다녔으면 시야나 넓혔을 텐데!"

"시원한 공기 마시러 나갈까요?"

"그게 좋겠어."

"내려가서 마루와 돌이 데리고 올라올게요."

목걸이 하나에 양쪽으로 묶인 마루와 돌이를 서로가 당겼다가 끌려갔다가 하면서 앞서거니 뒤서거니 산으로 향하고 두 사람은 그 뒤를 따른다. 아직은 늦은 여름이건만 하늘은 가을처럼 높고 구름 한 점 없이 푸르다. 잣나무 숲속은 무덥던 공기 대신 시원하면서 상큼한 솔솔바람이 그들이 잡은 두 손에 부드럽게 느껴진다. 비탈길이 가팔라지자 피터가 앞장서서 그녀 손을 끌어준다. 숨을 헐떡거리면서 산등성이를 향해 올라간다. 앞장서서 올라간 개들이 갑자기 짖어댄다. 무언가를 보면서 앞으로 갔다가 뒷걸음질을 쳐 가면서 짖어댄다. 다래가 소리 나는 쪽으로 걸어간다.

"그럴 것 같더라!"

살이 찔 대로 쪄서 몸이 무거운 뱀이 개들의 공격에 대응하려는 듯 입을 쩍 벌리고 몸통을 곧추세우고 있었다.

"마루야! 돌이야! 물리면 큰일 나! 이리와! 어서!"

개들이 알아들었는지 다래를 따라 긴 의자 앞에 가서 앉는다. 나무 벤치에 다다르자 다래가 쓰러지듯 털썩 앉는다. 피터도 그녀 옆에 뒤따라 앉는다.

　"이제부터 우리도 산길 걸을 때 주의해야 해. 봄과 여름에는 사람 소리가 나면 도망가던 뱀들이 여름 동안 살이 찔 대로 찌고 독은 오를 대로 올라 겨울잠 자러 들어가기 전에 몸이 둔해서 잘 움직이질 못해. 자못 발밑에 있는 걸 모르고 밟을 수도 있어. 이제부터 산에 올 땐 긴 바지에 목이 긴 장화 같은 걸 신어야 해. 가을의 독사는 치명적일 수 있거든."

　"알았어요. 무서워요!"

　"대체로 이렇게 그늘진 곳엔 뱀들이 안 가는데 저 뱀은 동면할 곳을 찾고 있었나 봐?"

　두 사람은 아무 일 없었다는 듯이 행복한 얼굴로 서로를 보면서 애정을 표현하기에 바빴다. 통나무집을 거쳐 마을로 내려올 때는 해가 서산마루에서 서성이고 있었다. 하루 종일 함께 있었건만 다음날까지 기다려야 된다는 게 어려운 듯 두 사람은 손을 잡은 채 다래네 집 앞에서 서성이다가 비로소 피터가 손을 놓고 내려간다. 마루와 돌이는 먼저 내려가서 대문 앞에 엎드려 기다리고 있었다. 피터는 집안으로 들어서자 재빨리 냉장고 문을 열어본다. 출출했던 것이다. 냉장고에는 아휘가 준비하여 가지런히 포개놓은 작은 반찬 그릇들과 된장국, 그리고 양념 된 불고깃감이 놓여 있었다. 우선 국 냄비와 불고깃감을 꺼내고 반찬을 꺼내려 하는데 전화벨이 울렸다. 냉장고 문을 닫고 전화가 있는 거실로 향한다.

　"피터? 나야 나. 마크."

　"웬일이야? 무슨 일이야?"

"무슨 일 있을 게 있나. 뭐 좀 물어볼 게 있어서."

"난 또 무슨 일이 생겼나 했네!"


"다래 씨 이탈리아 갔었다고 하지 않았어?"

"응, 그랬어. 왜?"

"혹시 노래공부 했나? 혹시 메조소프라노 아니었나?"

"응, 맞아! 오페라 단원이었대. 짧은 기간이긴 하지만."

"어제 여름 씨를 만나서 우리 만났던 이야기를 했어. 그런데 다래 라는 이름도 독특하지만 노래도 잘 하고 공부도 무척이나 열심히 하 던 매력적인 사람이어서 아직도 기억에 생생하다 하더라고. 그런데 여름 씨가 아는 다래 씨는 몸이 아파서 중간에 귀국했다더군. 같은 사람이 아니겠지?"

"글쎄. 아프단 소리 못 들었는데! 아팠었는지는 모르지만, 요즘은 산으로 매일 산책도 다니고, 노래도 하고…. 산속 생활이 좋은가 봐."


"동명이인인가 보구나. 정말 다행이다."

"무슨 소릴 들었는데?"

"다래라는 여자를 수년째 찾고 있는 사람이 있다고 해서. 그런 데 그 사람이 찾고 있는 다래라는 여자는 다섯 살짜리 아이가 있다고 해."

"그래? 다래 씨는 아이가 없는데!"

"그러니까 같은 이름을 가진 다른 사람인 것 같아. 그래. 잘 지내 라. 얼굴 좀 가끔 보자."

"그래. 형, 안녕."

전화를 끝내고 돌아서던 피터가 시계를 들여다본다. 오랜만에 문득 영국의 엄마 생각이 떠올랐기 때문이었다. 아직 잠자리에서 곤히 잠들어 있을 것을 생각하면서 스마트 폰 속의 엄마 사진을 열어본다. 다래 사진으로 가득하다 보니 한참을 돌려서야 나이가 무척 들어버린 것 같은 엄마 사진이 나왔다. 학교에 아침 강의가 있으면 지금쯤 일어났을 것이고 없으면 취침 중일 수도 있다고 생각하면서 번호를 누른다. 신호가 한참 가고 있지만, 대답이 없었다. 전화를 끊는다. 그는 생각에 잠기며 고민하기 시작한다. 어떻게 표현을 해야 아랑이 자리 잡은 엄마의 가슴에 다래를 무리 없이 안치시킬 수 있을지를. 피터는 세라가 아랑을 잊지도 포기하지도 않고 있는 걸 잘 알고 있었다. 두 사람은 많은 면에서 비슷했다. 세상을 같은 시점에서 같은 방향으로 보고 있고, 같은 것들에 환호하거나 눈물을 흘리고, 서로를 좋아했다. 그리고 무엇보다 그들은 서로를 실망하게 하지 않으려 노력했다. 그런 그들을 보면서 피터는 행복했었다. 전화가 울렸다. 피터가 전화를 받는다.

"엄마?"

"그래! 웬일로 전화를 다 받니? 뭐가 그리도 바쁘냐? 요새 일도 안 한다면서."

"네, 곧 일 시작 할 거예요. 어떻게 지내세요?"

"나야 매일 바쁘지만. 아랑은 어떻게 지내니?"

"잘 지내겠지요. 뭐. 저 아랑하고 연락 안 하는 거 알고 계시잖아요. 그리고 저, 이제 다른 여자 만나요."

"뭐? 사실이야? 아랑도 아니? 마크가 아무 말도 안 하던데."

"마크도 알아요. 어제 같이 만났어요."

"그건 아니지! 너 나를 걱정시키는구나. 그건 네가 원하는 바가 아니거든. 결국은 후회하게 될 텐데! 작은 일 같이 생각하면 실수야. 힘들어도 조금 더 견뎌야지. 심각한 관계냐?"

"결혼 한 거나 다름없어요. 우린 함께 지내고 있으니까요."

"저런!"

"제 결정은 아니에요. 저는 사실 당황했었어요. 하지만 후회하진 않아요. 제 얘긴 여기까지만 하고 엄마는? 아빠 자주 만나고 계세요? 외롭게 살 필요 없잖아요. 외로움은 비생산적이에요! 아빠 보고 싶다!"

"내가 왜 외로우냐? 할 일이 없으면 외롭다는 생각을 할 수도 있겠지만 나는 항상 바쁘고 바쁘기를 원해. 그래서 자꾸 일거리를 만들고 있어."

"무슨 일거리를 또 만드셨어요?"

"정원에 울타리를 촘촘하게 만들고 닭을 키우기 시작했어. 토끼 한 마리하고."

"아! 참 좋은 생각을 하셨네요. 몇 마리나 기르세요?"

"다섯 마리."

"그렇게 많이요?"

"그 정도는 돼야 하루 두 개씩 달걀을 먹을 수 있을 것 같아서."

"달걀은 사 잡수시면 되잖아요."

"닭들이 잔디를 잘 먹어. 깎을 필요가 없어졌어. 잡초도 잘 먹고. 채소에 거름까지 준다는 사실을 내가 왜 미처 몰랐을까! 그리고 방사 달걀까지."

"채소는 안 먹나요?"

"안 먹는 채소를 심었지. 마늘, 부추, 감자는 안 건드리거든."

"참, 엄마 두! 오늘은 학교 강의 없으세요?"

"아, 있어! 시간 늦겠다. 전화 끊자. 서둘러야겠어. 안녕."

피터는 잠시 멍하니 끊어진 전화를 들여다보고 섰다. 긴 여행에서 방금 돌아온 것 같은 기분이었다. 하긴 마음은 영국에 있는 엄마한테 갔다가 온 게 사실이니까. 피터는 혼자 읊조리다가 비로소 뱃속의 허기증을 느끼고서야 냉장고로 향한다. 냉장고에서 꺼내던 반찬들을 마저 꺼내고 찌개 냄비를 가스 불에 올려놓는다. 큰 접시 하나에 반찬들을 조금씩 덜어 골고루 담고 반찬 그릇을 다시 냉장고에 넣는다. 식탁에 앉자 잃고 있던 입맛이 돌아왔는지 몹시 배가 고팠다는 생각을 하면서 생선과 찌개 그리고 반찬 접시로 열심히 수저가 오간다. 밥맛이 꿀맛이다. 이 씨 아주머니가 해주는 음식이 맛있다고 생각은 했지만, 이날은 지금까지 먹어본 음식 중에서 제일 맛있다는 생각이 들었다. 행여 아들 입맛이 엄마 입맛을 닮은 것일까? 허기가 해결되자 피터는 잠시 수저를 내려놓는다. 그리고 엄마와의 대화를 다시 생각해 본다.

"엄마 말이 맞아. 내가 원하던 상황은 아니야."

모든 일에 쉽게 결정을 내리지 못하고 되씹곤 하던 자신이 어쩌다가 현 상황까지 숨도 쉬지 않고 달려왔는지 알다가도 모를 일이었다. 되돌아보니 꿈을 꾼 것 같기도 하다. 그러나 다래와의 관계는 엄연한 현실이고 현실을 부정하고 싶은 생각은 추호도 없었다. 단지, 자신이 너무 빨리 달려온 것 같다는 생각은 있었다. 그러면, 왜? 무엇이? 자신으로 하여금 여기까지 서둘러 오게 한 것일까? 분명히 다래는 흔히 접할 수 있는 여자와는 다른 면이 있었다. 그녀의 무엇인가는 그를 대담하게 만들었고, 그녀와 이야기를 하다 보면 자신도 모르게 세상의 자질구레한 일들에 대해 대범한 자세를 갖게 했다. 동침한 다음 피터는 부끄러워 그녀를 똑바로 쳐다보지 못하고 사과라도 해야 하는 게 아닌가를 고민하고 있을 때 그녀는 그를 당겼다. 그러면서 말했다.

"우린 성숙한 동물 세계의 일원일 뿐이야. 아름다운 자연 속에서 가장 자연적인 행동을 했을 뿐이야. 모든 동물들이 그러하듯이. 누구든지 처음 경험은 깊고 깊은 물 위, 흔들리는 작은 다리 위에 위태하게 서 있는 것 같지만 막상 건너기 시작하면 모든 것을 잊고 총 집중하게 되지. 두 번째부터는 숫자 같은 건 존재하질 않아. 나는 처음, 어린 나이에 무슨 일이 벌어지는지를 모르면서 경험했어. 물론 그 사람은 경험을 많이 한 사람이었고. 그의 별일 아닌 것처럼 무표정한 얼굴을 보면서 나도 별일이 아닌가 보다 생각했지. 사실 별일이 아니니까. 단지 우리의 풍습이 큰일인 것처럼 야단할 뿐이지. 물론 그 후에 따르는 상황을 어떻게 책임지느냐 하는 문제가 여자에게 있기는 하지만."

피터는 다래의 말에 자신이 지나치게 소심하고 이념과 형식에 사로잡혀 있었다는 생각이 스치면서 세상일을 상황에 맞게 융통성을 발휘할 줄도 알아야 한다는 생각마저 들었다. 그의 엄마도 아랑도 형식보다는 실리를 중요시하는 사람들이다. 함께 하기를 서로가 바라서 함께하고 있다면 그게 바로 결혼이고 그러다가 서로가 헤어지기를 바란다면 그것은 바로 소위 이혼이라고 하는 형식과 다를 바가 없다고 보는 것이다.

사실 다래는 여자의 입장은 말처럼 쉽진 않다는 것을 잘 알고 있었다. 말을 해 놓고 다래는 피식 웃는다. 이미 아픈 경험이 있는 자신이 그렇게 쉽게 말할 수 있는 입장은 아니었다. 자신은 죽은 인생이나 다름없다고 생각하면서 자포자기하고, 복용하던 정신분열증 약도 끊고 사는지가 5년이나 되어온다. 최진후가 무거운 몸으로 귀국해서 집으로 돌아온 딸을 본 순간 그녀에게 물어본 첫 말은 결혼했느냐이었다. 함께 공부하던 사람으로 결혼할 사람이 있다고 말했으나 이는 받아들여지지 않았고 맨발로 내쫓긴 다래는 충격과 함께 진통이 시작되어 곧바로 병원으로 옮겨졌었다. 아이는 태어났는데 그녀의 증세는 심각한 상태였다. 다래는 알아들을 수 없는 소리를 하면서 폭력적으로 되었다. 정신착란증이란 판정이 내려졌다. 결국, 왈순 씨는 남편의 명령대로 아이를 포기하게 하였다. 그 후 아이의 소식은 두 사람 다 알지 못했다. 처음 당한 상황인 데다가 갑자기 일어난 일인지라 왈순 씨는 남편이 하라는 대로 한 것을 인제 와서 후회했지만, 소용이 없었다. 자신이 큰 죄를 아이에게 저질렀다는 생각뿐이었다. 다래가 너무도 불쌍해서 가슴이 찢어진다는 그녀의 말은 과장된 것이 아니었다. 엄마 곁에서도 다래는 아이 생각, 얼굴도 생각이 나지 않는 아이 생각으로 힘들어했다.

이젠 모든 것을 잊고 이 산속에서 홀로 산에 올라 노래나 하면서 살아지는 날까지 살리라 했던 그녀였다. 그런 그녀 앞에 어느 날, 봄바람처럼 나타난 피터는 그녀에게 좋은 말 친구로 다가선 것이다. 자신을 이해해 줄 거라는 기대는 하지도 않았다. 대화의 상대가 없는 것이 무엇보다도 그녀를 외롭게 했었기에 그녀는 피터를 반겼다. 다래는 또한 피터가 마음의 상처를 입어 힘들어하는 것을 알고 있었기에 그를 위로해 주고도 싶었다. 다래 생각은 각 나라의 문화는 다를 수 있고 좋다 나쁘다 할 수는 없지만, 관념이 인간의 존엄성을 해치는 것이라면 다시 생각해 볼 필요가 있다고 믿어왔다. 특히 그것들이 여자들에게 족쇄를 채우기 위해 남자들이 만들어낸 편법 같은 것들이라면 더욱 그랬다. 죽어버리고 싶었던 많은 날들! 죽음이라는 것과 삶이라는 갈림길에서 헤매던 시간은 그녀를 대담하게 만들어 놓았다. 삶 자체가 중요하지 그 외의 아무런 형식이나 격식이나 혹은 계급의 상징성에 대해서는 가치를 인정하지 않고 오히려 그런 것들을 질시하게 된 그녀였다. 남다른 경험과 과정을 거친 그녀의 생에 대한 자세는 차라리 용감해졌고 호탕해졌다. 때론 오만해 보이기까지 했다. 사실 다래에겐 무서운 사람은 없어졌다. 다만 자기 일로 해서 아버지 최진후가 엄마를 괴롭히니까 그에게 복종하거나 그를 피해 다닐 뿐이었다. 남자들에 대한 불신 또한 경험을 통해 생긴 것이어서 극도로 부정적이었다. 그런 그녀 앞에 나타난 피터는 그녀의 기대치 이상이었다. 차츰 다래는 자신도 모르는 사이에 생명에 대한 애착이 고개를 들기 시작하였다. 사랑이라는 꿈같은 두 글자가 가슴 한 모퉁이에서 꿈틀거리기 시작했고 될 대로 되라던 폐쇄적이던 그녀의 노래가 사랑의 노래로 변해가고 있었다. 자신은 이미 죽은 인생이라고 여기던 다래가 제2의 인생이라는 꿈을 꾸고 있는 것이다. 그렇지만 함께한다는 것이 말처럼 간단한 것이 아니라는 것도 그녀는 잘 알고 있었다.

피터는 이즈음 엄마 생각을 자주 했다. 엄마한테 형언할 수 없는 모종의 잘못을 하고 있다는 생각을 금할 수가 없었다. 자신이 무엇을 잘못하고 있는지 딱히 집어낼 수는 없었지만 그럼에도 불구하고 엄마가 실망하는 표정이 자꾸만 떠오르는 것이었다. 새삼 자신을 되돌아보기로 마음을 다져본다. 엄마, 세라가 누누이 하던 말들이 두서없이 떠올랐다.

"한 마리의 수탉이 열 마리 암탉을 마다하지 않고 다른 수탉과 목숨을 걸고 싸우는 것처럼 인간은, 남자는, 수탉처럼 앞을 내다보지 않은 채 미사여구로 여자를 덮치는 자제미달의 망동을 저지르고 그 후 처리는 덮침을 당한 여자가 온갖 조롱과 차별과 멸시의 눈초리를 받으면서 죄인이 되어, 한 생명을 위해 일생을 바치거나 혹은 생명을 포기하고 일생을 눈물로 보내거나 둘 중의 하나로 살지. 덮친 남자는 망각이라는 샛길로 빠지고 말이다. 모든 나라가 덮친 남자에게 망각의 길로 빠지도록 내버려 두는 것은 아니야. 그러나 많은 나라에서 샛길이 가능하다는 이야기지."

피터는 잠시 생각해 본다. 혹시 다래와의 관계에서 자신의 역할에 잘못이 있는지를. 그러나 피터는 엄마가 실망할 일을 하지 않았다고 확신해본다.

"사랑하는 두 사람 사이에 아이들이 생겼다면 여자는 아이들을 보살필 수 있는 환경이 주어져야 돼. 왜 여자냐고? 물론 남자가 아이들을 돌볼 수도 있어. 하지만 아이들이 엄마를 선호한다면 이를 나무랄 수는 없어. 지극히 자연적인 거니까. 되도록 아이들이 원하는 대로 해 주어야 해. 아이들이 최우선이니까. 아이들은 그들이 선택해서 세상에 태어나지 않았으니까. 그들이 엄마를 원하는 것은 그들의 정신건강에 필요한 것이고 또한 아이 엄마의 정신적 육체적 건강을 위한 것이기도 해. 아이가 엄마 옆에 있지 않으면 아이도 아이 엄마도 불안해할 테니까. 엄마의 모성은 여성 그 자체이거든. 모든 동물들이 그러하듯이, 물론 아비가 돌보는 동물도 있기는 하지만, 인간 동물은 어미를 원하는 게 통상적이거든. 갓 낳아서부터 아비가 길렀을 경우는 아이들이 아비를 원할 수도 있지만 그런 경우는 아주 드물어. 어찌 되었든 아이들의 선택은 존중되어야만 한다는 거야. 누구를 위해서? 그 아이와 아이 엄마 그리고 나아가서, 그 사회와 그 나라를 위해서 그래."

엄마가 하던 말들이 귓가에서 쟁쟁하다. 피터는 엄마에게로 뛰어가고 싶다는 충동을 느낀다. 엄마 얼굴과 아랑의 얼굴이 겹쳐서 보였다. 예전에 그랬던 것처럼.

# 제11장

# 아휘의 도전

아휘의 차는 강변을 지나 시청 앞을 달리더니 안국동 5층 건물 앞에 선다. 건물 안에서 경비 한 사람이 나와 차 문을 열고 꾸벅 인사를 한다. 아휘도 고개를 숙여 인사를 받는다. 아휘는 1층 회의실로 들어선다. 문을 열자 간부들이 일어섰고 남편, 민우가 의자를 당겨 아휘가 앉도록 돕는다. 그러면서 귓속말로 물어본다.

"너무 피곤한 것 아녀요?"

"조금."

"그럼 인사만 하고 들어가요!"

"아니. 간단히 하고 마치도록 할게."

회의는 생각보다 다소 길어졌다. 회사에 도착했을 때만 해도 피곤하다고 생각했었는데 아랑 생각이 자극되었는지 피곤이 물러갔다.

회의 중에도 아휘는 자꾸 아랑에게로 생각이 흘러가는 걸 느껴야 했다. 아랑은 갓 태어난 아기들을 돌보지만 아기엄마들 걱정 또한 적지 않았다. 아기 엄마들은 아기를 포기한 후 쉼터를 떠나야 하는데 대부분이 10대인 아기엄마들은 갈 곳이 없으니. 아랑의 마음은 복잡할 수밖에 없을 것이었다. 자신이 할 수 있는 일이 한정된 처지이기에 스스로가 무능력하게 느껴질 것이었다.

"그래! 내가 너 하는 일을 도울 거야. 우리 규열이를 사랑하는, 아니면 사랑했던 사람이어서가 아니라 착한 일을 하고 있으니까. 아랑 같은 사람 때문에 우리 규열이도 좋은 가정에서 잘 자라주었으니까. 내가 최소한 할 수 있는 일이니까!"

아휘는 민우를 자신의 사무실로 부른다.

"왜? 무슨 일 있어요?"

아휘가 자초지종을 설명한다. 민우도 아랑의 이야기를 듣고 몹시 기쁜 모습이면서 규열이 아랑과 헤어짐에는 아쉬운 마음이기도 한 것 같았다.

"그런 여자를 규열이가 놓쳤다는 게 아깝네요!"

"아랑의 부모님이 마련해준 집 근처에 건물을 알아보는 게 어때?"

"그게 아랑에게 도움이 되겠죠. 아무래도 아랑의 활동영역이 될 테니까요. 두 일터 사이가 멀면 그만큼 아랑을 고단하게 하겠죠."

한 달 후.

아휘는 그동안 아랑과 자주 통화도 하고 점심도 같이했다. 그뿐만 아니라 복덕방에서 연락이 오면 마땅한 건물인지 아닌지를 아랑이 판단하도록 민우가 연락해서 만나기도 했다. 며칠 전에 본 건물은 교통이 편리해서 민우 마음에 들었었다. 그러나 여자들만이 살기에는 큰길에서 집으로 들어가는 골목길이 너무 길고 어두운 게 문제였다. 모두가 젊은 여인들이기에 안전을 우선으로 보아야 하기 때문이었다. 오늘은 오랜만에 아휘와 아랑이 건물을 보러 가기로 했다. 민우가 앞장섰다. 건물은 3층으로 되어있는 조용하고 아늑한 느낌을 주었다. 정원도 있어 여름밤에 하늘의 별을 보며 담화를 나눌 수도 있겠다는 생각을 해 본다. 남향집이라 밝기도 했다. 방이 열 개이지만 방들이 모두 커서 최소 열다섯 사람이 지낼 수는 있을 것 같았다. 아랑은 가슴이 벅차 울고 싶었다. 꿈만 같았다. 십 대 아기엄마들이 좋아할 생각을 하면서 아휘에게 안긴다. 아휘 마음에도 들었고 민우는 정원이 제일 마음에 든다고 했다. 아휘와 민우는 건물을 매입했다.

아랑이 민우와 아휘에게 문자를 보낸다.

"새집에 붙일 이름을 생각해 보았어요. 인동초, 산목련, 산까치, 옹달샘, 엄마사랑……. 적당한 이름이 떠오르지 않네요. 좋은 생각 있으시면 알려주세요."

아랑은 하루하루가 더욱 바빠졌다. 그러나 마음이 즐거우므로 발걸음은 가볍다. 그녀의 통장에 민우가 적잖은 금액을 넣었다. 가구를 비롯하여 필요한 것들을 구입하는데 쓰라는 것이었다. 아랑은 힘이 솟구쳤다. 어린 미혼모들이 아기를 떠나보내고 가장 힘들어하는 기간에 편안한 집에서 아픈 가슴을 달랠 수 있게 해 줄 수 있다는 것은 자신이 생각해도 무척이나 보람된 일이었다. 아휘는 미혼모들의 취업에 대해서도 걱정을 하고 있었다. 이는 도움을 줄 수도 있다는 생각으로 기대할 수도 있었다. 교육수준이 낮고 경험이 없는 미혼모들에게는 저녁 시간에 교육프로그램을 넣어 재능에 따라 직업교육을 할 생각이었다. 자신이 경제적으로 힘들어 공부해야 할 시간에 아이들을 가르치던 생각을 해본다. 아랑의 하루는 바쁘다는 말이 부적절한 상황이 되었다. 두 집을 관리한다는 것이 결코 쉬운 일 이 아니었기 때문이다. 그러던 어느 날 입주한 한 미혼모가 그녀에게 말했다.

"아랑 씨가 허락한다면 집을 청소하고 돌보는 일을 하면서 우리 아기를 데려와 여기서 함께 살고 싶어요. 임금은 안 줘도 돼요."

"미연 씨! 아기와 살고 싶으면 정부에서 도와주어요. 생활비도, 주택도 마련해 줄 거에요."

"알아요. 그런데 아기와 단둘이 산다는 게 상상이 안 되고 무서워요. 여기서 이렇게 여러 사람과 그리고 아랑 씨와 살 수 있으면 좋을 것 같아요. 혼자서 아기를 키운다는 게 상상이 안 돼요. 주위에 아무도 아는 사람도 친구도 없이. 제겐 동생도 언니나 오빠도 없어요. 육아에 대해 아는 게 아무것도 없어요. 아랑 씨는 어머니나 어머니 친구분들을 많이 아니까 물어볼 수도 있지만, 아기와 내가 둘만 있다가 아기가 우는데 그 이유를 알 수 없으면 어떻게요? 젊은 엄마들이 아기에게 잘못해서 감옥에 가기도 한다는데. 제 생각엔 엄마들이 나쁜 사람이어서가 아니라 아기가 무엇을 필요로 하는지 몰라서 저지르는 실수들일 거라고 믿거든요. 집에 혼자서 아기와 단둘이 살면 잠도 잘 수 없을 것 같아요. 창문으로 어떤 남자가 들어 올 수도 있을 것 같고요."

얘기를 듣고 보니 십 대의 어린 여인에게서 자식에 대한 모성이 느껴지고 성숙해져 가는 아름다운 엄마로서의 자세가 아랑으로 하여금 자신이 가보지 않은 영역이라는 걸 깨닫게 해 주었다. 그렇겠지! 어느 어미가 아이의 안녕을 생각해 보지 않았겠는가! 어느 어미가 자기의 분신인 자식을 품에 안고 싶지 않겠는가! '자식을 낳아서 길러봐야 어미의 사랑을 깨닫는데, 자식이 어미의 사랑을 깨달았을 땐 사랑하던 어미는 세상을 떠난 후여서 자식들은 후회하게 된다고' 할머니 제삿날이면 말하던 엄마 생각이 났다.

그러나 섣불리 아기를 키우려 하다가 무슨 불상사라도 생길까 무서워 자신의 모정을 부정하고 아이를 포기할 수도 있을 것으로 생각하여 아이의 장래를 위해서 모정을 자제해야만 된다고 생각했다. 자신이 감당할 수 없을 것이라고 믿고 있기 때문이었다. 아랑은 그녀에게 같이 살자고 쾌히 승낙할 수 없었던 것이 안타까웠다. 그러나 해결책을 생각해 볼 수는 있었다. 아기엄마들이 안심하고 아기와 살 수 있는 환경을 마련하면 되지 않겠는가 싶었다. 한 아기의 엄마뿐 아니라 다른 아기엄마들에게 공동생활 선택권을 줄 수 있다면 아기를 포기하지 않는 사람들이 늘어날 수도 있지 않겠는가. 형제처럼 서로 의지하며 서로 모르는 건 배우면서 살 수 있다면! 생각이 여기에 미치자 아랑의 가슴은 설렘과 흥분으로 컹컹 뛰었다.

아랑의 머리는 생각의 생각이 꼬리를 물고 넓게 깊게 마냥 펼쳐져 갔다. 여성이 이처럼 막다른 곳에 막혀 더 뻗어 나가지 못함은 우리나라 특유의 문화와 풍습에 따라 법과 규정이 위정자들의 남다른 권력을 거치면서 여권이 제대로 성립되지 않았기 때문이라는 결론에

도달했다. 왜 여성이어서 차별을 받아야 하는지를 구체적으로 분석하고 여성의 출산과 아기의 출생 중요성을 인식시켜 나라의 미래를 짊어지고 갈 아기들의 복지와 미혼모들의 복지뿐 아니라 기혼모들의 복지까지도 나라와 사회가 책임진다면, 우는 아기를 뒤로하고 눈물을 훔치는 엄마들이 생기지 않으리라고 생각되었다. 아기엄마! 엄마라는 단어가 보통단어인가! 엄마라는 말은 누구에게나 정다움의 원초이며 인간은 일생을 살아가는 동안에 얼마나 많은 순간순간에 엄마 생각을 하면서 살아가건만 더욱이 갓난아기에게 엄마란 절대 필요한 존재라는 걸 구태여 말해야 알겠는가 싶었다.

# 제12장

# 마쓔의 엄마 사랑

아랑은 문득 장례식에서의 경험이 생각났다. 피터의 친구 폴의 엄마 장례식에 참석했을 때였다. 공부엔 관심 없던 폴의 동생 마쓔, 돌 쪼는 일에만 관심을 보이던 그의 시가 생각났다. 장례식에 참석한 사람들은 자그마치 이십여 년을 병석에서 지내다가 세상을 떠난 폴의 엄마 장례식이다 보니 식구들이 장기간 병간호하느라 힘들었을 것을 생각해서인지 호상이려니 생각하는 것 같았다. 그런데 셋째아들이던 마쓔가 엄마!로 시작해서 읽어 내려간 시는 잠시 후 여인들을 훌쩍거리게 했고 남자들도 손수건으로 눈물을 닦는 상황을 만들고 말았다. 돌이나 쪼던 말이 없던 석공인 그가 엄마의 사랑을 돌을 쪼듯 시를 썼다. 사람들이 왜 울었는지는 모르지만, 자신들의 엄마를 회상하면서 나온 눈물이 아니었을까. 잊고 있던 그들의 엄마 사랑을 마쓔의 시 한 줄로 기억에서 되살아났던 것이 아니었을까 싶었다. 그들의 엄마도 마쓔의 엄마처럼 세상을 떠났다면 후회와 그리움으로 사무쳤을 것이다. 아랑은 마쓔의 엄마 사랑을 읊어본다.

-엄마의 사랑-

엄마!
항상 자식이 우선, 당신은 나중,
따뜻하고 부드러운 당신의 미소.
사랑의 빛에 가려진 육체의 아픔들, 오직 사랑인 당신이었기에,
혹한의 인생을 떠나면서,
춥기만 했던 삶의 여정이,
왜 그리도 잔인하고, 혹독했는지?
왜? 엄마였는지 묻고 싶다.
이제, 나약한 장미 되어 가시를 거두고 손짓하네.
엄마는 오직 사랑이기에
이제 편히 쉬세요!
영원히 그리울 당신
사랑해요.
엄마!

                            - 마쓔.


회상에 잠긴 아랑이 정신을 차리게 된 건 전화 소리 때문이었다. 아휘의 전화였다.
  "네, 안녕하세요? 어쩐 일이세요?"

"아랑 씨 문자 봤어요. 기발한 묘안이 생각나지 않네요. '아랑의 꿈', '꿈을 키우는 집'?"

"아! 새집에 붙일 이름 요! 둘 다 좋은 것 같네요! 사실은 상의 드리고 싶은 게 따로 있어요."

아랑은 미연이라는 미혼모의 희망 사항에 대하여 설명한다. 피치 못할 사정으로 집을 나왔거나 되돌아갈 집도 의지할 가족도 없는 미혼모들의 사정과 그들이 느끼는 외로움과 어려움을 미처 깨닫지 못했었다는 미안함도 있지만, 아이를 포기하지 않고 보호하고픈 마음이 얼마나 절실할지를 예전엔 미처 몰랐던 아랑은 방법을 찾고 싶었던 것이다. 아랑과 아휘는 제기된 문제의 중요성에 동감하기에 이르렀고 이를 위해 함께 머리를 맞대고 고민하기로 약속하기에 이르렀다. 아랑은 몇 시간 전의 자신이 아니라는 생각을 하면서 조금 더 성숙해진 것 같은 자신에 흐뭇해진다.

피터는 매일 다래를 찾았고 두 사람은 그림자처럼 함께했다. 응접실에서 시간 가는 줄 모르고 사랑놀이를 하는 두 사람을 위해 왈순 씨는 그들이 불편하지 않도록 이런 일 저런 일로 외출을 하거나 무엇이든 맛있는 것을 먹이고 싶어 냉장고를 채우기에 바빴다. 응접실은 상큼한 가을을 풍겨주고 있었다. 나무 창살 창호지 사이로 하얀 햇살이 연인들을 엿보기라도 하는 듯 살며시 들어와 방바닥에 그림자를 만들고 천장 대들보에 고추잠자리처럼 올라앉아 미소 짓고 있었다. 다래가 부엌 쪽으로 들어가자 피터가 주섬주섬 옷을 챙겨 입는다. 부엌에서 나오는 다래를 보면서 피터가 묻는다.

"다래 씨, 산책하러 갈까요?"

"그럴까?"

"집에 가서 마루와 돌이 데리고 올게요."

피터가 개 목줄을 들자 개들이 알아차리고 좋다고 꼬리를 흔들어 댄다. 대문을 나서자 지체 없이 다래네 집을 향하는 개들. 저만치 보이는 다래를 본 개들이 반갑다고 짖어댄다. 개들의 머리를 쓰다듬어주는 다래의 머리 위로 정오를 넘은 해가 쏟아진다. 춥지도 덥지도 않고 아직은 단풍이 이른지 온통 진녹색의 산을 바라보며 등으로 내리쬐는 햇살을 받으며 아늑한 산길로 두 사람과 개들이 산 그림자를 밟으며 걷는다. 키 큰 잣나무에 길게 걸린 다래 덩굴에 잎들이 엷은 노란색으로 변해가고 있고 잣나무 밑에는 하나둘 잣송이들이 떨어지기 시작했다. 피터는 가을이 가고 하얀 눈으로 덮였던 겨울을 떠올리면서 세월을 느낀다. 이럴 때면 떠오르는 엄마의 모습, 항상 그리운 엄마 얼굴이다.

다래가 웅얼웅얼 콧노래를 부른다. 사랑의 묘약이다. 왜일까! 피터의 등줄기가 순간적으로 오싹함을 느낀다. 불길한 예감 같은 것이 스친다. 다래가 바싹 팔짱을 당기면서 피터의 얼굴을 본다. 피터가 반사적으로 그녀에게 입맞춤을 한다. 왠지 다래가 측은한 생각이 들었다. 통나무집 근처에 오자 개들이 멈추면서 피터를 쳐다본다. 피터가 그들의 목줄을 풀어준다. 신이 난 개들이 산등성이를 향해 올라 뛰다가 다시 두 사람을 향해 내리뛴다. 그들을 가운데 두고 빙글빙글 돌기도 한다. 통나무 집 앞에 다다랐다. 어미 개 마루가 먼저 지쳤는지 모퉁이에 편안한 바닥을 찾아 앉자 아들 개 돌이가 마루 옆에 서서 꼬리만 흔든다. 더 뛰고 싶은데 왜 벌써 앉느냐고 묻기라도 하는 듯하다. 잠시 후 돌이도 마루 옆에 엎드린다.

다래와 피터는 언제 나처럼 방으로 들어간다. 잠시 후 피터가 주전자를 들고 샘으로 물을 받으러 나온다. 차를 끓일 모양이었다. 방문을 닫고 들어간다. 잠시 후 음악이 흘러나왔다. 다래가 흥얼거리며 따라 부르는 소리가 들린다. 간혹가다가 피터의 목소리도 함께 들린다. 두 사람은 그렇게 깊어가는 가을 단풍처럼 오색의 감정으로 얽히고 설키어 가고 있었다. 피터가 다래에게 또 묻는다.

"우리 서울 가서 살까요?"

"왜, 여기가 싫어?"

"아니요. 좋은데 내가 일하려면…."

"나는 여기 사는 게 좋은데!"

"그럼 여기 살아요. 집에서 할 수 있는 일을 찾아보면 돼요."

매번 다래는 '글쎄'로 일관하고 직답을 피했는데 오늘 그녀의 대답을 듣게 된 것이다. 피터는 순간 당황했지만, 컴퓨터만 있으면 어디서든 일거리를 찾을 수 있을 것 같은 생각이 들었다. 마음은 한결 편안했다. 함께 거주하게 되더라도 일단 살고 있는 집이 있다는 것과 자신이 일에 몰두하게 되더라도 다래는 노래를 하거나 그녀의 엄마와 시간을 보내면 되기 때문이다.

피터가 마크에게 메일을 보낸다.

-형! 잘 지내지? 부탁이 있어. 그동안 마음 정리도 하고 놀기도

많이 놀았더니 주머니가 아주 가벼워져서 일자리가 필요해. 아이티 회사에 구인소식이 생기면 알려주면 고맙겠어. 내가 무슨 일을 할 수 있는지는 형이 잘 알고 있을 테고. 많은 시간을 일하고 많은 급료를 받기보다는 적당한 급료에 적은 시간을 선호해. 소식 기다릴게.

피터.


－피터, 반갑다. 하도 연락이 없어서 나를 아주 잊었나 했는데, 마침 우리 회사가 사람이 필요해. 피터 같은 사람이. 아무 때나 시작할 수 있어. 보수는 나 받는 정도가 될 테고 말이야. 언제부터 시작하고 싶은지만 알려줘. 집부터 구해야 하는 것 아닌가? 곧 연락 줘, 마크.

"빠른 연락 고마웠어. 그런데 내가 재택근무하면 안 될까? 다래 씨가 여기를 떠나고 싶지 않아 하거든."

"그건 곤란해. 우린 자주 마주 앉아 회의도 해야 하고 고객도 만나야 할 테고 때론 점심시간에 점심을 함께 먹으면서 일을 해야 할 때도 있거든."

"그럼 일주일에 하루나 이틀만 서울로 출근하고 나머지는 여기서 일할게."

"알았어. 팀장하고 상의해 볼게."


메일과 전화통화를 여러 번 주고받은 끝에 주 3일을 서울로 출근하기로 합의하는데 이르렀다.

"퇴근하면 뭐 할 거야?"

"다래 씨는 하루하루를 어떻게 보낼지 생각해 봤어요?"

"그럼 피터는 생각해 봤어?"

"나는 저녁 먹은 후 이야기를 하나 만들어 메일로 보낼 거예요. 책에서 본 이야기, 누구한테서 들은 이야기, 혹은 꿈 이야기 같은 거요. 어때요? 물론 통화도 할 거고요."

"기대되는데. 나도 그럼 그렇게 하지 뭐. 나는 꿈을 많이 꾸니까 꿈 이야기 하면 되겠네."

"재미있겠는데요!"


빨리, 출근부터 하라는 마크의 재촉을 더 이상 미룰 수 없어 피터가 서울로 떠났다. 다래는 피터가 떠난 자리가 예상 이상으로 크게 느껴지는 것에 놀랐다. 생각해 보니 그럭저럭 열 달을 두 사람은 그림자처럼 같이 붙어살았던 것이었다. 새삼 세월은 빠르게도 흘러갔음을 보여주고 있었다. 떠난 지 이틀인데 몇 달이나 된 기분이었다. 다음날 퇴근하고 오면 아마도 여덟 시나 될 것 같았다. 집에서 밥을 먹고 다래를 만나러 가면 빨라도 아홉 시는 되어야 했다. 다래는 피터가 오면 먼저 산책길에 나가고 싶은 생각이었다. 둘만의 시간을 갖기 위해서이다.

"하루가 이리도 길다니!"

다래가 혼잣말로 중얼거린다.

"이제 겨우 열한 시라니, 열두 시도 아니고!"

다음날 다래네 집 앞에서 자동차 한 대가 멈췄을 때는 일곱 시가 살짝 넘었을 때였다. 다래가 서둘러 대문을 나왔다. 피터가 집으로 가지 않고 바로 온 것이다. 두 사람은 말이 필요 없는 순간이었다. 다래를 보는 피터의 마음은 다래가 애처롭도록 아름다웠다. 몇 달 사이에 다래가 많이 변했다는 생각을 한다. 두 사람은 산책길로 들어섰다. 어둑어둑해지는 산길은 향기롭고 고요했다. 다래는 피터의 팔짱을 끼고 온몸을 의지하고픈 듯 몸을 기댄다.

"배고플 텐데!"

"괜찮아요. 나중에 먹어도 돼요. 아직 이르잖아요."

"조금만 걷다가 들어가. 내일 또 볼 거잖아."

"그럼 그렇게 해요."

그런데 산길 저만치에 무슨 동물인지는 알 수 없었지만 두 눈에 파란불을 켜고 쳐다보고 있었다. 피터를 만나기 전 같으면 세상에 무서울 것이 없어 불을 켠 두 눈이 번뜩이는 산속을 마구 헤매던 다래였는데, 이젠 그럴 수가 없었다. 이유가 무엇인지 다래가 걷던 발을 멈추고 눈앞의 푸른 불을 가리키자 피터가 먼저 그녀의 팔을 끌며 돌아섰다. 다래가 그를 따라 걸음이 빨라졌다. 왈순 씨가 그녀의 집 앞에서 서성이고 있었다. 인사를 하고 차에 오른 피터가 손을 흔들어 보인다. 차가 시야에서 차츰 작아질 때 다래가 엄마의 팔을 끌면서 조금 더 걷자고 한다.

"배 안 고파? 저녁 먹어야지!"

"안 고파."

"점심도 시원치 않게 먹었는데. 배탈이 났어?"

"아니! 그냥 밥맛이 없어."

"너, 달 건너뛰었어?"

"응? 건너뛰어? 뭘?"

"다달이!"

잠시 생각해 보더니 대답한다.

"안 건넜어!"

# 제13장

# 잉태

 

 

왈순 씨는 지난 며칠 동안 혼자 생각에 잠기곤 했다. 딸이지만 차마 자신이 무슨 생각을 하고 있는지를 말할 수가 없었다. 만일 자신이 걱정하는 일이 일어나고 있다면 한편으로는 기쁜 일이지만 남편 최진후가 어떻게 나올지 모를 일이었다. 물론 다래를 위해서 자신이 방패막이 될 각오가 되어있지만, 아직 결혼도 하지 않은 상황이라는 것이 목에 걸린 가시처럼 느껴졌다. 피터의 반응 또한 왈순 씨로서는 알길이 없었다. 요즘 다래가 늦게까지 자고 저녁에도 일찍 잠자리에 드는데도 낮이면 피로해 보였다. 혹시 피터가 서울로 일하러 가는 것이 그녀를 불안하게 만드는 것일 수도 있다는 생각도 해 본다. 다음 날 왈순 씨가 아침 일찍이 핸드백을 들고 외출 길에 나섰고 최진후도 피터가 올 것을 알았는지 등산복 차림으로 집을 나섰다. 예상대로 아침을 먹은 피터는 부리나케 다래에게로 달려갔다.

"한약 한 재 지어왔다. 네가 요즘 입맛이 떨어진 것 같아서."

"그럴 필요 없는데. 내가 요즘 밥맛이 없는 건 사실이야. 나 계절 타잖아. 엄마 잊었어?"

"그래서 약 지어왔지, 기억하니까. 봄 타는 사람은 많아도 너처럼 가을 타는 사람은 별로 못 봤다. 천고마비라는 가을에 말이다. 너 어릴 땐 안 그랬는데!"

"그래? 난 항상 그랬던 것 같은데……."

시간은 빨랐다. 어느덧 주말이 지나고 피터가 출근하기 위해 서울로 갔다. 다래가 거실의 컴퓨터를 제 방으로 옮겨간다. 이날부터는 피터와 서로 이야기를 주고받아야 하기 때문이다.

아휘를 태운 제네시스 한 대가 아랑이 일하는 건물 앞에 선다. 어느결에 아휘가 들어오는 걸 본 아랑이 반갑게 맞이한다.

"어머니! 우리 모금 운동 시작해요. 이를 계기로 세상에 알려야 해요. 부당함을 알려야 해요. 당당해야 할 죄인 아닌 죄인들은 누구며 왜 이들이 존재하는가를 말이에요."

"응? 글쎄."

아랑이 자신을 어머니라고 부르는 바람에 아휘는 순간 당황하면서 말을 얼버무리며 횡설수설한다. 잠시, 피터와 아랑이 결혼을 해서 자신이 시어머니가 되는 걸 상상하다가 정신을 가다듬은 후 아휘는 지난밤을 새우다시피 하면서 결정한 자신의 마음을 털어놓을 생각이다.

"아랑 씨, 내가 하고 싶은 말이 있어."

"말씀하세요. 뭔데요? 제가 너무 서두르나요?"

"아냐! 그게 아니고, 나도 우리가 무엇을 어떻게 그들을 위해서 할 수 있을까를 생각해 봤어. 아랑 씨 말대로 우린 우선 돈이 필요해."

"네, 맞아요. 그래서….'"

"그런데 얼마의 돈을 내가 마련할 수 있을 것 같아."

"네? 우린 억대의 돈이 필요할 텐데요!"

"나도 알아. 우선 그 십대 아기엄마부터 시작해서 몇몇이 가까이 살도록 해 보는 거야."

"살 집이 필요한데….'"

"알아!"

두 사람은 어린아이들처럼 즐거운 목소리로 시간 가는 줄 모르고 꿈에 부푼 소꿉장난 아이들이 새살림 차리듯 이야기 속에서 헤어나지 못하고 있었다. 두 사람은 시간을 정해 부동산엘 가기로 약속을 한 후, 아휘는 집으로 돌아왔다. 내일은 포천에 가는 날이었다.

-산목련의 향기-

운전기사도 가사도우미도 퇴근한 금요일 저녁이었다. 집에는 두 사람뿐이었다.

"나는 나누를 사랑하는 게 아니라 존경하나 봐. 그런 나누를 덮쳤다고 생각하면 지금도 어이가 없어."

"왜 그런 소리를 해. 우리의 아름다운 사랑의 향연이었는데! 민우 씨는 정직하면서도 항상 겸손하기 때문에 나를 그렇게 봐 주는 거 알고 있어. 나도 민우 씨의 정직함과 겸손한 자세를 존중해. 자주, 나

자신에게 말해. 나도 민우 씨를 닮아야 한다고. 나는 무뚝뚝하다는 소릴 자주 듣잖아. 그 말은 내가 겸손치 못하다는 말이거든. 그런데 자신의 행동을 바꾼다는 게 쉽지 않은 일이야. 부부가 서로를 존중할 수 있다는 건 좋은 일인 것 같아. 사랑하던 사람들도 서로를 존중할 수 없게 되면 가정을 유지하기가 힘들 것 같아. 안 그래?"

"그래서 이혼이 생기는 건가요. 그건 그렇고. 건물 산 거 말이에 요, 그거 나우 씨 삼 년 봉급이에요. 그런 돈을 쓸 수 있는 처지라는 것도 축복이지만 그렇게 쓸 수 있는 당신의 마음은 대단한 축복이란 생각이 들었어요."

"상의도 하지 않고 했다고 말하는 것 같은데?"

"아뇨! 나하고 상의했으면 일이 늦어졌을 수도 있고 쓸데없이 고 민했을 수도 있었을 거예요. 아주 잘한 일이라고 말하는 거예요. 우 리가 누구를 돕는 것도 좋은 일이지만 억울한 죄인 아닌 죄인들을 조 금이라도 위로할 수 있다면 그걸 돈으론 계산할 수 없는 거로 생각해 요."

"고마워 그렇게 말해 주어서. 사실은 나도 민우 씨 하고 상의를 하지 않은 이유가 마음이 급했기 때문이었어. 하루라도 빨리 미연이 라는 그 십 대 아기엄마의 마음의 평화를 주고 싶었거든. 아랑 씨가 그렇게 되도록 도와주겠다고 하니까 눈물을 흘리면서 좋아하더래. 최소 열 명의 엄마들이 아기와 함께 생활할 수 있을 것 같아. 열 명의 아기들이 엄마 품에서 웃는 모습을 상상만 해도 기분 좋고 보육원으 로 안 가도 된다는 것은 생각만 해도 나는 기뻐. 어서 꼭 필요한 가구 들을 준비해야겠어."

"전화다. 전화예요!"

주방에서 끓고 있던 된장찌개의 간을 보던 민우가 급히 전화기를 집어다가 소파에 비스듬히 누워 뉴스를 보고 있는 아휘 손에 건넨다.

"어머니. 저에요."

"아랑 씨! 어쩐 일이에요?"

"가구 문제가 해결됐어요!"

"어떻게요."

"우리 부모님이 저를 보러 오셨었어요. 새집이 좋다고 하시면서 가구는 엄마, 아빠가 마련하시고 싶다고 하시네요. 그래도 되죠?"

"너무 고마우시네요. 아랑 씨 생각에 좋으면 좋은 거예요."

"저는 예상 밖이라 처음엔 믿기 어려웠어요. 찾아오실 거라고도 생각지 않았고요, 오셔서 반가운 한편 불안하기도 했거든요. 아버지가 결혼 얘기 꺼내시면 어쩌나 하고요. 이렇게 지지해 주시는 것은 예상 밖이었어요. 제가 엄마 아빠의 깊은 사랑을 미처 깨닫지 못하고 있었던 거죠."

"자식 이기는 부모 없다고 하지 않아요! 그만큼 따님을 사랑하고 계시기 때문에 보여주시는 거예요. 당신 딸이 하는 일을 응원하고 싶으신 거예요. 그게 부모 마음 이거든요. 나도 우리 어머니께 많은 불효를 했어요. 그 깊은 엄마의 사랑을 우리가 젊었을 땐 깨닫질 못해요. 엄마라는 존재가 얼마나 우리에게 소중한지를 깨달았을 땐 이미 이 세상을 떠난 후일 때가 많아요."

"그럼 고맙게 받겠다고 말씀드릴게요."

"그렇게 하세요. 아주 고마워요. 민우 씨! 아랑 씨 부모님들이 마음이 아프셨나 봐."

"그분들의 심정은 이해할 수 있을 것 같아요. 우리나라 사람들 대부분이 그분들처럼 생각할지도 몰라요. 피해자들은 억울하지요. 결국은 조작된 이념의 희생자들이 된 셈이니까요. 그러나 진실은 가슴을 통해서 밝혀지게 마련인데 진실을 보여줄 수 있을 때 어떤 결정을 하느냐에 따라 잘못된 이념의 상처가 치유될 수도 있고 끝내 희생자로, 즉 전화위복이 될 수도 있고 돌이킬 수 없는 상처가 될 수도 있고…. 아랑 씨 부모님은 현명하게 처리하시리라 믿어요."

"나도 우리 엄마 생각난다. 불쌍한 우리 엄마! 나는 왜 그리도 우둔했을까? 엄마한테 어리광도 부리고 엄마 품속으로 들어가도 보고 했어도 됐을 텐데, 어리디어린 나이에도 나는 의젓하다는 소리 듣는 걸 즐기면서 쥐뿔도 모르면서 다 자란 사람처럼 엄마를 대했어. 그런 나를 보고 행동이 양반집 딸답다고들 하더라고! 민우 씨는 엄마에게 어리광도 잘 부리고 칭얼거리기도 잘했지. 그때마다 우리 엄마와 민우 씨 어머니는 그윽한 눈으로 민우 씨를 쳐다보면서 즐거운 듯 웃곤 하셨어."

"그렇게 말하면 내가 부끄럽잖아요!"

"그게 민우 씨의 매력이었어. 우리 엄마가 그런 민우 씨 보는 걸 즐기셨어. 아…. 엄마 보고 싶다. 왜 나는 그리도 그땐 미련했었을까!"

"아냐. 나누는 생각이 깊은 아이였었어요. 우리 엄마가 항상 그렇게 말씀하셨거든요, '어찌 어린애가 저리도 심중이 깊을까?'라면서."

"나누! 다 됐어요. 밥 먹읍시다. 배고프죠?"

구운 고기를 상에 올리던 민우가 말한다.

"냄새가 그럴듯한데!"

아휘가 수저를 들자 민우도 앞치마를 벗고 마주 앉는다.

퇴근한 피터가 집으로 간다. 방이 세 개인 마크의 아파트에서 가장 작은 구석방을 숙소로 정했다. 방에 있는 가구라고는 침대와 책상한 개뿐이다. 책상은 식사할 때는 식탁이 되고 피터가 일할 때는 컴퓨터 책상이 된다. 포천을 떠나올 때 다래가 건네준 반찬들과 갓 지은 밥을 맛있게 먹고 난 피터가 도라지 끓인 물로 입가심을 하고 컴퓨터 앞에 앉는다.

-다래 씨, 낮에 뭐 하고 보냈어요? 나는 오늘 하루 종일 내일 있을 회의 준비했어요. 지금 시각은 7시 16분, 잠시 전에 저녁 식사 마쳤어요. 다래 씨 어머님께서 싸주신 나물 세 가지와 참기름 넣고 비빔밥 만들어 먹었어요. 어머님께 대신 인사드려 주세요.

오늘 이야기는 아주 오래전에 엄마한테서 들은 거예요. 자! 이제 이야기 속으로 들어갑니다.


한 가난한 나무꾼의 셋째 딸이 시집을 가는데 그녀가 시집가는 날 그녀의 가마는 하루해가 거의 서산을 넘을 무렵에야 신랑 집에 도착할 정도로 산길을 돌고 또 돌아서 산속으로 들어가는 깊은 산골이었대요. 신부를 태운 가마꾼들이 잠시 쉬기 위해 선 곳이 한 작은 절 앞이었대요. 가마가 절 마당에 서자 한 젊은 까까중이 물 대접을 쟁반에 들고나와 목마르고 다리 아픈 가마꾼들은 고맙게도 목을 축일 수 있었대요. 절에서 얼마를 더 가서 마침내 가마는 신랑 되는 사람 집에 도착했고 신부는 신랑의 안내를 받으면서 새살림을 시작했대요. 새댁은 부지런하고 착한 아내로서 산속 생활을 충실히 했는데, 해가 몇 번 지나도 아기가 없자 그녀는 불공을 드리러 절엘 가기 시작했대요. 절

에는 그녀가 시집가던 날 가마꾼들에게 물 대접을 하던 그 젊은 스님
이 그녀에게 유달리 친절했고 그의 친절은 그녀에게 많은 위로가 되
었답니다.

　어느 날 그녀가 불공을 드리고 집으로 가던 중 길가에 많은 사람
이 모여 한 켤레의 신발을 가리키면서 웅성거리더래요. 신발의 주인
공이 어딜 갔느냐는 것이었어요.
　그러자 한 어르신의 설명이 효성이 지극한 아녀자가 신발만 남겨
놓고 사라졌다는 것이었어요. 그것은 그녀의 효심이 하도 지극하여
길을 가던 그녀를 하늘에서 반짝 들어 올린 것이라면서 이렇게 말하
더래요.
　"지성이면 감천이군 그래! 신선이 된 거야!"라고.
　사람들은 고개를 끄덕이면서 사람이 부모에게 효성스러우면 하
늘이 기뻐한다고 하더래요. 그 후 새댁은 더욱 열심히 불공을 드리기
로 마음먹었대요. 매사를 열심히 하고 불공도 열심히 드렸으나 그녀
는 아무런 효과가 없이 해를 또 넘기고 또 넘겼답니다. 결국은 시집에
서 그녀를 친정으로 돌려보내기로 결정하게 되었대요. 여자가 아이를
못 낳으면 여자로서의 본분을 다하지 못하는 것이기 때문이라고 하
면서.
　몹시 가난한 친정의 사정을 잘 알고 있는 새댁은 친정에 되돌아
간다는 것은 부모님들에게 쫓겨 온 딸을 두었다는 불명예뿐만 아니
라 부모님이 먹여 살려야 되는 식구 하나가 늘었다는 부담을 줄 수
있으니 친정으로 돌아갈 수는 없다고 생각하고 있었어요. 이런 자신
의 답답한 마음을 절에 갔을 때 젊은 스님께 털어놓았답니다. 그러자

그 젊은 스님이 말하기를 그건 문제도 아니라면서 떠나는 날을 정하여 시집 식구들에게 인사를 깍듯이 한 다음 친정으로 가는 길 중간쯤에 가면 거기에 답이 기다리고 있을 것이라고 말했대요. 새댁은 스님이 하라는 대로 하고 친정집을 향해 길을 떠났답니다. 그녀는 스님을 믿고 있었지만 길을 걸으면서 생각에 빠졌답니다. 과연 어떤 답이 기다리고 있을지가 궁금하기도 하고 조금은 걱정도 되었답니다. 그녀의 발길은 빨라졌고 어느결에 친정으로 가는 길의 중간쯤 닿았습니다. 저만치 사람의 모습이 보이고 그 사람은 그녀를 향해 빠른 걸음걸이로 오고 있었습니다. 차츰 가까워지자 그녀는 앞에서 오고 있는 사람이 다름 아닌 자신이 불공드리러 다니던 절의 그 젊은 스님인 것을 알게 되었지요. 그녀는 이제 그 스님이 그녀가 찾는 답을 가르쳐주려나. 라고 생각을 했겠지요. 그러나 그가 제시한 답은 뜻밖에도

"저와 함께 산속 깊이 아무도 없는 곳에 들어가 살지 않겠어요? 함께 부처님 봉양하면서 말입니다." 했습니다.

당황한 새댁은 할 말을 잃고 물끄러미 그 스님을 쳐다만 보고 있었대요. 한참 후에 그녀는 용기를 내서 물었어요.

"산속에 곡식 심을 밭도 없이 어찌 살아요?"

그러자 젊은 스님은 기다렸다는 듯이 미소 띤 얼굴로 대답하기를;

"산속에는 자연적으로 자라는 맛있고 몸에 좋은 훌륭한 나물들이 지천이고, 돌배, 다래, 머루, 산딸기 등 무수한 종류의 열매가 홀로 자라니 따먹기만 하면 될 테고. 또, 다람쥐가 좋아하는 열매인 밤, 잣이 있고 도라지, 인삼, 더덕 마, 산 마늘 같은 뿌리에 온갖 버섯들! 그리고 도토리 따다 묵도 쑤어먹지요." 했다.

새댁은 왜 자신은 그 생각을 못 했는지 모르겠다는 듯 젊은 스님을 향해 미소를 지으며 고개를 끄떡끄떡했대요.

며칠 뒤,

사람들이 산길 모퉁이에 모여서 웅성거리며 논쟁이 벌어졌는데 그 논쟁은 또 다른 한 켤레의 신발이 누구의 것이겠는가를 가지고 옥신각신하는 것이었대요. 산모퉁이에 나란히 벗어놓은 신발 한 켤레에 주인은 온데간데없었는데 그 사람들 중에 자신 있게 누구의 신발인지를 말할 수 있었던 사람은 당연히 새댁의 남편이었고 소문은 곧바로 퍼졌대요. '그 집 며느리가 신선이 되었어!' 하늘이 새댁을 불쌍히 여겨 하늘로 데려갔다는 것이었어요. 사람들은 새댁이 착한 사람이라면서 신랑의 가족들이 부끄러운 줄 알아야 한다고 하더래요.

젊은 스님은 새댁의 손을 잡고 산으로 깊이깊이 들어가 커다란 굴을 발견하자 절에서 살면서 배운 것들을 이용해 굴을 두 사람이 살 집으로 만들었는데 굴속 한쪽에서 흐르는 물은 깊게 파서 목욕탕으로 만들고 돌을 쌓아 모닥불 부엌을 만들어 추운 겨울밤에 바위 밑에서 따온 토종 꿀물을 마시며 모닥불에 밤을 구워 먹고 관솔로 불을 밝혀 젊은 스님은 시를 쓰고 그 옆에서는 새댁이 젊은 스님이 만들어준 나무 피리를 불면서 행복하게 살았대요.

"여자 팔자가 뒤웅박 팔자라 했던가요? 그런데 이 이야기는 여자 팔자가 아니라 남자 팔자가 뒤웅박 팔자라는 생각이 들거든요. 스님의 팔자가 대단히 바뀌었으니 말입니다. 놀라운 건, 그들 사이엔 딸이 태어났데요. 어찌 된 일입니까!"

"피터 씨, 재미있는 이야기네. 중국에서 한 이야기 같은 느낌이야. 신선 이야기는 도교를 종교로 발전시킨 이야기로 알고 있는데! 중국엔 칠거지악이 없다지? 우리나라는 정 아무개가 만들었다나 봐. 좌우지간 동양 여자들은 일찍부터 힘든 삶을 살아온 게 사실이야. 서양이라고 별로 다르진 않지만! 종교가 있는 한, 여성은 차별받을 수밖에 없는 것 같아. 숭배자는 항상 남성이니까. 여성은 남성을 위해 존재하는 거고. 철학도 종교로 둔갑을 하기도하고. 불교, 유교, 도교가 모두 철학 아닌가? 내 생각엔 철학 같은데! 내 이야기는 재미있는 이야기라기보다는 슬픈 이야기야. 전쟁의 후유증은 당대로 끝나지 않고 대를 물리면서 겪어야 하는 아픔인데 그것 또한 여자의 몫인 것을 보여주는 이야기야."

경기도 북부의 한 작은 마을에서 열여덟 살 청년 한 바우는 나라가 두 조각이 나기 전 철원의 친구네 집에 놀러 갔었다. 그런데 일요일에 예고 없이 한국전쟁이 일어나는 바람에 집으로 돌아가지 못하고 남쪽으로 친구네 가족들과 같이 피난을 떠났다. 그 후 땅덩어리가 남북으로 갈라지자 남한에 남아서 살아가는데 무일푼으로 시작한 그의 삶은 무척 힘들었다. 세월은 무심하게 흘러, 그이 나이 스물셋이 되었을 때 같은 동네에 사는 사람들의 소개로 시골에서 올라와 식모살이하던 한 여인을 만나 결혼을 하게 되었다. 남편이 된 바우는 가정을 갖게 되자 더욱 열심히 살았다. 그를 극진히 생각하는 아내는 착하고 인내심이 많기로 소문이 나 있을 만큼 어려운 일을 참고 견디는 것이 몸에 배어 있었던 여인이다. 부부는 단란한 가정을 꾸미고 밭도

장만하고 반듯한 집도 마련했는데 그 후 어느 때부터인지 한 바우는 술에 맛을 들여 자주 마시면서 주량이 빠른 속도로 늘어갔다. 아이들이 어느덧 십 대가 되고 그의 머리가 희끗희끗해질 때쯤에는 주사마저 심하여 알아듣기 힘든 말을 중얼거리는 습관까지 생겼다. 그가 하는 말들이 무엇인지 궁금한 아내가 조심조심 들어보니 내용은 충격적이었다.

"죽일 놈들! 그놈들이 쳐들어오지만 않았어도 전쟁은 안 났을 것이고 나는 울 엄마 곁에서 살았을 텐데! 아! 엄마가 보고 싶다. 엄마 얼굴을 한 번만이라도 볼 수 있다면! 일본 놈들! 죽일 놈들! 죄받을 놈들! 하긴, 누굴 탓해. 모두 우리가 똑똑지 못해서이지 누굴 원망하겠느냐고! 못난 우리 자신밖에! 아…! 엄마는 죽었을지도 몰라. 나를 보고 싶다고 울부짖으면서 말이야. 자식인 나를 얼마나 보고 싶으셨을까! 자식인 내가 이렇게 엄마가 그리운데! 자식을 낳아보니 내 자식이 이리도 소중한데!"

그의 주량은 늘고 또 늘어 그의 삶은 술을 먹기 위해서 사는 것처럼 바뀌었다. 물론 살림살이도 어려워질 수밖에 없었다. 그래도 그의 아내는 항상 그를 위로할 수 없는 걸 안타깝게 생각하면서 그를 받들었지만, 그는 아내에게 심술을 부리고 욕까지 하기 시작한 것이다. 그래도 아내는 묵묵히 살아갔다. 술 먹은 날은 길바닥에 누워 자거나 밭두렁에 누워 자기도 했다. 그가 흙에서 굴렀을 때는 그의 몰골은 말이 아니었다. 그런 몸으로 집엘 들어와도 불평 없이 옷을 갈아입히고 씻어주는 아내이지만 쉬운 일은 아니었다. 어느 늦은 가을날 산에서 꺾어온 싸리나무로 싸리 삼태기를 만들어 장엘 간 그가 느지막한 오후에 만취가 되어 돌아와서 자기 집 앞마당에 누워있는 걸 아내가 보았다. 만취한 그를 건드렸다가는 야단이 날지 몰라서 그냥 두고 집 안으로 들어갔는데 해가 서산을 넘고 살랑바람이 불어 바깥온도가 급격히 내려가 찬 땅바닥에 그대로 누워있는 남편을 어떻게 해야 하나 고민 끝에 볏짚 한 덩이를 가져다가 베개로 남편의 머릿밑에 받쳐주고 추울까 봐 소 덕석을 몸 위에 덮어주었다. 그러자 자는 줄만 알았던 그가 벌떡 일어나면서,

"네, 이년! 이제 서방이 소로 보여?"라고 고함을 지르는 것이었다.

그의 아내는 고함에 그만 놀라 뒤로 나가자빠지고 말았다. 그 이튿날 술에서 깨어난 남편에게 삼태기 판돈은 어디에 있느냐고 물었더니 그가 말하기를;

"술 먹었다!"고 큰소리쳤다.

"그 아내가 바로 우리 할머니이고. 술주정뱅이는 허구한 날 자기 엄마를 그리워하면서 주정뱅이가 된 우리 할아버지야. 내가 쓴 시 한 수 보낼게."


– 사람아 사람아 사람아


사람아 사람아 사람아
보이느냐? 들리느냐?
가슴아!
첫울음으로 맺어진 정다운 이름
엄마!


나무에 달린 가지처럼

꽃피는 봄날도, 춥고 험한 비바람에도
가슴에 품고
수천 년, 수백 년 수십 년
아프게 웃으면서 살아온, 살아가는 그녀들,
기다리고 기다려도 깨어나려 하지 않는,
깊이 잠든 무모한 인식을 향해 절규하려는 것이다.
여인이기에, 엄마이기에, 사랑하기에!

로봇이 자식을 낳고 키우는 세상 바닥이기에,

양복에 멋진 금배지, 은배지 단 로봇,
학사, 박사 딱지 붙은 로봇 ,
하느님을 가르치는, 하느님 로봇
키가 작아도, 목소리가 작아도, 머리가 텅 비었어도, 기운이 없어
도….
여자 앞에선 발돋움하고 씨름꾼 같은 자세로 호령하는 로봇,

어미였기에, 어미이기에
아이 이였음을, 아들이었음을,
그녀의 사랑이 생명수였음을
말하는 그런, 로봇을 보고 싶다.


다래 씨의 시를 읽으면서 놀랐어요. 여자들은 문어처럼 촉이 사
방으로 향한다더니 다래 씨도 생각보다 머리가, 마음이, 생각이, 느

낌이 복잡한 것 같아요. 무엇들이 다래 씨의 시의 근거가 되었을까 생각해 보면서 집으로 가다가 남산을 잠시 들러 걷고 있어요. 그러다가 문득 어제 보내준 다래 씨 할머니 이야기가 생각이 났어요. 그리고 다래 씨에게 들려줄 이야기가 생각났고요. 이 이야기는 우리 외사촌 누나 이야기에요.

올 엄마는 육 남매 중 외동딸이었어요. 다섯 명의 삼촌들도 아들을 둘 아니면 셋씩을 두었어요. 그래서 나는 사촌 형제들이 많은데 사촌 누나는 단 한 명예요. 제일 큰 외삼촌이 셋째아들이 태어나자 외숙모에게 제의하기를 딸을 하나 입양하자고 했어요. 외숙모도 그게 좋겠다고 해서 한 수녀원에 입양 신청을 했고 얼마 후 예쁜 딸아기가 도착하게 되었죠. 그녀가 나의 유일한 누나예요. 누나는 아주 어릴 때부터 입양된 것을 잘 알고 있었어요. 삼촌 댁은 일찍부터 알리는 것이 옳다고 생각했지요. 누나는 자신이 입양된 것에 대해 잊고 사는 것 같았고 식구들도 까맣게 잊고 살았어요. 그런데 누나가 10대가 되면서 조금씩 생각을 했나 봐요.

"왜? 나의 생모는 나를 버렸을까? 아빠는 누구였을까?"

어느 날 식구들에게 생모를 찾아보고 싶다고 하더래요. 외삼촌 부부는 예상이라도 한 듯 아무런 질문도 없이 누나보고 함께 찾아보자고 했어요. 누나가 태어난 수녀원을 통해 생모의 주소를 찾아 가보기로 했대요. 생모의 집 앞에 차를 멈추자 누나가 혼자 들어가겠다고 하여 외삼촌 부부는 차에 앉아 기다리기로 하고 누나 혼자 들어갔대요. 외삼촌 부부는 생모와의 첫 만남을 상상해 보면서 자신들도 모르게 흥분이 되더래요. 그런데, 예상 밖으로 누나가 생모의 집에 들어간 지 불과 몇 분 후에 바로 문을 열고 나왔고 누나 뒤에는 생모로 보이는 여인이 담담한 표정으로 배웅을 하더래요.

누나가 생모의 집에 들어가서

"제가 낳아주신 딸, 아나 예요."

머리를 숙이고 인사를 하자 여인이 말했어요.

"그렇구나. 잘 자랐네. 참으로 다행이다." 라고요.

그러자 아나 누나가 이어서 말했어요.

"만나 뵙고 싶었어요."라고.

"그래, 이제 만났으니 돌아가거라. 그리고 다시는 오지 말아라. 나도 너처럼 입양되었지만, 지금까지 나는 울 엄마가 누군지 모른다. 우리 그렇게 입양 부모님과 잘 살자."라고 했어요.


아나 누나는 그날 많이 울었대요. 울면서 식구들에게 선포했대요. 엄마처럼, 엄마의 엄마처럼 살지 않을 것이며 아이를 열 명 낳아서 키우겠다고. 누나는 다섯 명을 낳았어요. 누나네 집은 항상 시끌 벅적해요. 누나네 집에 자주 놀러 갔었어요, 엄마하고.

내일이 빨리 오기를 기다려요. 다래 씨 못 본 삼 일이 일 년처럼 느껴져요. 내일 만나요. 피터가.

"피터 씨 어머니 재미있는 분인 것 같아. 사람이 신선이 되는 이야기는 물론 중국뿐 아니라 우리나라에도 있지만, 서양 사람들에게도 잘 알려진 모양이네! 하긴 유럽학자들 중에는 중국문화를 연구하고 중국 철학에 매력을 느낀 학자들이 있다지만 말이야. 루소도 그중한 사람 아닌가?"

주말은 순식간에 지나갔고 피터는 다시 서울 사무실에 앉아 다래 생각을 하고 있었다. 이-메일이 올 데가 없다고 생각하면서도 이-메일을 열어보고 싶었다. 뜻밖에 거기에는 다래로부터 메일 하나가 와 있었다.

"피터 씨, 나는 아주 어린 초등학교 시절 여름방학이면 외할머니 댁에 놀러 가곤 했었어. 초저녁 여름밤, 평상에 누워서 하늘에 빼곡히 떠 있는 은하수를 보면서 사촌들과 함께 금방 찐 옥수수를 먹곤 했지. 그 옥수수가 어찌나 맛이 있던지 지금도 입에서 그 맛을 느낄 수 있을 것 같아. 옥수수를 먹으면서 우린 외할머니께 옛날이야기를 해 달라고 졸랐어. 외할머니는 많은 이야기를 들려주셨어. 외할머니 한테서 들은 이야기 중 가장 기억나는 이야기가 하나 있어.

산골 마을에 두 선비가 살고 있었다. 한 사람은 아랫마을에, 다른 한 사람은 윗마을에 각각 살았는데 두 사람은 자주 만나 서로의 의견을 나누기도 하고 때론 의견이 분분하다가 논쟁으로 발전하기도 했다. 그래도 두 사람의 우정은 두텁고 믿음도 돈독하였던 모양이다. 두 사람이 비슷했지만, 특히 아랫마을 선비는 장난하기를 좋아해서 윗마을 선비를 골탕을 먹이곤 했는데 이에 못지않게 영리한 윗마을 선비가 아랫마을 선비의 장난에 대응한 이야기다.

어느 화창한 봄날, 아랫마을 선비가 마루에 앉아 산을 쳐다보고 명상을 하고 있는데 멀리 윗마을 집을 나서는 선비가 보였다. 윗마을 선비가 외출한다고 생각한 아랫마을 선비가 장난기가 발동했다. 그는 곧 장난을 걸기로 하였다.

아랫마을 선비는 대단히 큰 구렁이를 한 마리 찾아서 자신의 영혼을 구렁이의 몸속으로 들여보냈다. 그리고는 윗마을 선비가 지나갈 길목까지 구렁이를 끌고 가서 길을 가로질러 누운 다음 구렁이의 몸에서 영혼을 빼냈다. 그리고는 자신의 집으로 돌아가서 평상에서 아무 일 없었던 것처럼 앉아서 명상하는 척하고 있는데 예상했던 대로 윗마을 선비가 도포 자락을 휘두르면서 마을 길을 따라 걸어 내려오고 있었다. 그러더니 길을 막고 있는 구렁이를 보고는 호령을 하였다.

"네 이놈, 어찌 사람 가는 길을 막고 있느냐? 냉큼 비키지 않겠느냐!"

몇 번이나 야단을 쳐도 꿈쩍도 하지 않자 그가 아랫마을 선비의 짓인 줄 깨달았는지

"할 수 없구나. 네가 영혼을 잃었으니 몸을 움직일 수가 없겠지!" 라고 하더니 자신도 몸에서 영혼을 불러내어 구렁이 속으로 들어간 후 길옆으로 기어가서 구렁이의 몸을 버리고 가던 길을 계속하였다. 윗마을 선비의 행동을 멀리서 보고 있던 아랫마을 선비는 슬그머니 그곳으로 되돌아가서 구렁이의 영혼을 구렁이 몸에 넣어주고 비시시 웃으면서 자신의 장난이 재미있었다는 듯 만족한 얼굴로 집으로 돌아갔다.

데카르트의 심신 이원론과 같은 견해로 인간을 본 것 아니겠어? 데카르트는 인간의 뇌 속에 육체와 영혼의 연결선 같은 게 있다고 생각했다는데 그러면서도 우주는 신에 의해 관리되고 있다고 본 데카르트처럼 자연의 신비스러움 때문에 신이 있다고 믿는 것도, 없다고

믿는 것만큼이나 이해가 돼. 우린 이런 이야기들을 바탕으로 우리의 토속 신앙도 생기고 종교구축의 기초도 되지 않았나 생각해. 육체를 영혼의 감옥으로 본 철학자들과 비교하면 그나마 육체에서 영혼이 나왔다가 다시 육체 속으로 들어갈 수 있는 자유로운 영혼이었으니 상상력에 융통성이 있었다는 생각이 들어.

메일을 다 읽은 피터는 다래에게 전화를 한다.

"정말 재미있는 이야기였어요. 그렇다면 한국 사람들은 구렁이 같은 동물도 영혼이 있다고 생각 하나요?"

"당연하지. 동물뿐 아니라 식물도 있다고 보았던 게 아닌가 생각이 돼."

"정말요?"

"사람들은 커다란 고목 앞에 술을 붓고 절을 하기도 하거든. 특히 아들을 중시하는 사람들은 나무 앞에서 아들을 낳게 해 달라고 빌기도 한데."

"나무한테요? 지금도요?"

"지금도! 심지어는 극소수이지만, 어떤 여자들은 아들을 낳게 해 달라고 남성의 성기 모양의 돌을 만들어 세워놓고 그 앞에서 빌기도 한데. 물론 요즘은 보기 드문 일일 거야, 모르긴 몰라도."

"상상의 극치이네요."

"피터는 아기를 갖는다면 딸이 좋아, 아들이 좋아?"

"그런 질문이 어디 있어요!"

"그런가? 미안. 나는 딸이 좋은데!"

"그러면 아들이 생기면?"

"내가 너무 좋아서 푸욱 빠지겠지! 대부분 엄마들이 그러거든.

자연현상인 것 같아, 이성에게 끌리는 그런 거. 자제를 못 할 정도로. 아들들을 망칠 정도로!"

"우리 아빠가 하던 말이네요. 우리 엄마가 아들밖에 모른다고 불만이 많으셨어요. 집을 나가실 정도로. 결국, 집을 나가셨어요. 지금은 후회하시는 것 같아요. 내가 공연히 미안해요. 그래서 엄마와 아빠만 남겨두고 한국으로 온 건 잘한 것 같아요. 다시 두 사람이 함께 할 수 있을지도 모르거든요. 아빠가 엄마를 무척 좋아하는 걸 나는 알아요. 엄마도 아빠가 싫지는 않은 것 같고요. 내가 어릴 때 엄마는 항상 바빴어요. 직장 다니랴, 나 키우랴. 그런 엄마에게 아이처럼 보채셨어요. 자기에겐 관심도 없다면서!"

"미안! 전화 끊어야겠어. 속이 이상해. 웩!"
"?"

피터는 예상치 못했던 다래가 전하는 소식에 충격 반, 감탄 반이었다. 생각해 보면 놀랄 일이 아닐 수도 있었건만 자신이 참으로 어린애 같았다는 생각에 부끄러운 생각마저 들었다. 기회 있을 때마다 잠자리를 같이한 게 열 달을 훌쩍 넘었다. 신기하고 약간은 겁이 났다. 꿈을 꾸는 것이 아니고 현실이라는, 그에게는 꿈같은 사실인 것이다. 아랑과 아이에 대해 언제인가 한번 이야기를 나눈 적이 있었다.

"우리가 함께 살면 아이가 생길 텐데. 생각해 봤어?"
"아니! 그렇지만 가정을 이루면 아이가 있는 건 당연한 거 아닌가?"

"그럼 가정생활은 상상해 본 적 있어?"

"다른 사람들이 아이들과 눈사람 만드는, 맛있는 것 먹는, 여행 가는, 정원에서 노는, 뭐 그런 것들을 볼 때 아름답다는 생각을 했지. 나도 그렇게 살아야지. 라고 생각하면서."

"그러면 됐어!"

피터의 대답에 아랑은 미소를 지으면서 그의 손을 잡았었다. 그런데 지금은 무슨 이유인지 불안했다. 아마도 너무 신비한 경험을 자신이 하고 있기 때문인가 보라고 생각해 본다. 자연현상 중에 가장 신비스러운 부분이 아닌가. 요즘 이 씨 아주머니도 병아리들이 꽤 많이 자랐다는 이야기를 자주 했다. 무척이나 신기한가 보았다. 병아리들이 한 마리, 두 마리 알에서 깨어나던 며칠은 하루에도 몇 번씩 닭장을 찾던 아주머니다. 무척이나 궁금하고 신기해했다.

일기변화로 암탉들이 시도 때도 없이 알을 품으려 하다가 너무 더운지 품던 알들을 버려둔 채 나와 돌아다녀서 알들이 썩어 버리곤 했다. 어떤 알은 병아리가 생기다가 멈춘 것들도 있었고 어떤 알은 병아리가 다 되어 날개와 다리, 털까지 났는데 며칠을 못 참고 버려진 알도 있었다. 그러다가 마침내, 하얀 암탉 한 마리가 희생적으로 스무하루를 정성스럽게 보살핀 끝에 아홉 마리의 병아리가 태어났다. 이 하얀 암탉은 구절초라는 닭이다. 구절초 꽃처럼 하얗다고 붙여준 이름이다. 셋째 주가 지나고 넷째 주가 지나니까 병아리 중에 몇 마리의 벼슬이 빨갛게 나오기 시작했다. 수평아리였다. 조금 더 자라면 세 마리의 수탉은 없애야 한다고 했다. 그러지를 않으면 서로 죽일 듯이 싸움을 할 것이기 때문이라는 것이다. 한 마리의 수탉이면 열 마리의 암

닭을 모두 수정시킬 수 있으므로 수컷 세 마리는 모이만 축내는 무용지물이 되는 데다가 시도 때도 없이 암탉들을 쪼면서 올라타 암탉들의 목덜미 털이 모두 빠져 생살이 보일 정도이고 수탉끼리의 싸움도 그 정도가 너무 치열하여 수탉들을 없애야 한다는 것이다.

다른 닭과 달리 구절초는 병아리들이 꽤 커서 중닭이 되었는데도 여전히 꼬꼬 거리면서 병아리들을 끌고 다녔다. 사람들 귀에는 똑같은 꼬꼬 소리인데 병아리들은 용케도 저희 어미 닭의 목소리를 알아듣고 모이를 먹다가도 어미 닭이 부르면 뛰어갔다. 그래서인지 아홉 마리가 모두 안전하게 잘 자라고 있었다. 닭을 물끄러미 바라보고 있던 피터가 벌떡 일어나면서 되뇐다.
"그래! 내가 아이 아버지가 되는 거야. 나도 저 어미 닭처럼 아이를 잘 키울 거야!"

피터는 입덧으로 힘들어하는 다래를 생각하면서 생각이 많아졌다. 제일 궁금한 것은 다래의 생각이다. 피터의 생각은 현재처럼 떨어져서 사는 것은 정상적인 가정생활이 아니라는 것이어서 서울에 집을 마련하여 가정을 꾸리고 싶은데 다래는 시골 생활을 선호하고 있고 무엇보다도 그녀는 엄마 곁을 떠나고 싶어 하지 않는 것이다. 피터는 컴퓨터에서 입덧하는 사람이 좋아하는 음식을 찾아본다. 가장 인기 있는 식품이 자몽이란다. 과일 가게에 들러 자몽을 사면서 가게주인에게 묻는다.
"임산부가 좋아하는 과일이 무엇인가요?"
"아이고, 축하드립니다!"

예상 못한 인사에 조금은 부끄러운 생각이 들어 대답을 얼버무리고 말았지만, 순간 어른이 된 기분이었다.

"이것도 좋고요, 이것도 좋고요……."

자몽을 비롯하여 오렌지, 사과, 파인애플을 마구 담아서 안겨주는 대로 한 아름 안고 다래를 찾아갔다.

"뭐 좀 먹었어요? 이런 과일이 입에 맞을 거래요. 먹어봐요. 아무것도 먹지 못했죠?"

"신 김칫국이 당겨서 밥 조금 먹었어."

"잘했어요! 자몽도 먹어요."

"아이고, 많이도 사 왔네!"

안왈순 씨는 다래한테 잘하는 피터가 마냥 사랑스럽다.

"어머니도 드시고요!"

사랑방에서 다래 아버지의 헛기침 소리가 들렸다. 피터는 다래 아버지의 반응이 어떤 건지 궁금하지만 말해 주지 않는 이상 먼저 물어보지 않기로 한다.

"어디가 아프진 않아요?"

"아니, 자꾸 졸려!"

"그럼, 자요. 이따가 다시 올게요."

"그래. 그럼."


피터에게 다래의 뱃속에 잉태된 아기는 신비 그 자체였다. 거의 매주 각기 다른 증세를 다래를 통해 경험하고 있다. 입덧이 가시자 다래는 마구 먹어대더니 태동을 느끼기 시작했고, 밤이면 잠을 설칠 정도로 배 속의 아기가 움직이는 것을 피터도 만져서 느낄 수가 있었

다. 다래의 배는 나날이 부풀어 올랐다. 커다란 배를 안고 그녀는 잘
도 걸었다. 마치 보물단지 안고 다니듯 두 손으로 배를 받치고 걷는
그녀는 전에 없이 아름다워 보였다. 만여덟 달이 되어가고 있었다.

그날도 피터는 퇴근 시간이 되기 무섭게 가방을 챙기고 서울을
떠나 다래를 보러 가고 있었다. 도착하자마자 대문 앞에서 마주친 이
씨 아주머니 손에 가방을 맡기고 곧바로 다래네 집을 향했다. 다래
엄마는 부엌에서 내다보면서 반겼다. 그때 다래 아버지가 방문을 열
고 마루로 나왔다. 피터는 당황해하면서 인사를 한다.
"안녕하세요!" 뜻밖에도 그가 인사를 받았다.
"응, 자네 왔나!"
"네."
"어서 들어가 보게!"
그의 말이 떨어지기 무섭게 피터는 다래 방으로 들어갔다. 다래
도 아버지와의 대화를 들었는지 그녀의 얼굴에는 환한 미소가 열려
있었다. 피터는 다래 아버지가 자신을 받아들였다는 생각에 안도하
면서 온몸이 행복감 속으로 빠져들고 있었다. 아기는 다래 뱃속에서
무럭무럭 자라고 있고 다래 엄마의 사랑스런 시선을 받으면서 다래
아버지의 부드러운 인사까지 받고 나니 세상을 다 가진 기분이다. 피
터는 자신에게 일어나고 있는 상황을 영국에 있는 엄마 세라에게 알
리고 있었다. 다래 아버지의 부드러운 인사에 감동한 그가 그 이야기
를 빼놓을 수는 없었다. 그러자 세라는 기뻐서 자신도 모르게 커다란
목소리로 소리 질렀다.
"내가 너에게 누누이 이야기했잖아. '자식 이기는 부모는 없다고,

머지않아 그는 받아들일 거라고."

　피터가 아랑의 아버지에게 당한 모욕감이 크다는 것을 잘 알고 있었지만, 그녀는 누구든 피터가 어떤 사람인지를 겪어본 사람은 그를 좋아할 것이라고 굳게 믿고 있었다. 세라는 학기가 끝나는 대로 피터와 다래를 보기 위해 한국에 오겠다고 말 한지 오래였다. 주말은 빛처럼 빠르게 지나가고 다시 서울로 출근길에 나선 피터가 다래를 먼저 보러 간다. 차를 집 앞에 세우고 잠시 인사를 하려고 다래 방을 들어선 그는 어찌할 줄 몰라 당황한다. 이게 웬일인가! 싶다. 다래가 적의에 찬 눈으로 그를 쳐다보면서 죽이기라도 할 듯한 자세로 소리를 지른다.

　"나가! 나가라고! 나한테 이럴 수는 없지! 둘 다 나가라고!"

　다래의 고함에 부엌에서 일하고 있던 다래 엄마가 뛰어 들어왔다. 순간적으로 무슨 일이 일어나고 있는지를 알기라도 하듯 피터를 방에서 내보낸다. 그리고는 다래를 부둥켜안는다. 방 밖에 나온 피터는 사시나무 떨 듯하고 서 있었다. 다래 아버지가 방문을 열고 나오더니 피터의 손을 잡고 말한다.

　"저 아이가 몸이 아픈 듯하니 오늘은 돌아가게. 곧 연락이 갈 걸세."

　피터는 차를 돌려 집으로 갔다. 이 씨 아주머니가 놀란 얼굴로 맞이한다. 피터는 여전히 가늘게 떨고 있었다.

　"병이 났군요! 어서 들어가요."

　"따뜻한 녹차 한 잔 주세요."

　피터가 자초지종을 설명하자 놀란 얼굴로 할 말을 잃은 아주머니는 피터의 손을 잡고 위로의 말을 찾지 못한 채 아들이 당하는 황

당한 상황에 가슴의 통증이 심해짐을 느낀다.

"무슨 악몽을 꾸었나? 기다려 보았어야 하는 거 아닌가요?"

"글쎄요."

한 시간이나 되었을까 차 지나가는 소리가 났다. 피터가 불안해서 안절부절못하다가 결국 다래네 집으로 달려갔다. 집 앞에 도착하자 집안에서 울음소리가 들렸다. 다래 엄마인 것 같다. 들어가 보기로 했다. 울고 있던 다래 엄마가 눈물을 닦으면서 그의 손을 잡았다.

"어떻게 해! 우리 다래 불쌍해서 어떻게 하느냐고!"

"말씀해 주세요. 무슨 일이여요?"

"나도 몰라! 다래가 울면서 방금 서울로 갔어."

"서울 어딜 간다고 해요?"

"언니네 집엘 간대! 그러면서 자신이 연락할 때까지 찾지 말라고 하는데 그게 무슨 뜻인지 알 수가 없어!"

피터는 도저히 일에 집중할 수가 없어서 집에서 쉬기로 했다. 하루가 지나고 이틀이 지나자 그의 감정은 조금 누그러지고 있었다. 소식이 있겠지. 그런데 도대체 무슨 일일까? 감이 잡히질 않는다. 영문을 알 수가 없다. 오직 이상하다고 생각이 되는 것은 다래 엄마의 말이다. 왜 불쌍하다고 하는 것일까!? 이틀이 지나고 일주일이 지났다. 피터는 다래 엄마를 찾아갔다. 언니네 집에 갔다는 다래 소식을 묻기 위해서였다.

"다래는 잘 있나요?"

"몰라. 답답해서 죽을 지경이네."

"큰따님이 뭐래요?"

"거기 안 갔대. 어딜 간 걸까? 어찌 어미 마음을 이리도 모른단 말인가. 내가 얼마나 걱정을 할지를 모를 리 없건만⋯. 하긴 제 속인들 오죽할까!"

"어디에 간지도 모르세요? 다래 씨에게 마음이 아플 만한 일이 생겼나요? 그런 게 있으면 저에게 얘기해 주셔야 함께 해결해 나가지요. 왜 제겐 아무 말도 없이 그렇게 사라져버린 건가요? 너무 섭섭해요!"

"섭섭할, 그런 문제가 아니라네."

"그게 무슨 말씀이세요? 그럼 어머니께서는 문제가 무엇인지를 알고 계시는군요!"

"그렇지도 않아. 짐작만 할 뿐이야."

"짐작하고 계신 문제가 뭔데요?"

왈순 씨는 '아차' 했다. 더 이상 피터와 대화를 계속했다가는 또 무슨 말실수 할지 몰라 얼른 자리를 떠야겠다는 생각에 서둘러 부엌에 가 봐야 한다는 핑계를 대면서 일어나 나간다. 피터는 그녀의 행동이 이상하다는 생각이 들었다. 다래가 걱정되었다. 한편 배반당한 것 같은 생각까지 들기 시작했다. 일생을 함께하고 싶다고 말하던 그때의 그녀는 맑은 물처럼 투명해 보였었다. 인간은 복잡한 동물이라지만 그녀의 그때의 말이 진심이 아니었다고 생각하기에는 그녀의 표정과 맑은 목소리가 너무 아름다워 보였고 사랑스러웠다. 그녀는 몇 년을 인간 세상을 떠나 자연 속에서 자연 일부분으로 숲과 나무에 기대기도 하고 자신의 뺨에 비비기도 하며 푸른 하늘을 쳐다보며 상상의 날개를 펴보곤 한다고 했다. 그런 이야기를 할 때면 그녀는 피터에게 기대어 자신에게 제2의 기대하지 못했던 새 인생이 꿈처럼 다가왔다고 했다.

첫 번째 그녀의 인생은 철없던 어린 나이에 뛰어들었던 사랑놀이 때문에 그녀의 아버지에 의해 끝났다고 했다. 피터는 더는 설명은 필요 없다고 말했다. 얼마 전까지만 해도 기분이 좋을 땐 카르멘이 되어 씩씩한 몸짓으로 치맛자락을 신나게 휘두르며 춤을 추며 노래를 하기도 하고, 중간중간 방을 한 바퀴 돌면서 손이든 얼굴이든 머리든 닥치는 대로 그에게 퍼붓던 입맞춤세례! 춘희가 되어 사랑의 노래를 부를 때는 너무도 슬픈 것 같아서 그녀에게 다가가서 안아주던 꿈같은 시간들! 바로 이 방에서 그랬다는 게 피터는 믿어지질 않았다. 둘은 시도 때도 없이 몸을 섞곤 했다. 어디서부터, 그리고 언제부터 무엇이 잘못된 것일까? 피터는 아무리 생각해 보아도 자신이 무슨 실수를 했는지 생각나지 않았다. 그런데 그녀는 왜 그를 미워하는 표정으로 보았을까? 전화에서 음악 소리가 나온다. 다래가 선택해서 함께 저장한 전화 신호 팬텀오브 오페라이다.

"여보세요."

"피터! 어떻게 된 거야? 결근하면 전화라도 해야지. 며칠째 나오지도 않고 전화도 없고. 무책임한 거 아냐?"

"미안해. 내일은 틀림없이 올라가서 자세히 설명할게. 정말 미안해."

"무슨 일 있었어?"

"지금은 아무 말도 할 수도, 하고 싶지도 않아. 더는 묻지 말고. 끊을게."

다음날 피터는 마크와 마주 앉아 오랫동안 이야기를 했으나 이야기의 결론이 날 수 없는 답답함만 더해갔다. 마크로서도 할 말을 잃고 피터의 눈치만 보는 입장이 되었다. 마크는 피터를 끌고 음식점으로 갔다. 얼굴이 수척해 보이는 이유를 짐작할 수 있기에 우선 식사부터 하도록 하는 것이다. 그러나 피터는 입맛이 없다고 하면서 물만 마셨다. 할 수 없이 마크가 맥주를 주문한다. 피터가 조금씩 홀짝홀짝 마신다. 마크가 생선회를 입에 넣어준다.

"엄마한테 가야겠어."

"가서 어쩌게?"

"견디는 게 너무 힘들어서 그래."

"그럼 며칠 다녀오던지."

"누구 보러 다시 와? 가서 오지 않을 생각이야."

"나 보러! 아니고! 아기를 봐야 할 거 아냐. 예정일이 언제쯤인지 알아? 아기가 출생하면 다래 씨 어머니를 통해 연락이 오겠지. 예정일이 언제인지 알고 있어?"

"한 달이 채 못 되게 남은 거로 알고 있어."

"혹시 임신중독 같은 거 아냐?"

"그게 뭔데?"

"나도 모르지. 그냥 그런 게 있다는 소릴 들었을 뿐이야."


"여보세요. 거기가 '사랑의 숲'인가요?"

"네, 그렇습니다."

"주소 좀 불러주실 수 있어요?"

"찾아오시게요?"

"네, 예정일이 약 한 달쯤 남았는데요. 지금 들어갈 수 있나요?"

"네, 오세요. 성함이 어떻게 되세요?"

다래가 잠시 머뭇거린다.

"음…. 제 이름은…. 다란, 다란이라고 해요"

"그럼, 내일 봐요. 주소는 과천시…."

다래가 '사랑의 숲'을 찾았을 때 아랑은 외출 중이었다. 서로 만난 적은 없으나 다래는 피터에게서 여러 이야기를 들었고, 아랑은 아휘를 통해 피터와 다래라는 여인과의 관계를 알고 있었지만, 다래의 얼굴을 본 적이 없었다. 새로 입소한 여인의 이름은 다란이다. 그녀의 정체를 알 리가 없었다.

접수하던 '사랑의 숲' 직원이 물어본다.

"질문이 하나 있는데요, 아기를 직접 키우실 건가요?"

"글쎄요!"

"정부에서 집도 마련해 주고 생활비도 드려요. 우린 아기엄마가 아기를 키우기를 권해요. 아기는 아무래도 아기 엄마가 키워야 하겠죠."

"네. 알고 있어요."

다래는 울컥 화가 폭발할 것 같았다. 꾹 참으면서 말을 이어갔다.

"당연히 제 아기는 제가 키워야죠. 제가 키울 거에요."

다래는 주는 점심을 맛있게 먹고 나니 졸음이 살짝 와서 한잠 자고 일어났다. 차를 한잔 마실 생각으로 부엌을 들어서자 나이가 자신보다 많이 아래로 보이는 여자가 찻잔 하나를 배가 불룩한 한 여자에게 건넨다. 차를 받아든 여자는 고맙다는 인사를 하면서 부엌을 나갔다. 젊은 여인은 다래를 보고서 머리를 까딱 인사를 한다. 다래도 마주 인사한다. 다래에게도 차를 권했지만, 다래는 자신이 직접 할 수 있다면서 사양했다. 그러면서 유심히 본다. 다래가 보고 있는 여자는 아랑이었다. 그녀가 마음에 들었다. 꾸밈없고 편안해 보이는 그녀가 친동생이라도 되는 것처럼 사랑스러웠다. 아랑 또한 다란의 세련돼 보이는 얼굴과 맑은 그녀의 목소리에 어떤 사람인지를 알고픈 약간의 궁금증까지 생겼다. 그러나 아무것도 묻지 않기로 했다. 임신한 그녀가 이곳에서 출산하고자 하는 데에는 이야기하기 불편한 사정이 있을 것이기 때문이었다. 그러나 그 후로 두 사람은 오다가다 만날 때면 밝은 얼굴로 인사를 나누고, 식당에서 만나면 같은 상에서 함께 식사하곤 했다.

예정일보다 이틀 늦게 태어난 아기는 건강했다. 그날도 아랑은 다른 일로 외근 중이었다. 아기가 태어난 지 삼 일째. 다래는 아기에게 젖을 물리면서 흐르는 눈물을 감당할 수 없어 그냥 흐르게 내버려 두었다. 아기 얼굴에 한 방울이 떨어지자 아기 얼굴을 닦아준다. 다음날 다래는 떠날 결심을 한다. 담당 의사가 모든 것을 비밀로 해주는 데는 한도가 있기 때문이었다. 자신의 상태가 악화하여 아기에게 피해를 줄 수도 있다고 의사는 염려하고 있기 때문이었다. '사랑의 숲' 관계자들은 다래가 말한 대로 아기를 키울 것으로 믿고 있었다.

# 제14장

# 부용의 미소

다음날 아랑이 '사랑의 숲'을 들어서자 아기 담당 수녀가 아랑의 팔을 끌고 사무실로 들어갔다. 수녀가 책상 서랍에서 작은 쪽지를 꺼내서 그녀에게 넘긴다. 쪽지를 펴본 아랑은 눈을 의심하는 눈치였다.

"이게 어떻게 된 거예요? 다란이라는 분은 아기를 직접 키운다고 하지 않았어요?"

"아랑 씨, 아무런 설명이 없는데, 오직 한마디, 자기는 아기를 키울 수 없는 사람이래. 아랑 씨에겐 미안한데. 언제 다란이라는 사람이 이곳에서 떠났는지 아무도 몰라. 오늘 새벽이나 어저께 밤에 떠난 것 같아. 놀라운 건 입양서류까지 미리 준비해 놓았다는 거야. 자필로 쓴 편지에 아기는 아랑 씨에게 위탁하고 싶다고 했어."

"이 다란이라는 사람이 어디가 아파요? 그러면 제가 위탁모가 되는 거네요? 아이가 입양될 때까지 말이에요."

"그렇게 되겠지? 그런데 왜 하필 아랑 씨에게 위탁모가 되어주기를 바라는 걸까? 아랑 씨가 무척이나 믿음직스러웠던 가봐. 아랑 씨하고는 자주 이야기도 하지 않았어? 짐작 가는 게 없어? 비록 자신이 아이를 키울 수 없을망정 아이를 사랑하는 마음이야 오죽하겠어. 아랑 씨라면 자기 아이를 맡겨도 될 거라고 믿은 거야. 어쩌지?"

아랑은 포대기 속에서 곤히 잠든 여자아기를 향해 걸어간다. 그리고는 아이의 얼굴을 만져본다. 아기가 건드리는 걸 알았는지 움직이자 아랑이 토닥여 준다. 피터와 아휘 씨가 생각났다. 지금까지 피터를 못 잊고 신원을 숨긴 채 그의 가정부 노릇을 하는 아휘의 심정이 지금의 이 아이 엄마의 심정이었을 거라는 생각을 해 본다. 이 아이의 엄마는 무슨 이유로 아이를 포기하지 않으면 안 되는 것일까? 도와주고 싶다. 수증기처럼 증발한 아이 엄마!

한편, 피터는 잠 못 이루는 밤을 견디지 못하고 엄마가 있는 영국을 향해 가고 있었다. 공항에 도착한 피터는 며칠 동안 피로하고 짜증나던 것과는 달리 기분이 상쾌하고 슬프고 괴롭기만 하던 가슴이 탁 트인 기분으로 모든 것이 잘 해결될 것이라는 긍정적인 마음으로 바뀌고 있었다. 두 눈을 크게 뜨고 엄마를 찾는 그의 등 뒤에서 그를 껴안는 세라!

"오! 내 아름다운 아들아! 무엇이 너를 그리도 힘들게 한단 말이냐?"

"엄마! 이제 나는 괜찮아요. 모든 게 잘 될 거예요. 엄마가 옆에 있잖아요! 엄마가 옆에 있으면 해결책이 생기거든요. 엄마가 정말 보고 싶었어!"

"그래, 우선 집으로 가자. 긴 비행기 여행이 피곤할 테니."

두 사람은 짐수레를 밀면서 주차장으로 갔다. 엄마 냄새가 물씬 풍기는 엄마 차에 오르자 피터는 자신이 학교가 끝나고 엄마와 함께 집으로 가던 그때가 생각났다. 엄마는 항상 자신을 학교 앞에서 차에 태우고 이리저리 함께 볼일을 보고 집으로 가곤 했다. 그래서 누가 누구이고 누가 엄마와 친한 친구인지 무엇 하는 사람이며 어디에 사는지를 알고 있었다.

"빵집에 잠깐 들러 가자. 빵이 다 떨어졌어."

"옛날부터 가던 빵집인가요?"

"아니야. 거긴 새 건물이 들어선지 오래야. 아! 거기에 가자! 그곳에 슈퍼마켓이 들어섰거든. 오늘 저녁에 아빠가 온다고 했어. 네가 온다니까 너 보러 오겠다고 하더라."

"그걸 믿어요? 내가 아니고 엄마가 보고픈 거예요. 엄마는 왜 그걸 모르실까?"

"그럴지도 모르지만. 오늘은 네가 보고픈 게 맞아."

집에 도착해서 문을 열자 수줍은 듯한 표정으로 피터를 껴안는 피터의 아버지 도미닉.

"오랜만이다. 그런데 몸이 많이 말랐네! 너도 다이어트냐?"

세라가 곁눈으로 피터를 눈여겨본다. 그녀 눈에도 피터가 야위어 보였다.

"자, 어서 밥부터 먹자. 아빠가 오랜만에 네가 좋아하는 양고기구이를 했어."

"고마워요. 아빠. 양고기구이 먹어본 지 정말 오래네요."

"자, 여기 박하 양념을 끼얹어."

"와 아! 정말 맛있어요."

"양고기구이는 아빠 전공이잖아. 정말 당신의 양고기구이는 맛있어요!"

엄마도 거들었다.

후식으로 사과 파이에 생크림을 흠뻑 끼얹어 다부지게 수저로 하나 가득 떠다가 입으로 가져가는 피터를 물끄러미 보고 있던 도미닉이 세월의 흐름을 실감한 듯 한숨을 섞어가며 들릴 듯 말 듯 한, 목소리로 중얼중얼한다.

"얼마 만이냐? 이렇게 모여앉아 본 지가!"

"네? 뭐라고 하셨어요?"

"사과 파이 잘 먹는 건 변하지 않았구나."

"양고기구이 잘 먹는 것도 안 변했어요."

"그래. 보기 좋다 네가 잘 먹으니까."

"그런데 무슨 문제가 생겼다고? 설명해 줄 수 있겠니? 많이 궁금하구나. 너의 엄마는 설명할 수 있는 게 아니라고만 하더라."

"엄마 말이 맞아요. 나도 설명을 할 수 없는데 엄마야 더구나 설명할 수 없지요."

"그게 도대체 무슨 소리야?"

"저와 결혼을 한 거나 다름이 없는 여자가 어느 날 갑자기 만삭이 된 몸으로 수증기처럼 증발했어요. 어디로 왜 갔는지 알 길이 없어요. 그녀의 부모들도 알 수가 없다고만 해요. 무슨 문제가 있는 것 같은데 그걸 알 길이 없고 짐작이라도 할 수 있는 게 아무것도 없어요. 예정일이 얼마 남지 않았어요. 머지않아 해산을 할 테데! 오직 한 가지 이상한 건, 아침에 출근하러 가기 직전에 다래한테 아침 인사를 하고 가려고 집을 찾았는데 나를 쳐다보는 눈이 이상하더라고요. 마치 나를 죽이기라도 할 것처럼 화가 잔뜩 난 얼굴이었어요. 그러더니 날 보고 가래요. 둘이 사라지래요. 나 혼자였는데 둘 다 자기 눈앞에서 사라지라고 하더라고요. 그래서 영문을 몰라 하고 있는데 다래 엄마가 뛰어나오더니 나를 떠밀면서 다래가 아픈 것 같으니 집에 가 있으래요. 그래서 그 집에서 나왔어요."

"어쨌든 아이가 태어날 때가 다 되었는데 그냥 이렇게 오면 어쩌자는 거야? 내일 떠나자."

"어디로요?"

"한국으로 가야지! 그 애를 찾아야지! 해산한 몸을 돌봐주어야지!"

"어디 가서 다래를 찾아요?"

"지금쯤은 다래 엄마가 알고 있겠지. 죽지 않았으면."

"죽어요? 죽을 수도 있을까요?"

"그럴 리야 없겠지만."

세 사람은 저녁 늦게까지 이야기했지만 세라는 우선 한국으로 되돌아가는 것이 옳다고 우겼다. 피터와 도미닉은 사실 할 말이 없었다. 결국, 세라의 의견을 따르기로 한 것이다. 다음날 도미닉이 두 사람을 공항에 내려주었다.

"피곤하겠다. 비행기에서 한잠 푸욱 자라. 소식 기다리고 있는 것 잊지 마라."

다래 엄마에게서 아무런 소식을 듣지 못한 피터를 보면서 세라는 가만히 있을 수가 없었다. 아랑을 찾아간다. 아랑은 아기를 보고 있었다. 아기엄마가 특별히 자기에게 남기고 간 아기라고 설명을 하자 세라는 흥분한 얼굴로 아기를 들여다보면서 안아보아도 괜찮겠냐고 묻는다. 아기를 안은 세라는 이십구 년 전 피터를 안고 흥분했던 기억으로 돌아간 것일까. 아기를 안고 이리저리 걸으면서 순간 그녀의 과거 속으로 돌아갔는지 아기 얼굴만 들여다볼 뿐 주위 사람은 의식하지 못하는듯했다. 한참 후 마침내 현실로 돌아온 그녀는 아랑에게 아기를 혼자 키우는 건 무척 힘들다고 말한다. 피터가 옆에 있으면 더 낫지 않겠느냐는 뜻인지도 모른다. 그러면서 세라는 아랑이 횡재를 한 것처럼 말한다.

"내가 가장 행복했던 순간들은 아이들 키울 때였었어. 특히 피터가 내 품에 안겼을 때를 나는 지금도 잊을 수가 없어. 그때의 나의 행복은 그 어느 것과도 비교가 되지 않아. 이제 아랑도 그걸 경험하게 될 거야."

"그럴까요? 나는 아기를 어떻게 키우는질 모르는데요. 그래도 괜찮을까요?"

"모든 엄마도 첫아이일 때는 모두 처음이라 모르면서 시작해. 그러나 차츰 아기가 무엇을 원하는지를 알게 돼."

"아기가 말을 못 할 때도요?"

"말로 표현하기 전에는 아기들은 울음으로 말하거든. 엄마들은 아기의 울음으로 무어라고 말하는지를 알게 돼. 참으로 신기하지!"

아휘도 아랑에게 아기가 생긴 것을 알게 된다. 아랑의 인간 됨됨이가 인정을 받은 거라면서 아까워한다. 자신의 며느리가 되었다면 많이 사랑해 주면서 단란한 아들의 가정을 옆에서 보면서 많이 행복할 수 있을 것 같았기 때문이다.

　피터는 상처가 아직도 쓰려서 아랑을 보러 가겠다는 세라를 말렸다. 자신도 아랑이 보고 싶었지만, 그녀 아버지의 얼굴이 자꾸 떠오르고 게다가 아랑을 만나고 온 세라가 아랑에게 아이가 생겼다고 알려주었다. 벌써 아이를 낳다니! 세라가 하는 말을 피터는 믿지 않았다. 누가 미혼인 아랑에게 아기를 맡아달라고 했단 말인가. 그런데 그런 거짓말을 할 아랑이 아니지만, 아랑이 곤란한 입장이라고 느꼈으면 거짓말을 할 수도 있겠다는 생각을 해 본다. 인간은 복잡하고 잔인한 동물이니 무엇이든 가능한 일이다. 다래가 사라져 힘들어하는 피터를 보는 세라는 피터가 아랑을 만나기를 은근히 바라는 눈치다. 그녀 생각에는 피터가 아랑과 같이 아기도 키우면서 아랑과 결합을 하면 좋을 것 같다고 생각하고 있는 듯했다. 누구와의 사이에서 낳은 아기이기에…. 그 남자가 어딘가에 있을 텐데…. 아랑의 부모가 받아들인 남자일 텐데! 그런데 왜 아랑은 세라에게…. 세라는 아랑의 말을 그대로를 믿고 있지만, 피터는 아랑과 어떤 남자와의 사이에 끼어들 생각은 추호도 없었다. 세라가 다시 아랑을 찾아갔다.

　"어머니 오셨어요?"

　아랑이 앞에 서 있는 서양 여자를 어머니라고 부르는 소리에 아랑의 아버지는 순간 가슴이 뜨끔함을 느꼈다.

　문 앞에서 만난 아랑은 한 중년 부부를 배웅하러 나온 듯했다. 그들과 곧 헤어질 것 같던 아랑이 잠시 머뭇거리더니 작심이라도 한 것 같은 표정으로 중년 부부를 세라에게 소개를 한다.

　"저의 부모님이세요. 어머니 아버지, 이분이 피터의 어머님이세요."

"아이고, 그러세요. 반갑습니다. 이렇게 뵙게 되다니요."

아랑의 어머니가 나서면서 인사했다. 아랑의 아버지는 불편한 심중인지 아내 옆에서 따라서 꾸벅 인사할 뿐 얼굴을 펴지 않았다.

"제가 구시대에 살고 있다가 요즘에야 구시대 안경을 벗기 시작했답니다. 시대가 참으로 많이 변한 걸 모르고 살고 있었습니다. 사람은 죽을 때까지 배우는 것 같습니다."

무슨 이야기를 하려는 건지 아리송하지만 세라는 아랑 어머니의 말이 나름대로 짐작이 되었다. 그러나 시치미를 떼고 서투른 한국어로 대답한다.

"그렇게 안경을 바꿔 끼셨으니 저보다 나으십니다요. 저는 지금 저의 눈이 뭘 못 보고 있는지도 모르거든요!"

세라의 대답에 아랑의 어머니는 만족한 웃음을 웃으며 대화를 계속한다. 이왕에 펴진 멍석에 춤이라도 추어볼 작정이었는지 아랑의 어머니는 많은 이야기를 했다. 그러나 아랑 아버지의 생각은 여전히 뿌리가 중요하다는 생각에 변함이 없는 듯 끝까지 입을 다물고 있었다.

피터는 세라가 온 후로 서울에 계속 머물렀다. 어느 날 세라가 포천에 가보고 싶다고 한다. 아휘는 세라가 포천엘 온다는 소식을 전해 듣고 가슴이 뛰었다. 그녀가 얼마 전에 피터와 함께 한국에 왔다는 소식은 전해 들어서 알고 있었다. 자기 아들을 키워준 그녀를 만나보고 싶은 마음은 굴뚝같았지만, 자신을 숨기고 지낸 지 오래되어 혹시라도 피터가 알게 되면 안 될 것 같아서 마음조이며 오늘을 기다리던 터이다. 자기 아들을 이십 년 이상 키워준 사람이다. 눈물 나게 고맙고 무릎이라도 꿇고 고맙다고 인사를 하고 싶었다. 그러나 어느 것도 아들을 키워준 대가성으론 충족될 수 없기에 수줍게 자신의 신분을 속인 채 집사로 소개해야 했다. 사실 집사라기보다는 가정부였지만.

여자의 촉이라는 것이 묘하다. 두 엄마는 수십 년을 함께 살아오기라도 한 듯 마음이 통하는 걸 느끼게 되었다. 세라는 자신의 안타까운 심정을 아휘에게 하소연한다. 자기 아들을 향한 세라의 마음을 알게 되는 아휘는 고마운 마음에 목이 멘다. 세라는 아휘와 지내면서 아들 이야기, 별거 중인 자기 남편 이야기, 그리고 성장한 자기 아이들 이야기를 나누면서 자매처럼 가까워지고 있었다. 가까워질수록 아휘는 더욱 긴장할 수밖에 없었다. 아차, 말실수라도 하면 모든 게 들통이 날 수 있을 테니 말이다. 물론 언젠가는 모든 것을 밝힐 수 있을 때가 올 것이지만 지금은 아니다 싶었다. 아휘는 아랑이 키우고 있는 아이가 아랑이 낳은 아이가 아니라는 것과 아무 남자도 아랑 근처에는 있지도 않다는 것을 알고 있지만 그런 사실을 세라에게도 그리고, 피터에게도 말해 줄 수 없는 처지가 안타까웠다. 아랑도 아휘와 피터와의 관계는 굳게 잠가 놓은 비밀 자물통이다. 일주일이 지나고 이 주일이 지난 어느 화창한 늦은 가을 아침은 유난히도 상쾌한 공기에 하늘은 구름 한 점 없이 바닷물처럼 푸르게 흐르고 있었다. 커피잔을 들고 마당에 나와서 맑은 공기를 가슴 깊이 들이마시니 기분이 상쾌했다. 살랑살랑 불어오는 가을바람은 가을 향기를 느끼게 했다. 세라가 아휘에게 묻는다.

"아직도 다래 엄마라는 분이 딸 소식을 모를까요?"

예상했던 질문이었다. 세라 못지않게 궁금하고 답답한 아휘의 마음은 그녀의 남편, 민우만이 알고 있었다. 딸이든 아들이든 그 아이는 자신들의 손자인 것이다.

"다래 엄마도 어딜 갔는지 보이질 않아요."

"다래 아버지는요?"

"그 사람하고는 이야기를 해본 적이 없는데 집에 있는 것 같기는 해요."

아휘가 해주는 맛있는 점심을 먹은 후 피터는 응접실에서 편안한 자세로 음악을 듣고 있고 아휘는 정원에서 차를 마시고 있을 때 세라가 혼자 조용히 대문을 나섰다. 다래네 집엘 가볼 생각이었다. 어렴풋이 다래네 집일 거라고 생각되는 집 앞에 도착해서 대문을 두드리려고 할 때 누군가가 등 뒤에서 묻는다.

"누굴 찾으세요?"

"혹시 다래 아버님이신가요?"

"그렇습니다만, 뉘신가요?"

"피터 엄마입니다."

"아! 그러시군요. 잠시 들어오시지요."

최진후가 앞장서서 들어가서 대문을 잡고 안으로 안내한다. 응접실로 안내하는 걸 사양하고 세라는 마루에 걸터앉으면서 묻는다.

"따님은 잘 있나요?"

잠시 말을 잃은 듯 땅을 내려다보는 그의 얼굴은 많이 피곤해 보였다. 술 냄새도 조금 났다. 한참 후 용기를 낸 듯 입을 연다.

"그 애가 지금 어디 있는지를 알 길이 없네요. 모든 것이 제 잘못이에요. 참으로 후회막심입니다만 너무 늦은 듯합니다. 집사람이 사방팔방으로 찾아다니고 있습니다만 갈만하다고 생각되는 곳엘 그 애가 가질 않았어요. 집사람은 딸을 못 찾으면 나를 죽이고 자기도 죽겠다고 하는데, 저야 죽을죄를 지었으니 죽어도 마땅하지만, 그 애를 끝내 못 찾을지도 모른다는 생각이 자꾸 들어서 힘듭니다. 내가 참으로 자랑스러워하던 귀여운 딸이었는데…. 어디서부터 꼬이기 시작을 했는지! 아! 피가 마릅니다."

　　그의 얼굴을 쳐다보는 세라는 아무 말도 못 하고 최진후의 입만을 쳐다보고 있었다. 잠시 후 세라는 더 이상 아무 말도 듣고 싶지 않았다. 생각이 거기에 미치자 세라는 재빨리 일어나서 좋은 소식이 있길 바란다는 말을 뒤로하고 대문을 나갔다. 하소연이라도 하고팠는지 느슨히 앉았던 최진후가 놀란 표정으로 따라 일어선다. 대문을 나선 세라는 바로 집으로 가기에는 너무 긴장되었었기에 자신을 진정시키기 위해 산을 향해 걸었다.

　　가을 단풍이 아름다웠다. 자작나무 숲속에서 가늘게 뻗어있는 길을 따라간다. 무슨 일이 벌어지고 있는지 전혀 알 수가 없었다. 한 가지 분명한 것은 자신이 다래네 집에서 재빨리 나온 것은 참으로 잘한 것이라는 생각이다. 피터에게 전할 소식이 없는 게 안타깝다. 섣불리 다래 이야기를 꺼냈다간 오랫동안 휘몰아치던 회오리바람을 이제 겨우 잠재웠는데 또다시 감당키 어려울 충격과 걱정거리를 안겨줄 수도 있기 때문이었다.

　　늦가을의 햇살은 여전히 따뜻했다. 잣나무 숲으로 이어지자 진녹색의 수십 미터나 되는 키 큰 잣나무들이 빽빽하게 들어서 있어 숲이 어둠침침해 보였다. 긴장해서일까. 풀잎을 스치는 부스럭 소리에 놀라 사방을 둘러본다. 시선을 돌려 보지만 숲에는 아무것도 보이진 않고 무슨 동물인지 멀리서 뛰어가는 듯한 소리가 들려왔다. 세라는 발길을 돌린다. 다래네 집을 지나서 내려오는데 피터가 올라오다가 멈춰 서서 기다리고 있었다. 두 사람은 내려가던 길을 계속하면서 고갯길을 향해 걷는다. 잣나무를 타고 올라간 칡 줄기가 치렁치렁 여인의 치맛자락처럼 출렁이고 줄기에 달린 칡꽃들은 콩깍지 같은 씨 깍지들을 주렁주렁 매달고 바람에 가늘게 춤을 춘다. 늦게 핀 칡꽃들도 가을을 느꼈는지 진한 보랏빛이 매 맞은 것처럼 푸르둥둥 하게 심술이 나 있다. 싸리 꽃은 이미 지고 떨어진 지 오래다. 언덕을 오르자 계류리 마을이 내려다보였다. 멀리는 산 뒤에 산이, 그 산 뒤에 또 다른 산이, 겹겹산을 이루어 묵묵히 이쪽을 향하고 있고 하얗게 보이는 도로 위로 작은 동물들이 뛰어가는 것처럼 보이는 것들은 달리는 자동차들이다. 지난 몇 달 사이에 피터의 세상은 격동을 겪었는데 세상은 아무 일 없었던 것처럼 여전히 제 갈 길을 가고 있다. 세라가 먼저 길 가 바위에 걸터앉는다. 피터도 그녀 옆에 앉는다.

"엄마! 저는 내일 서울로 올라가려고 해요. 여기 계실 거에요?"
"당분간 여기 있을까 하는데."
"좋을 대로 하세요. 그런데 심심하실 텐데!"
"아니야 아주머니가 계시잖아."
"아주머니도 내일 올라가서 아무도 없게 돼요."
"혼자 있어도 돼. 주말에 내려올 거지?"
"아뇨! 당분간 여기 안 오려고요."

"그렇겠지. 누굴 보러 오고 싶겠니?"

"그런 게 아니잖아요. 엄마도 같이 서울로 가시자는 얘기지요."

"알지. 그걸 내가 왜 몰라. 내가 말을 잘못했다."

택시 한 대가 굽은 길을 따라 올라오고 있었다. 두 사람은 물끄러미 올라오는 택시를 보고 있는데 가까이 온 택시가 그들 앞에서 멈추었다. 택시에서 한 여인이 내리고 차는 돌아서 오던 길로 내려갔다. 피터가 벌떡 일어났다. 세라도 영문도 모른 채 따라 일어선다. 택시에서 내린 안왈순 씨가 다가와서 피터의 손을 잡았다. 그러자 피터가 세라를 소개한다. 짐작했던지 죄인이기라도 한 자세로 안왈순 씨가 세라에게 깊은 절을 한다. 피터와 세라는 긴장된 표정으로 왈순 씨의 입에서 무슨 말이든 나오기를 기다린다.

"그 애는 잘 있습니다. 딸을 낳았어요. 아기도 건강합니다."

피터는 왈칵 울음이 터져 버렸다. 두 달 이상을 아무것도 알지 못하고 알아보려 해도 방법이 없어 검은 터널 속 같은 시간을 보내던 그였기에 우선 살아 있다는 소식과 새 생명이 세상 밖에 나와 있다니 믿어지지 않는 소식이다. 세라가 피터를 부둥켜안는다. 잠시 후 피터를 놓아준 세라가 다래 엄마에게 묻는다.

"그래 따님은 지금 어디에 있습니까?"

"그 애 언니네 집에서 쉬고 있습니다. 다래가 몸이 조금 안 좋으니 조금만 더 기다려 주세요. 곧 연락드릴 것입니다. 자네에겐 너무 미안해서 얼굴을 쳐다볼 수가 없네. 나는 가 봐야겠어요. 어저께 밤을 새웠더니 많이 힘드네요."

"그러시군요. 그럼 어서 가보세요."

집으로 돌아온 세라는 아휘에게 아기 소식을 전한다. 아휘가 안도의 한숨을 쉬면서 부엌으로 들어간다. 아이의 출생을 축하하기 위하여 무엇이든 맛있는 음식을 마련하고 싶었다. 피터의 얼굴이 조금은 밝아진 것 같았다. 그러나 수수께끼는 여전히 미궁 속이었다. 다래가 왜 자기를 피해 도망을 가서 안 돌아오는 것인지. 그녀가 큰 소리로 나가라고 소리치던 말과 '너희 둘'이라고 한 말은 무슨 뜻인지. 둘이 처음 손을 잡던 날 그녀는 자신이 피터를 만나기 위하여 굼벵이가 매미가 되기 위하여 땅속에서 3년을 기다리는 것처럼 5년을 기다린 것 같다고 하면서 즐거운 목소리로 자기에게 한 많은 말들이 귓가에서 끊임없이 맴돌았다. 그는 고개를 가로저었다. 다래는 맑은 물밑을 보여주는 것처럼 자신의 감정을 피터에게 드러내 보였다. 그녀는 솔직하고 자신을 존중하는 여자인데 그런 그녀에게 무슨 일이 일어난 것인가! 지금 이 순간에도 어디서 누구와 뭘 하는 것일까? 불치의 병을 앓고 있었나? 그럴 수는 없었다. 그녀는 건강했고 혈색도 좋고, 눈도, 귀도, 목소리도, 그리고 산을 오르내리는 것도 피터보다도 발이 빨랐다. 알 수도 짐작도 할 수 없는 현실의 상황은 들어보지도 못한 말 그대로 수수께끼다. 그럼에도 불구하고 그가 씁쓸한 기분이 드는 것은 다래의 부모들이 무엇인가를 알고 있는 듯하다는 것이다.

아휘는 냉장고를 뒤져 이것저것 여러 가지를 만들고 밥상에 촛불까지 켜놓고 아기의 탄생을 축하하자고 했다. 그녀의 심정을 알 리 없는 세라도 약간은 흥분한 어조로 되도록 빠른 시일 내에 아기를 볼 수 있기를 기대한다고 말한다. 피터는 오히려 덤덤한 표정이다. 실감이 나지 않는 모양이었다. 식사를 마치자 편안한 자세로 응접실 의자에 깊숙이 앉는다. 분위기는 여전히 텁텁하고 씁쓰레한 상태였다. 분위기라도 바꿔 보고 싶은 세라가 먼저 말을 꺼낸다.

"아기 이름은 무어라 지었으면 좋겠니?"

"글쎄요. 다래가 이미 짓지 않았을까요?"

"그렇지. 그랬겠구나. 너하고 같이 지어 놓은 이름은 없었어?"

"몇 개 있었는데…. 잘 생각이 안 나요."

대화는 거기서 끝나고 모두 할 말을 잃은 눈치다. 피터가 일어나서 자기 방으로 들어갔다. 세라도 갈 곳이라도 있는 사람처럼 벌떡 일어났지만, 순간 망설이다가 부엌으로 들어간다. 아휘가 주방 문 여는 소리에 돌아다보면서 묻는다.

"뭣 좀 마시시겠어요? 커피 해 드릴까요?"

"아니에요. 설거지 도와드릴까요?"

"아니에요. 다했어요. 응접실로 들어가시지요."

내쫓기라도 하듯 세라를 앞장세우고 아휘가 그 뒤를 따른다. 아휘가 술잔을 꺼내고 약간의 안주와 함께 붉은색의 포도주 한 병을 들고 왔다. 피터에게서 들은 바가 있기 때문이다. 아휘는 술을 거의 하지 못하지만 세라는 저녁이면 조금씩 마시는 걸 좋아한다는 것을 피터에게 들었기에 준비해 놓았었다.

"아! 제가 좋아하는 술이네요."

"그래서 준비했어요. 아드님한테서 들었거든요."

"그 애가 나를 술꾼이라고 하던가요?"

"아닙니다. 얘기 끝에 나왔지요. 아버지가 집을 나가신 후부터 조금씩 하신다고요."

"예, 그렇게 시작했지요. 많이 마시지는 않아요. 꼭 한잔! 항상 바삐 뛰다 보니 집에 들어오면 긴장을 푸는 데 한잔이 도움이 되더라고요.”

“아드님하고 이름 얘기하시던데…. 혹시, 손녀 따님에게 붙여주고 싶으신 이름이 있으세요?”

“그건 어디까지나 그 애들 몫인걸요.”

“그렇겠군요.”

아휘는 아차 했다. 문화 차이었다. 대개 집안 어른들이 이름을 짓는데. 그렇지만, 규열이라는 이름은 분명히 자신이 우겨서 결정한 이름이었다. 자신의 아이들이 자신의 성을 따르고 돌림자도 따랐으니 손녀딸도 다래 엄마의 성을 따르고 돌림자가 있으면 돌림자도 따라서 지으면 다래도 다래 엄마도 좋아 할 것 같다는 생각을 해 본다. 물론 피터의 다음 돌림자를 넣어서 이름을 짓는다는 건 상상도 할 수 없는 일일 테고.


“편히 주무셨어요?”

“네, 오랜만에 아주 잘 잤습니다.”

“다행입니다. 닭들이 하도 울어대서 혹시 잠을 설치셨을까 봐 걱정했는데!”

“아녜요. 저는 닭 우는 소리 좋아해요. 어린 시절로 되돌아가게 하거든요. 제 귀엔 자장가로 들렸을 거예요. 수탉이 여러 마리인가요? 서로 싸우지 않나요?”

“아이고! 많이 싸워요. 얼마 전까지만 해도 수평아리, 암평아리가 구분이 안 되었는데 이제 울기도 하고 서로 암탉에게 올라타겠다고 싸움도 해서 이젠 어느 닭이 수탉인지가 분명해졌어요. 곧 처분해야 하겠죠."

"처분요? 죽여요? 그냥 두면 안 되나요?"

"그냥 둘 수가 없어요. 암탉들이 못 견뎌 해요. 하도 목털을 물고 올라타니까 목털이 모두 빠져요. 시도 때도 없이 암탉을 쫓아다니니까 암탉들이 수탉 피해 다니느라 바빠요. 저녁이면 수탉들이 모두 홰에 오르기까지 닭장으로 들어가질 못하고 밖에서 빙빙 돌더라고요!"

"그 정도예요? 자제가 안 되나 보죠? 모든 수컷 동물들이 비슷하군요. 먹이와 암컷과 그리고 수컷끼리 물고 뜯는 거 흔히 보는 장면 아니겠어요. 수탉들도 얼마나 멋있어 보입니까. 검은 양복에 넥타이 맨 사람들 이상으로 금빛 목털이 망토 입은 것처럼 어깨까지 늘어지고 반짝이는 구두 신은 사람처럼 꼬리털 또한 멋지게 하늘을 향해 너풀거리지 않습니까?"

"그래요. 맞는 말씀입니다. 재미있는 건요 수탉에게 복종하는 암탉이 있느냐 하면 절대로 용납 못 하겠다는 식으로 도망을 가거나 얼굴을 맞대고 싸우는 암탉이 있더라고요. 그런 암탉은 수탉이 힘이 더 세다 보니까 수탉한테 많이 쪼이죠. 그래도 인간보다는 나은 것 같아요. 어느 나라에선 여자들이 데모하는데 거의 매일 가정폭력으로 여자들이 죽임을 당한다고 하더라고요! 어느 나라는 하루에 한 명꼴로 남편 아니면 동거남에게 살해당한다니 수탉은 암탉을 죽이지는 않는데 말입니다. 닭만도 못하다는 얘기지요?"

이튿날 세라는 피터를 따라 서울로 가기로 했다. 무척이나 궁금하고 만나보고 싶었던 다래지만 최진후를 만나본 후부터는 그를 다시 만난다는 게 부담이 되고 가슴마저 울렁거려 서울로 가자는 피터의 말에 두말하지 않고 따라나선 것이다.

마크와 마주 앉은 피터의 표정은 빛을 잃은 눈으로 무엇엔가 쫓기는 모양새였다. 그를 잘 아는 마크는 눈치만 살폈다. 피터가 컴퓨터 앞에 앉아 무언가 열심히 하는 눈치이지만 마크는 피터가 일할 수 없는 상황임을 알고 있다. 그를 돕는 일은 조용히 지켜봐 주는 것이라는 것을 마크는 잘 알고 있었다.

세라는 아랑을 보러 다녔다. 아랑의 아기가 무럭무럭 자라고 있었다. 잠만 자던 아기가 이제 제법 눈을 동그랗게 뜨고 눈을 맞추려 했다. 가끔 생긋 웃어도 주었다. 세라는 또다시 어린 아기를 키우고 싶은 충동을 느낀다.

"어머니! 이상해요. 부용이를 보면서 피터 씨를 닮았다는 생각이 들어요."

"아기 이름이 부용이야?"

"네, 아기엄마가 지어준 이름이래요."

"부용이, 부용이, 이름이 예쁘네. 성은 뭐래?"

"이 부용이요. 이름이 예쁘네! 그런데 피터가 그런 소릴 들으면 무척이나 화를 낼 거야."

"당연하죠. 당연히 피터 씨한텐 말하지 않죠. 그냥 어머니한테만 하는 거예요. 피터 씨한테 말했다가는 큰일 나죠. 저도 알죠."

아랑이 나가자 세라는 부용을 다시 들여다본다. 그런데 그녀의 눈에는 별로 닮은 데가 보이지 않았다. 아기가 미소를 지을 땐 입가가 비슷한 것도 같았지만 큰일 날 소리여서 기억하지 않기로 했다. 세라가 부용을 안고 서성거린다. 눈을 동그랗게 뜨고 올려다보는 부용이냐 너무 귀여웠다. 세라의 등을 뒤로하고 아랑이 일하는 사람들과 이야기를 하고 있었다. 잠시 머리를 돌렸을 때 세라의 모습이 눈에 들어오자 아랑은 물끄러미 쳐다보면서 행복한 미소를 짓는다.

아휘는 텅 빈 응접실에 홀로 서성이고 있었다. 오늘따라 응접실이 유난히도 크고 쓸쓸해 보였다. 세라가 온 후로는 일이 손에 잘 잡히질 않는다. 다래가 증발한 물방울처럼 흔적도 남기지 않고 사라져 하루아침에 날벼락을 맞은 것 같은 아들 걱정도 걱정이지만, 하루아침에 며느리로 맞고 싶었던 처녀 아랑이, 아이 엄마가 되어 버린 현실이 악몽을 꾸고 있는 건 아닌가 자문을 해보곤 한다. 위탁모가 된 아랑은 아이와 임산부들을 돌보는 일에 하루하루가 바쁘게 돌아가고 있으니 피터를 생각하는 시간도 자연히 줄어들 것이고 그러다 보면 서로가 서서히 멀어져 갈 것 같은 생각에 불안했다. 다래가 아니라도 두고 없어졌으면 아이는 자신이 키우겠다고 할 생각이었는데 세라까지 오면서 모든 게 뒤죽박죽이 되고 말았다. 게다가 세라의 남편까지 온다는 연락을 받았다고 했다. 그 사람은 왜 오는 것일까? 별거까지 하는 사이라면서 무엇보다 피터를 질투해서 집을 나갔다면 피터를 싫어한다는 것일 텐데…. 아휘는 혼자 생각을 해본다.

아휘는 오랜만에 아랑을 보러 갈 생각으로 편한 옷차림으로 집을 나선다. 운전기사가 퇴근했기 때문이기도 하지만 서울 시내에서는 대중교통을 사용하는 것을 원칙으로 삼고 있는 그녀는 버스에 몸을 싣고 창밖을 내다보면서 오랜만의 시내 외출을 즐기고 있었다. 가로등이 한 개 두 개 켜지기 시작했다. 버스에서 내렸다. 다음 버스를 타려면 5분을 더 기다려야 했다. 아휘는 시간이 흘렀음을 인식하면서 시계를 들여다본다. 시곗바늘이 여섯 시를 가리켰다. 아랑의 퇴근

시간이다. 아휘는 꿈에서 깨어나기라도 한 듯 버스 기다리는 걸 포기하고 부지런히 걷기 시작한다. 바람이 시원했다. 하나둘 들어오는 가로등들이 깜빡깜빡 깨어나고 있는 속을 걸어 두 번째 정거장을 지났다. 버스를 탔으면 내려야 되는 곳이다. 발걸음을 오른쪽 골목으로 옮긴다. 하마터면 지난번처럼 골목길을 지나칠 뻔했다. 그 길이 그 길 같아 보였다. 왼쪽 골목길로 다시 들어선다. '둥우리'로 가는 길이었다. 아랑이 '사랑의 숲'에서 퇴근하여 '둥우리'로 오고 있거나 아니면 이미 아기를 데리고 '둥우리'로 갔을 것이었다.

'둥우리'는 아랑과 미혼모들이 그들의 아기들을 데리고 함께 모여 사는 곳이다. 아랑이 어린 미혼모들과 모여 살고 싶어 해서 아휘가 자신의 돈으로 마련해준 집이다. '둥우리'란 이름은 민우가 지었다. 물론 아랑의 동의가 있었다. 지금은 힘없고 존재가 미미할지 모르지만, 초승달이 보름달로 자라듯 아이들과 엄마들이 꿈을 키워가는 보금자리다. '사랑의 숲'에서 별로 멀지 않은 거리에 있었다. 아랑은 이미 도착했나 보다. 아휘도 어느새 '둥우리' 문 앞에 다다랐다. 아휘가 대문을 열고 조용조용 계단을 올라간다. 방마다 불이 꺼져 있고 안이 조용했다. 우는 아기도 없었다. 현재 아랑의 아기를 포함해서 일곱 명의 엄마들이 아기들과 살고 있었다. 아휘가 조심조심 아랑의 방으로 다가갔다. 아랑의 방 역시 어둡고 조용했다. 식당 겸 부엌을 향해 다가가자, 그때 사람 소리가 들리기 시작한다. 가까이 갈수록 소리가 커지더니 마침내 열려있는 식당 문을 들어서자 식당 안은 시장바닥을 방불케 했다. 각자의 방들이 부엌에서 떨어져 있어 아기가 울어도 못 들을 수가 있어서인지 모두가 각자의 아기들을 안고 와서 함께 시간을 보내는 중이었다. 아기들은 제각각의 엄마들 품에 안겨 떠들썩한 소음 속에서 잘들 자고 있었다. 이곳 아기엄마들은 아랑이 퇴근해서 들어오면 모두 식당으로 몰려들었다. 식사시간이 가까워서이기도 하지만 무엇보다도 아랑에게서 그날의 '사랑의 숲' 소식을 들을 수 있기 때문이었다. 누가 새로 들어왔는지 어떤 엄마가 아기를 해산했는지 등등. 그리고 아랑과 아기 부용을 보기 위함이기도 할 것이다. 식사 당번이 상을 차리기 시작했다.

이곳에 머무는 아기엄마들은 아휘가 고마운 사람이라는 걸 잘 알고 있었다. 아휘가 식당으로 들어서자 모두가 엉덩이를 들어 아휘에게 인사를 했다. 아랑은 행복한 얼굴로 부용을 안고 일어서서 그녀를 반긴다. 아휘가 가까이 가서 아기를 들여다본다. 말만 들었지 아기의 얼굴을 보는 건 오늘이 처음이었다. 아기의 자는 얼굴은 아직도 갓난아기 모습 그대로였다. 아휘로서는 사실상 아기에게 별 관심이 없었다. 아랑에게 아이가 생긴 것이 그녀에게 기쁜 일은 아니다. 아기를 들여다보는 척만 하고 다른 아기엄마들과 이야기를 나눈다.

"부용아! 할머니 오셨어. 그만 자고 눈 좀 뜨지."

"부용?"

아휘가 뒤를 돌아다본다. 아랑이 아이의 기저귀를 바꿔 주면서 여전히 아이에게 무어라 이야기를 하고 있었다. 자신이 잘못 들었나 보다 생각하니 어처구니가 없다. 왜 하필이면 아랑이 아기 이름을 부용이라고 부르는 거처럼 들었을까? 가당치도 않은 상상도 분수가 있지! 혼자 되뇌면서 아랑을 향해 다가간다. 그러자 아랑이 같은 말을 되풀이한다.

"부용아, 할머니 오셨어!"

잘못 들은 게 아니었다. 뛰는 가슴을 진정시키면서 지나가는 말처럼 묻는다.

"아기 이름 지었어요?"

"네, 이름이 부용이에요."

"아랑 씨가 지어준 이름이에요?"

"아니요. 아기엄마가 지었나 봐요."

놀라움을 금치 못한다. 그러나 아휘의 표정에 변화를 보이지 않으려 안간힘을 쓰면서 차분한 목소리로 말한다.

"이름이 예쁘네!"

"제 생각에도 그래요. 이름이 아주 마음에 들어요. 그런데 더 재미있는 건요, 제가 피터 씨를 무척이나 좋아하나 봐요. 이 아이를 들여다볼 때마다 피터 씨 아이를 보고 있다는 생각을 해요. 피터 씨 어머니가 보기에는 닮은 데가 없다고 하는데….."

부용이는 방금 아랑이 우유도 먹이고 기저귀도 갈아주었다. 뽀송뽀송한 마른 기저귀에 따뜻한 우유를 마신 후이어서인지 기분이 좋아 보였다. 눈을 동그랗게 뜨고 눈망울을 이리저리 돌려본다. 아휘가 가까이 가서 들여다보자 부용이가 방긋 웃는다. '아뿔싸!' 이럴 수가! 아휘는 하마터면 소리를 지를 뻔했다. 부용이의 웃는 모습이 영국에 어학 연수차 가 있는 딸 규빈이 어릴 때를 보는 것처럼 빼닮은 것이다. 이게 어찌 된 일일까? 아휘는 자신이 무엇에게 홀려 무엇을 착각하고 있는 건 아닐까 의심하면서 부용이 얼굴을 다시 보고 또다시 들여다본다. 틀림없었다. 규빈이를 닮았다. 그렇다면….. 집히는 것이 있었다. 아랑에게는 무관심한 척한다. 그러나 이 아이가 피터와 다래 사이에서 태어난 아이라면 규빈이를 닮을 수도 있다. 게다가, 규빈이는 민우를 닮았다. 아휘는 확인하고 싶었다. 조용한 구석으로 가서 민우에게 전화한다. 얼마 후 도착한 민우가 아휘 등 뒤에서 묻는다.

"왜 불렀어요?"

"아, 예쁜 아기를 보니까 옛날 생각이 나서 같이 보고 싶더라고."

민우가 부용을 들여다보다가 놀란 얼굴로 눈을 크게 뜨고 아휘를 돌아보면서 말한다.

"우리 규빈이 어릴 때 하고 똑같이 생겼네! 이 아이가 누구예요?"

"당신 생각에도 규빈 같아?"

"똑같은데요."

혹시 다래와 규열이의 아이? 아니어요. 그럴 수가 없어. 다래가 피터의 이름이 규열이라는 것도 모르고 있는데 우리 집 돌림자를 알고 '용'자를 넣어 이름을 지었을 리가 없어. 참으로 우연의 일치치고는 믿기 어려운 일이야. 아휘의 머리는 지구를 몇 바퀴 도는 속도로 생각의 생각으로 복잡해졌다. 그럼에도 불구하고 말할 수밖에 없었다.

"우리 손녀인가 봐!"

"무슨? 나는 뭐가 뭔지 모르겠는데. 설명이 필요해요."

"이 아이 이름이 부용이래."

"뭐라고요? 아랑이 지어준 이름이래요?"

"아니! 아랑도 우리 집 돌림자를 모르고 있을 거야."

"그럼, 도대체 어찌 된 일이라는 겁니까?"

아휘가 말한다.

"아마도 다래가 아랑이 '사랑의 숲'에서 일하고 있다는 걸 알고 거기서 아이를 낳았고, 이유가 뭔지 모르지만, 자신이 아이를 키울 수 없으니까 아랑에게 부탁한 것 아닐까? 피터와 아랑이 다시 가까워질 수 있다고 보고서 말이야."

"그럼, 다래는 돌림자를 알고 있다는 얘기네. 그건 그렇고, 다래는 왜 어디로 가서 연락도 없는 걸까요?"

"나도 그게 궁금해!"

두 사람은 일단 아이가 피터와 다래 사이에 생긴, 자신들은 손녀라는 것에 동의했다. 나머지 수수께끼는 풀어가야 할 숙제였다. 아랑이 아이를 안고 두 사람 앞에 나타났다. 두 사람은 물론 아기에 관한 자신들의 생각을 당분간 표출하지 않기로 했다. 집으로 돌아가고 싶지만 왔다가 급히 가려 하면 혹시라도 의심할까 봐 어물어물 시간을 보내고 있는 아휘 부부! '둥우리'를 나온 아휘 부부는 흥분을 감추지 못했다. 누구에겐가 알리고 싶은 소식이지만 그럴 수는 없었다. 그래도 행복했다. 아! 아름다운 손녀 부용과 딸 규빈이 어릴 때 얼굴이 눈앞에서 엇갈리면서 아른거린다. 아휘는 민우의 팔짱을 끼고 걷는다. 서로 차마 말을 꺼내지 못하지만 두 사람은 아마도 같은 질문을 서로에게 하고 싶을지도 모른다. 다래는 어디 있으며 왜 숨어 버린 것일까? 피터에게 영영 안 돌아올 생각일까? 그렇다면 아이의 정체는 묻어버릴 수도 있을 텐데, 그렇게 된다면 우리가 무엇을 할 수 있을까? 피터와 아랑은 결국 각자의 길을 가게 되는가? 아랑이 피터를 가슴에 간직하고 있는 것 같은데. 피터는 아랑을 완전히 포기한 것일까? 꼬리의 꼬리를 물고 솟구치는 질문들…. 아휘가 먼저 입을 열었다.

"우리 호숫가를 좀 걷다가 들어가는 것 어때?"

"그럽시다. 음력으로 오늘이 며칠인가 그믐 같은데, 무척 캄캄하네요."

"아니야. 달이 저렇게 크고 붉은데! 보름달 같은데?"

"달? 달이 어디 있어요?"

"저기, 저 산봉우리 뒤에서 올라오고 있는 붉은 달이 안 보여?"

"아! 정말 그러네요. 정말 둥근달이네요! 무척 큰 데요! 난 또 저렇게 붉은 달은 처음 보는 것 같아요. 빠른 속도로 올라오네요. 거의 반쯤 올라왔어요!"

"그림에서나 봤을까. 나도 저렇게 붉은 달은 처음 보는 것 같아. 무슨 징조인가? 내일 날씨가 더울 거라든지, 뭐 그런 거. 아니면 좋은 소식을 듣는다든지 그런 거 말이야. 좋은 징조이면 좋겠다."

"그런 게 어디 있어요. 달이 그냥 빛의 반사로 비칠 뿐이지. 그런 거 믿지 않잖아요."

"그냥 해보는 소리야. 사람들이 이럴 때 점을 보러 가나 봐. 미래를 알고 싶은 마음이 간절할 때 말이야."

사방은 어둡기 시작했는데 산 너머에서 붉고 둥근 달이 빠른 속도로 솟아오르고 있었다. 가로등 밑으로 호수길이 하얗게 보인다. 산봉우리 위로 불쑥 올라온 붉은 달이 물속에서도 보였다. 호숫물 속에는 거무스름한 두 사람의 그림자가 걷고 있고, 가로등 불빛들도 물속에서 바람에 흔들리는 물결 따라 한들한들 가늘게 떨고 있다.

"저기 가서 차 한잔할까요?"

"아니. 난 배가 고파. 집에 가자 이제."

"배고프면 밥 먹어요. 얼마만이여요, 이렇게 둘이서 산책하는 게."

"그럴까? 그럼 우리 맛있는 거 먹자!"

오랜만에 먹어보는 들깨 국수 사발을 앞에 놓고 두 사람은 만족한 얼굴이었다. 부드럽고 따뜻한 들깨 국물이 아휘의 빈속을 달래주어 피곤함도 잊게 되고 기분마저 상쾌하다. 식당을 나와 두 사람은 다시 호수를 따라 걷는다. 밤 기온과 살랑바람이 몸을 움츠리게 했다. 민우가 눈치 빠르게 운전 기사에게 전화하려 하자 아휘가 말린다.

"우리 둘이서 버스 타본 지가 오래지? 어때? 버스 타고 가는 거?"

"나야 당연히 좋죠. 나누가 피곤한 것 같아서. 오늘 많이 걸었잖아요."

"괜찮아. 그 대신 이태원에서 올라가는 골목길은 택시로 올라가자."

"그래요."

버스정거장에 도착하자 곧 서울역 방향의 버스가 도착했다. 버스에는 꽤 많은 사람이 타고 있었다. 민우가 아휘의 손을 잡아당겨 맨 뒤에 있는 빈 좌석으로 안내한다. 버스에 나란히 앉자 아휘도 민우도 젊은 시절 콩나물시루라고 했을 정도로 만원인 버스를 타던 기억을 떠올려 본다. 이리저리 밀리던 버스 속이었다. 참으로 오랜만에 함께 버스에 앉으니 두 사람은 새삼 감회가 깊었다. 나라가 많이 발전했다는 생각이 들었다. 옛날에 비교하면 현실이 꿈만 같았다. 모든 엄마가 힘들던 그때가 엊그제 같은데,

"오늘은 특별한 날 같아. 안 그래?"

"특별한 날이지요! 몇 년 만에 우리 둘만의 나들이에 버스까지 탔으니."

"아니, 그런 말이 아니잖아!"

"아 참, 우리가 할머니 할아버지가 된 날이지요!"

장난기 있는 웃음으로 대답하는 민우를 보면서 아휘도 빙긋 웃는다. 버스가 이태원역을 지나고 있다.

"다음에 우리 내려야 해요. 이곳에서는 사람들이 많이 내리니까, 서두르지 말고 천천히 내려요."

"알았어."

두 사람은 내리려는 사람들 뒤를 따라 뒷문을 향해 서두르지 않고 천천히 자신들의 내릴 차례를 기다리고 있었다. 앞문으로는 버스에 타려는 사람들로 북새통이었다. 와르르 오르는 사람들, 아휘가 앞에 서고 민우가 뒤에 서서 뒷문 쪽으로 다가가고 있는데 얼핏, 앞문으로 올라오는 한 젊은 여인이 눈에 띄었다. 눈에 익은 얼굴! 분명 다래였다. 아휘가 뒤에서 따라오는 민우를 보고 다래를 가리키며 무슨 말을 하려 했지만, 그들은 사람들에 떠밀려 버스계단을 내려올 수밖에 없었다. 그들이 내리자 버스 문은 재빨리 닫혔고 버스는 곧 떠났다.

월요일이었다. 아휘는 평상시대로 피터의 고용인으로서 해오던 대로 포천, 가마골 집에 도착하여 개들과 닭들을 돌보며 정원을 정리하고 있었다. 요즘은 피터가 가마골에 거의 오지 않는다. 피터에게 아무 말도 하지도, 물어보지도 못하고 눈치만 보고 있지만, 왠지 자신도 머지않아 이곳에 올 필요가 없게 될 것 같은 생각이다. 아휘는 돌이와 마루를 앞세워 산으로 향한다. 피터와 다래의 하루 생활의 일부 같았던 통나무집으로 향하는 산책길은 여전히 그곳에 있었다. 자작나무 잎들이 모두 단풍으로 물들더니 어느새 낙엽이 지고 앙상한 가지들만이 웅크리지도 못한 채 벌서듯 서서 다가오는 겨울을 걱정이라도 하듯 살랑바람에 작게 떨고 있었다. 개들이 매일 하던 버릇으로 통나무집을 향해 뛰어가고 있었다. 아휘가 개들을 부르면서 발길을 돌린다.

"마루야, 통나무집까지는 너무 멀어. 그만 돌아가자!"

마루는 유난히 영리했다. 때론 사람이 아닌가 할 만큼 눈치가 빠르고 말귀를 알아듣는다. 다래네 집 앞을 지나서 집으로 돌아와 보니 다래 엄마가 대문 앞, 작은 바윗돌에 걸터앉아 아휘를 기다리고 있었다.

"오셨어요? 들어가시지요."

"아니에요. 혹시 무슨 소식 들으셨나, 해서요."

"저는 아무 소식도 못 들었는데요! 따님 소식을 아직도 모르세요?"

"네."

아휘는 과천에서 버스에 오르는 다래를 보았다는 말을 할까 생각해 보았지만, 다래가 틀림없다고 하더라도 그녀와 아무런 대화를 해 보지 못했으니 그녀가 어디서 무얼 하고 있는지 모르면서 딸을 찾아 헤매는 왈순 씨에게 무슨 말도 할 수 없었다.

"날도 추워지는데…."

아휘는 그녀를 위로해 줄 수 없는 자신이 안타깝지만 그래도 다래가 똑똑하다는 걸 잘 알고 있기에 너무 걱정하지 않아도 될 거라는 말로 위로하려 하였다. 왈순 씨는 눈물을 흘리며 바위에서 일어나 당신 집으로 향했다. 아휘의 가슴이 무겁게 가라앉았다.

윤 박사가 다리를 절면서 숙명여대를 지나 삼각지역을 향해 어렵게 걷고 있었다. 요즘 날씨가 추워 오면서 다리가 시큰거리기 시작했다. 나이 탓이라고 가볍게 무시하고 어디든지 자전거 아니면 걸어

다니는 윤 박사이지만 자전거 길이 마땅치 않은 게 아쉬운 생각이 절로 나는 아침이었다. 아름답기도 하고 먹음직스럽게도 보이는 현대판 떡집으로 들어간다. 시계를 자주 보는 것으로 보아 누군가를 기다리는 모습이다. 열 시가 채 못 되어 그녀 앞에 들어와 앉는 사람은 바로 피터였다.

"안녕하셨어요. 그런데 어쩐 일이세요?"

"나 어제, 포천에 들렀어요. 대충 이야기도 들었고요. 이 씨 아주머니 혼자 계시던데. 아무 때라도 이사 나가고 싶으면 나가도 된다고 말해 주려고요."

"아니에요. 계약은 계약인데요. 계약 기간은 채워야지요."

"나를 위해서 그럴 필요는 없어요. 집을 사고 싶은 사람도 있으니까요."

"그럼 그곳을 아주 떠나시게요?"

"딸이 후암동으로 옮겨서 나도 그 애 옆으로 집을 샀어요. 내가 이제 늙어 딸네 집 근처에 있어야 딸이 덜 걱정할 것 같아서요. 멀리 있으면 걱정이 많이 되는 모양이에요."

"그럼, 마루와 돌이는…?"

"아! 개들은 이 씨 아주머니가 데려다 키우신대요."

"닭들은요?"

"다래 엄마 주면 잘 키울 거에요."

"다래네 아주머니 만나보셨어요? 혹시 무슨 말씀 없으시던가요?"

"몸져누워 있더라고요. 딸 걱정이 많이 되겠죠. 많이 울더라고요. 날씨도 추워지는데 어디서 아기를 데리고 살고 있는지 모르겠다면서요."

피터는 지난 며칠 동안 평온을 찾아가던 가슴이 다시 뛰기 시작했다. 가슴이 쓰려 왔다. 자신이 생각해도 다래 엄마가 얼마나 힘들지가 상상이 갔다. 자신도 이렇게 힘이 드는데 엄마인 그녀는 살을 저미는 아픔을 겪고 있을 거라는 생각을 한다. 그녀가 무슨 죄란 말인가! 다래 씨는 왜 엄마의 마음을 헤아리지 못하는 것인가. 모녀가 건강은 한 걸까? 아기가 두 달 정도로 되었을 텐데…. 아! 정말 힘들다. 처음으로 아랑이라도 옆에 있었으면 위로가 될 것 같다는 생각이 들었다. 아랑은 아기를 키우느라 바쁘다던데. 아랑은 자신을 아예 잊었을 수도 있다는 생각을 하자 울고 싶어졌다. 집 건은 곧 결정해서 연락하기로 하고 윤 박사와 작별 인사를 한다.

"윤 박사님은 제 생전 잊지 못할 분이십니다. 할머니 같기도 하고 선생님 같기도 합니다. 분명히 우린 특별한 인연으로 만난 게 틀림없다는 생각을 합니다. 한 치의 앞을 가늠할 수 없는 지금으로선 아무 말씀도 못 드리지만 저는 모든 것을 긍정적으로 생각합니다. 제가 박사님을 만나면서 저는 새로운 인생의 길목에 들어섰었다고 믿기에 저의 미래는 저의 시간을 기다리고 있다는 생각을 합니다. 건강하십시오. 연락드리겠습니다."

다음날 피터는 포천으로 향했다. 가는 길에 과일 바구니와 꽃가게에 들러 하얀 꽃송이가 달린 향기가 그윽한 화분을 사 들고 다래네 집을 찾았다. 다래 어머니는 누웠고 그녀 옆에 다래 아버지가 앉아 이야기 중이었다. 다래 아버지는 피터를 보자 놀란 듯 벌떡 일어섰고 다래 엄마는 천천히 일어나 앉는다. 피터가 옛날에 아랑이 가르쳐 준 대로 두 사람에게 정중하게 절을 한다. 그리고서 다래 엄마에게 누우라고 권한다. 향기로운 화분을 옆으로 밀어놓자 다래 엄마가 화분을 끌어당긴다.

"우리 다래가 치자 꽃을 좋아하는 걸 알고 있었네! 향기 중에서 도 치자 꽃향기는 우리 달래를 닮았어!"

피터는 우연히 고른 화분이 다래가 좋아하는 꽃인 것이 마음이 아팠다. 다래가 앞에 있었으면 고맙다고 했을 것이기 때문이다. 다래 는 항상 피터에게 고맙다거나 행복하다는 말을 하곤 했다. 지금 생각 해 보니 다래가 불평한 일이 기억에 없다. 명랑하고 고마워하고 겸 손한 다래였다. 그런 다래가 떠나기 전날 자기를 보기 위해 찾아간 자신을 보면서 나가라고 소리를 지르던 모습이 떠올랐다. 왜 그랬을 까? 무슨 오해를 하는 것은 아닐까. 다래 아버지는 죄인 같은 표정에 잔뜩 긴장된 자세로 서서 눈을 아래로 내리고 듣고만 있다.

"여쭙고 싶은 게 있어요."

"뭔데, 어서 물어봐요."

"다래 씨가 왜 그렇게 제게 화를 내면서 나가라고 했나요? 제가 뭘 잘못 했나요? 무슨 오해가 있는 것 같아요.

"아니야! 아니야! 자네는 잘못 한 게 없어. 자네는 다래에게 새로 운 희망을 주었을 뿐이야. 자네는 포기했던 다래의 인생에 한 가닥의 꿈같은 새 희망이었어. 다래가 헛것을 본 것 같아."

다래 엄마의 말 이 끝나자 갑자기 다래 아버지 최진후가 앞으로 쓰러지기라도 하듯 무릎을 꿇고 엎드리더니 두 손으로 얼굴을 가리 고 울기 시작했다.

"네? 헛것이라니요?"

"그게…. 자넨, 잘못한 게 없어. 미안해. 아이고, 머리야! 이제 가

보게. 꽃, 고마워!"

할 말도 없지만 오래 앉아있을 수 있는 분위기는 더욱 아니었다. 이미 아무 소식을 듣지 못해 부모들이 힘들어하고 있다는 소식을 들은 뒤여서 더 이상 할 말도 없어 훌쩍거리기는 두 사람을 뒤로하고 뒷걸음질로 방을 나와 집으로 향했다. 집에는 이 씨 아주머니가 부엌에서 찻잔 하나를 앞에 놓고 작은 공책에 무언가를 열심히 적고 있었다. 피터가 들어서자 빠른 동작으로 공책을 덮어 한쪽으로 밀어놓는다. 차를 권한다. 그러자 피터가 얼굴을 숙인 채로 항상 준비되어 있는 도라지 차 병을 냉장고에서 꺼내 들고 탁자로 가서 앉는다. 아휘의 가슴이 저리다. 아들이 겪고 있는 아픔이 과거의 자신 잘못으로 초래된 것일 수도 있기 때문이다. 부용을 보고 민우와 함께 걸어 나오던 때가 생각났다. 민우에게 물어보고 싶었지만 차마 입을 열지 못하고 혼자 자문자답하던 의문점들이 생각났다.

피터가 올 것을 예상치 못해 저녁준비를 해 놓지 않았던 아휘는 서둘러 저녁준비를 하기 위해 부엌으로 들어가려 했다. 그때 피터가 입을 열었다.

"아주머니! 서울 올라오셔서 저의 집 살림을 해주실 수 있으실까요? 여기 계시는 대신에. 제가 서울로 올라가야 할 것 같아서요."

"여길 아주 떠나시게요?"

"제가 더는 여기 있는 게 너무 힘들어서요. 사실 저는 무엇을 어찌 하는 것이 옳은지 모르겠어요."

"아기는 어떻게 하고요?"

"아기가 태어났다면 아이 엄마와 함께 있을 테니 더는 바랄 게 없지 않을까요? 아기는 아빠가 없어도 엄마만 있으면 되잖아요. 아기에겐 엄마가, 엄마가 가장 중요해요. 아빠는 엄마를 위해서 있어야 하는 것뿐이에요."

"그래요, 아기엄마는 아기 아빠의 도움이 많이 필요해요. 그런데 아기 아빠는 아기엄마가 어디 있는지를 몰라서 내버려 두면 아기엄마가 아기를 키우기 힘들 텐데요. 그리고 아기도 아빠가 필요해요. 아기도 아빠가 보고 싶을 거예요."

"그럼 저는 어떻게 해야 해요. 아기엄마가 저를 원치 않는데!"

"아기엄마의 정신이 불안정했을 수도 있어요. 아기를 임신한다는 건 여자에게 정신적으로 육체적으로 많은 변화를 가져오기 때문에 작은 불화는 남자가 수용할 수 있어야 해요."

"그렇다면 제가 철없는 행동을 하고 있다고 보시는 건가요?"

"그럴 리가 있나요. 그냥 여자들의 입장이 너무 힘들게 되어있는 게 현실이란 생각을 한 것뿐이에요. 사실 요즘 출산율 때문에 말들이 많잖아요. 언론도 그렇고 정치인들도 그렇고. 진정한 문제점이 무엇인지를 모르는 건지, 알고 싶지 않은 건지 답답해요. 너무 오랜 세월을 여자들을 함부로 부엌데기, 아이 낳는 기구쯤으로 취급해 오던 타성이 심하다 보니까 우리 사회가 그 어미의 자식도, 손자도, 그 어미와 할미가 어떤 성적차별을 받고 살아왔으며 살아오고 있는지를 볼 수도 느낄 수도 없다는 걸 반영한다고 봐요. 이러니 여자들이 결혼을 기피하고, 아기를 갖고 싶은 게 대부분 여성의 본능이건만 이 또한 기피하고 겁을 내는 게 현실이에요. 해결책이 나오지 않는 한 세상없이 정치인들이 떠들어보았자 상황은 안 바뀔 겁니다."

아휘는 피터와는 관계도 없는 말을 늘어놓고 있다고 자신이 생

각했으나 거기서 그만둘 수도 없었다. 그래서 그냥 계속했다. 그래도
자신의 속마음을 털어놓고 나니 답답했던 가슴이 조금 풀린 기분이
다. 그런데 성차별이라는 부문에서는 세라를 통해 많이 들었던 터라
피터는 관심 있게 들었고 그것이 이 씨 아주머니의 관심사라는 것에
놀랐다.

"아주머니라면 무엇을 어떻게 하시겠어요?"

"북유럽 나라들이 일찍부터 그 해결책을 채택하고 있어요. 아이
는 나라의 미래라는 걸 보여주고 있어요. 그러면 나라가 아이를 키우
던지, 아이 엄마가 불편 없이 겁내지 않고 낳아서 키울 수 있는 사회
를 만들어야 해요. 얼마나 더 기다려야 우리나라는 엄마들이 무엇이
필요한지, 왜 국회라는 데는 검은 양복에 넥타이 맨 남자들만 우글거
리는지, 인구는 분명히 대충 반반을 이루고 있는데. 왜 아기에게 젖
을 먹이면서 나라 살림을 남녀가 같이 아내와 남편이 살림을 논하듯
논할 수 없는지…! 그나저나, 아기가 태어났을 텐데…! 아기가 엄마
와 같이 있을까요?"

아휘는 말을 해 놓고 '아차' 했다.

"네? 그럼 따로 있을 것 같이 생각되세요? 혹시 저처럼 버려졌을
수도 있다고 생각하시나요? 다래 아버지가 내쫓았나요?"

"아니요! 아니에요. 그런 얘기가 아니에요. 다래 아버지가 내쫓지
않았어요. 그건 틀림없어요. 그냥 물어본 것뿐이에요. 공연한 소리를
해서 미안해요."

공연히 앞뒤를 생각해 보지 않고 말문을 연 것이 아휘는 후회막
심했다. 결국, 아들의 아물었을 상처를 긁어버린 셈이다.

"저녁준비 할게요."

아휘는 도망치듯 부엌으로 들어가 부엌문을 닫는다. 두 손으로 가슴을 움켜잡고 길게 숨을 들이마신다. 당혹함보다도 어미로서 상처를 주었을 거라고 생각을 하니 숨이 막혔다. 그나마 잽싸게 방을 나온 건 다행이었다. 냉장고에서 이것저것을 꺼내 놓고 있지만, 가슴은 아직도 방망이질이다. 피터가 문을 열고 부엌으로 들어왔다. 아휘는 긴장된 얼굴로 그를 쳐다본다.

"아주머니 저하고 서울로 같이 올라가세요. 가다가 제가 댁에 내려드릴게요. 짐 정리는 다음 주에 같이 와서 하시고요. 만일 저를 위해 서울 집도 봐 주실 수 있으면 짐도 바로 저의 주거지로 옮기시면 될 테고요."

"그럴까요?"

피터의 차는 구로 터널을 지나고 있었다. 피터가 아휘에게 집 주소를 묻는다. 내비게이션에 찍어 넣을 기세다. 아휘가 미리 생각해 놓은 말을 한다.

"오랜만에 친구네 집엘 들르려 하니 용산, 이태원역 앞에 내려줘요."

"약속장소까지 모셔다드릴게요."

"아! 그, 그럴 것까지 없어요. 아주 가까워요."

아무런 의심 없이 아휘를 내려주고서 떠나는 피터의 얼굴이 어둡지 않아서 다행이란 생각을 해 본다. 아휘가 전화로 민우에게 알린다. 이미 문자를 받아 알고 있는 민우는 한 호텔 주차장에서 기다리고 있다가 번개처럼 나타났다.

"어떻게 된 거예요? 왜 그리 급히 올라왔어요?"

"그렇게 됐어!"

윤 박사가 포천에 들러 아휘를 만난 후 아휘와 민우는 포천에 있는 것이 오래 지속되지 않을 것으로 생각을 했었기에 놀랍지는 않았지만 생각했던 것보다는 빨리 오게 된 것이었다.


도미니크의 비행기가 삼십 분 일찍 도착하는 바람에 세라와 피터가 승객들이 나오는 출구를 향해 뛰어가고 있었다. 예상대로 도미닉은 커다란 두 눈을 두리번거리면서 겁에 질리기라도 한 사람처럼 걱정스런 표정이다. 차마, 세라나 피터가 자신이 반갑지 않아 마중도 나오지 않은 건가 걱정하는 것도 같았다. 피곤해 보이는 얼굴의 도미닉을 알아본 건 역시 세라였다. 세라가 손을 높이 들고 흔들자 반신반의하는 엉거주춤한 자세로 도미닉은 천천히 걸어왔다. 차츰 그의 얼굴이 밝아지고 순식간에 피곤함이 사라진 표정이다. 한참을 번갈아 껴안고 인사를 나눈 후에야 주차장으로 향했다.

"비행기가 삼십 분이나 일찍 도착했네!"

"그랬어? 그랬구나."

"오래 기다렸지? 혹시 우리가 마중 안 나오는 줄 안 거 아냐?"

"사실은 그런가 생각도 했어. 당신이 오지 말라고 했기 때문에."

"엄마가 오시지 말라고 하셨다고요? 왜 그러셨어요? 그건 진심이 절대로 아니에요. 아버지. 엄마는 아버지를 무척 기다리셨어요."

"정말이냐? 좌우지간 그렇게 말해 주어서 고맙다. 자랑스러운 내 아들아."

"내 아들이지!"

"내 아들도 되잖아!"

"이제 사랑싸움 그만하시죠. 잘 알겠으니."

도미닉은 기분이 무척이나 좋은 모습이다. 차가 피터의 숙소에 도착할 때까지 거의 쉬지 않고 대화는 계속되었다. 세라도 즐거운 목소리다. 도미닉의 짐을 피터의 숙소에 내려놓고 식사를 하러 갈 계획이다. 그러자 도미닉이 감을 잡고 항의한다.

"내 짐을 왜 피터 숙소에 내려놓으려 해? 당신 호텔로 가자. 방만 따로 쓰면 되잖아! 그러자, 응."

"엄마, 그러세요. 애들도 아닌 사람들이 만날 싸움이야!"

"알았어. 그럼 그렇게 해!"

도미닉은 다시 밝아진 얼굴이다. 저녁 식사 후 피터는 사무실로 향하고 두 사람은 아랑을 만나러 갔다. 도미닉도 아랑을 여러 번 만난바 있을 뿐 아니라 거의 딸과 아버지 같은 사이였다.

두 사람은 다음날 다시 오기로 하고 사랑의 숲을 나왔다. 피터가 퇴근해서 호텔로 갔다. 세라는 도미닉의 가방을 가지고 안내하는 호텔직원을 따라가고 피터는 컴퓨터를 무릎에 놓고 밀린 일을 하고 있었다. 시간이 꽤 흘렀나 보았다. 피터는 배가 고프다는 생각을 하면서 두 사람을 기다리다가 피곤한 머리를 팔로 괴고 눈을 감는다. 짐을 풀고 있는지 두 사람은 소식이 없었다. 피터가 눈을 떴을 때도 세라와 도미닉은 오지 않았다.

"참으로 이상한 꿈이네! 웃었다가 울고를 반복하는 하얀 암탉 한 마리가 나타났다가 사라지고 다시 나타나더니 이번에는 울면서 통나무집으로 들어가는 것이었다. 이게 무슨 꿈이람? 웬 암탉이!"

피터가 주섬주섬 컴퓨터와 가방을 챙기고 아버지의 방을 찾기 위해 안내를 불러 승강기로 간다. 세라와 도미닉은 짐을 풀고 있었다.

"짐도 많이도 가지고 왔어. 여기서 아예 살 생각인가 봐. 자! 이제 내려가서 저녁 먹자!"

"엄마! 저는 포천엘 가봐야겠어요."

"지금? 가더라도 내일 가지, 무엇이 그리 급해 이 밤중에 가니?"


피터는 아휘에게 전화를 한다. 집을 비우러 가는 길이라고. 그러자 아휘가 자신도 따라가겠다고 하여 결국 두 사람이 함께 떠난다. 어떻게 알았는지 아직 집이 꽤 떨어진 거리인데 개들이 반갑다고 짖어댔다. 피터가 개들을 데리고 산책을 나섰다.

"열두 시가 넘었어요. 산돼지들이 나올 수 있으니 멀리 가면 안 돼요."

"네, 멀리 안 갈게요. 돌이와 마루가 너무 오래도록 나가질 못했잖아요."

돌이와 마루가 펄쩍펄쩍 뛰었다. 달은 밝은데 여기저기 회색 구름이 떠 있는 것으로 보아 밤에라도 눈이 올 것처럼 보였다. 바람도 쌀쌀하다. 집으로 들어서자 음식 냄새가 콧속으로 스며든다. 이 씨 아주머니가 상을 차렸다. 그런데 입맛이 없었다. 국 국물만 조금 떠먹고 수저를 내려놓는다. 아휘는 그저 가슴이 아주 아팠다. 내일 이곳을 떠나면 차츰 다래에 대한 생각도 멀어져 가기를 바랄 뿐이다. 불을 끄고 누웠으나 두 사람 모두 잠을 이루지 못한다. 어느새 새벽인가 보았다. 닭이 울었다. 닭이 우는 소리를 듣고서야 잠이 든 모양이다. 눈을 뜬 피터가 벌떡 일어난다. 날이 밝았다. 하늘은 밤사이 눈을 뿌렸다. 온통 하얗다. 눈이 많이 오지는 않았다. 겨우 하얀 물감을 뿌린 것처럼 사방이 하얗지만, 표면만 덮었다. 이 씨 아주머니 방엔 아직 불이 켜지지 않았다. 피터는 조용조용히 걸어서 부엌으로 들어간다. 따뜻한 커피 한잔을 마시고 부엌에서 나온 그는 집을 나선다. 개들이 눈 위를 경중경중 뛰면서 좋아한다. 산으로 향하는 피터는 지난밤 꿈에서 하얀 암탉 한 마리가 통나무집으로 들어가는 꿈을 꾸었다. 길이 매우 미끄러웠다. 비탈길에 들어서자 걷기가 힘들었다. 개들은 여전히 잘도 뛰어갔다. 무얼 보았는지 컹컹 짖어가면서 뛴다. 잣나무 숲으로 들어서자 눈은 보이지 않았다. 푹신푹신한 낙엽을 밟으며 천천히 걷는다. 개들은 마치 어디로 가야 하는지를 알기라도 하듯 통나무집을 향해 가고 있었다. 여전히 짖어댔다. 저만치 통나무집이 보이는데 무슨 일인지 개들이 더욱 심하게 짖어댄다. 잠시 발을 멈추고 보니 검은, 제법 커다란, 몸체가 움직이고 있었다.

"혹시, 산돼지가?"

그랬다. 산돼지가 통나무집 근처에서 개들과 옥신각신하고 있었다. 이 씨 아주머니의 경고대로 조용히 뒷걸음질을 쳐서 산에서 내려왔다. 개들의 짖는 소리는 여전하고 차츰 멀어져가고 있었다. 마을 입구에 내려오자 피터는 다래 생각이 났다. 혹시 그녀가 통나무집 안에 있는데 돼지 때문에 방에서 나오지 못하고 있는 것은 아닐까 하는 생각이 들었다. 추운 방에서 떨고 있을지도 모른다는 생각이 들었다. 피터는 염치 불구하고 다래네 집 대문을 두드렸다. 그리고 피터는 돼지를 본 이야기와 자신의 꿈 이야기를 하자 안왈순 씨는 언제 아팠었느냐는 듯이 벌떡 일어나 두툼한 코트를 걸치고 산으로 향했다. 다래 아버지도 뒤를 따른다. 피터도 그들 뒤를 따르지만 두 사람은 어느새 자작나무 숲을 지나 잣나무 숲으로 사라졌다. 개들의 짖는 소리도 더는 들리지 않았다. 피터는 천천히 걷는다. 다래가 통나무 집 안에 있다면 자신의 얼굴을 보고 싶어 하지 않을 수 있다고 생각되기 때문이다. 추웠다. 마음도 춥고 몸도 떨렸다. 그때 돌이와 마루가 나타났다. 꼬리를 흔들면서 오던 길로 돌아서서 앞장섰다. 피터는 생각 없이 반사적으로 그들을 따라 올라간다. 앞장서서 뛰어가던 개들이 갑자기 짖기 시작했다. 피터가 사방을 둘러본다. 어디에도 돼지는 보이지 않았다. 멀리서 무슨 소리가 들리지만, 알 수 없는 소리였다. 개들이 여전히 짖어대면서 뛰어가더니 발을 멈춘다. 다래 아버지가 내려오고 있었다. 개들이 그에게로 꼬리를 흔들면서 다가간다. 멀리 사람의 우는 소리가 들리는 것 같다. 다래 엄마 소리였다. 왜 우는 것일까? 다래 아버지가 가까이 왔다. 역시 울면서 왔다. 느낌이 좋지 않았다.

"더는 올라가지 마세요. 다래 엄마가 가까이 오지 말래요. 내려가세요."

여전히 울면서 하는 말이다. 피터는 아무 말 없이 집으로 간다. 그리고 이 씨 아주머니에게 무슨 일이 있었는지를 설명하자, 이 씨 아주머니의 눈에도 눈물이 고이기 시작했다. 피터는 차마, 극한 상황은 상상하지 못하고 많이 아픈가 보다고 생각했는데 왜 모두 우는 것일까? 결국, 아휘의 팔을 잡고 묻는다.

"왜, 우세요? 다래가 죽기라도 했어요?"

"도대체 무슨 일이 다래에게 생긴 것인지 알 수가 없네요. 그런데 내 예감은 뭔지 크게 잘못됐어요. 내가 올라가 보고 올 테니 집에 계세요."

산에서 내려온 최진후는 우선 경찰에 연락부터 한다. 아휘가 대문을 나설 땐 이미 경찰차 한 대가 올라오고 있었다. 곧이어 구급차가 뒤를 따랐다. 그제야 피터는 이 씨 아주머니의 예감이 단순한 예감이 아니라는 생각이 들었다. 경찰차가 한 대 더 오더니 이번에는 구급차도 한 대 더 올라간다. 피터는 집으로 들어가서 안정을 찾으려 했지만 안절부절못한다. 다래 얼굴이 얼핏 얼핏 눈앞에서 보이다가 사라지기를 반복한다. 구급차 한 대가 내려온다. 서둘러 이 층으로 올라가서 창문으로 내려다본다. 얼핏 보인 구급차에 누운 사람은 다래 엄마였다. 다래 엄마가 쓰러진 것이었다.

마지막으로 경찰차가 내려간 후 이 씨 아주머니가 터덜터덜 눈가를 닦으면서 내려오고 있었다. 대문을 열고 들어온 이 씨 아주머니는 피터가 앉아있는 걸 보고도 그를 지나 부엌으로 들어간다. 피터는 무슨 일이 일어난 건지 모르지만 분위기만으로도 짐작이 가는 건 다래 엄마가 기절해서 실려 갈 만한 상황은 다래에게 치명적인 일이 일어난 것이다. 죽었다고는 믿고 싶지 않았다. 그저 빨리 회복해서 그녀를 끔찍이 사랑하는 그녀의 엄마, 왈순 씨 품에 안기기를 바랄 뿐이다. 피터는 그녀가 자신을 더는 원치 않으니 이렇게 멀리서 기원할 수밖에 없다는 생각에 서운하고 또다시 버림받은 기분에 마음이 쓸쓸했다. 과거에도 이렇게 외로울 때가 있었다. 그때마다 그를 위로해 준 사람은 아랑이었다. 그러면서 아랑과 점점 가까워졌었다. 지금 아랑의 품엔 아기가 안겼고 그녀는 아기와 행복해하고 있다. 세상 밖으로 내쳐진 기분이었다. 전화가 울렸다. 집어 든 전화에서 세라의 목소리가 들렸다. 피터는 순간을 참지 못하고 울컥 울음보가 터지고 말왔다.

"엄마! 엄마! 헉! 헉!"

"애야! 울고 있어? 무슨 일이야? 대답 좀 해! 말 좀 해봐. 애야!"

이 씨 아주머니도 충격을 심하게 받은 모양이었다. 침실에서 나오질 않았다. 식사시간도 없어졌다. 피터도 물만 마신다. 잠도 오지 않았다. 다음날 세라와 도미닉이 도착했다. 이 씨 아주머니의 얼굴이 많이 상한 걸 본 세라가 부엌에서 바삐 움직였다. 그때 밖에서 개들이 요란스레 짖어댄다. 창문으로 내다보니 경찰차 한 대가 올라오고 있었다. 경찰차에는 다래 엄마가 보인다. 이 씨 아주머니를 비롯한 모두가 창문을 내다보는 것 외에는 아무것도 할 수 없었다. 서로의 눈치만 살핀다. 마침내 경찰차가 다래네 집에 멈추어 다래 엄마를 내려놓고 내려오고 있었다. 이 씨 아주머니가 서둘러 대문을 향해 나갔다. 무슨 소식이라도 듣고 싶어서인 것 같았다. 경찰차가 속도를 줄이더니 이 씨 아주머니가 서 있는 대문 앞에 멈춘다. 한 경찰관이 차에서 내리더니 깍듯이 인사를 하고서 두 개의 봉투를 이 씨 아주머니에게 내민다. 봉투를 받아든 이 씨 아주머니는 봉투에 '피터에게', 그리고, '사랑하는 부용에게'라고 적힌 걸 읽고 또다시 울기 시작한다. 이번에는 나오는 울음을 참지 못하고 소리 내어 운다. 소리는 점점 더 커져 '엉! 엉! 소리를 낸다. 한쪽 팔을 뻗어 피터에게 봉투를 내밀면서도 거칠게 울었다.

# 제15장

# 안도와 상처

피터에게 빨리 편지를 열어보라고 세라와 도미닉이 눈으로 재촉한다. 이 씨 아주머니는 무슨 내용이 편지에 적혔는지를 짐작이라도 하는지 무관심한 표정으로 계속 눈물만 닦는다.

......

피터! 미안하다는 말 말고는 할 말이 없어. 나도 나 자신에게 속았다는 말은 변명같이 들릴지 모르지만, 사실이라고 믿어줘. 나는 나의 건강이 이 산속에서 살면서 완전히 회복되었다고 믿고 있었어. 그런데 나의 과거가 나의 인생의 발목을 잡고 있는 것을 알게 된 순간부터 나는 이 세상 사람이 아니기로 결심했어. 아빠가 나 때문에 받은 상처 위에 또 상처를 주게 되었고, 나를 끔찍이도 사랑하는 울 엄마 곁에 있으면서 더는 엄마를 괴롭히고 싶지 않아.

죄 없는 아기의 출생만큼은 기다릴 수밖에 없었던 나는 어디로도 도망갈 곳이 없어 고민하다가 결국 아랑 씨가 일하고 있는 곳엘 갔고 그곳에서 아랑 씨가 인간의 존엄성을 위해 헌신하고 있는 모습에 힘입어 용기 내어 아기를 부탁해 놓았어. 모든 것은 나의 어린 나이에 저지른 어리석은 실수에서 초래된 거야.

나의 과거는 17년 전으로 돌아가게 돼. 일부러 속이려고 말해 주지 않은 것은 아니야. 나는 진정으로 과거는 과거로 막을 내렸다고 생각했고 내 앞에 나타난 새로운 희망의 불빛은 신이 나를 측은히 여겨 보내준 선물이라고 믿었어. 나의 과거는 이렇게 시작되었어.

"오늘도 늦니?"
"조금요."
"너, 엄마가 걱정하는 거 알지? 늦은 시간에 혼자 고개를 넘어 다니는 건 위험해. 언젠가도 겁탈당한 사람이 있었잖아."
"엄만 그런 걱정하지 마세요. 나한테 누가 덤비면 내가 가만히 당한 데요?"
"남자를 무슨 수로 이겨, 못 당해! 그저 일찍 다니는 것만이 안전해!"
"일찍 올게요."
그랬던 다래가 몇 주 전부터 귀가 시간이 조금씩 늦어지더니 날이 갈수록 아예 캄캄해진 후에 돌아오곤 했다. 요즘 다래 엄마는 늦게 귀가하는 딸 걱정도 걱정이지만 남편 최진후가 이를 알게 될까 봐 더 걱정이었다. 해가 지면 그녀의 가슴이 조마조마했다.
사실 다래는 최진후가 대단히 자랑스럽게 생각하는 딸이었다. 다래가 학교 행사 때마다 무대에서 보여주는 재능 때문에 그녀를 모르는 학생은 없을 정도였다. 특히 노래를 잘 불렀다. 딸의 칭찬을 학부형들에게서 듣는 일은 흔한 일이었다. 용모가 단정하고 명랑할 뿐만 아니라 예의 바르고 성실한 학생으로 선생들도 인정하는 학생이었다. 유감스러운 건 다래가 공부에 주의를 기울이지 않는다는 것이다. 그럼에도 불구하고 다래가 역사 중간고사를 만점 받았다. 놀란 사람은 담임선생님이었다. 종례 시간에 담임은 다래를 보고 말했다.

"이제 다래가 공부하기로 작심을 한 건가?"

안왈순 씨는 이런 이야기를 듣고서부터 더욱 불안해했다. 다래가 최근 두드러지게 역사교사에 관해 이야기하여서이기도 하지만 외모로도 성년여성의 자태로 빠르게 변하고 있는 것도 한 이유였다. 고3이 된 다래 반에 역사 선생, 성기현은 교생실습을 갓 마치고 온 교사로서 그의 첫 직장이었다. 아이들은 젊은 선생을 보자 친구처럼 대하려는 자세였다. 그러나 몇 주가 지나면서 성기현과 학생들은 친구처럼 지냄과 동시에 역사 시간을 즐거워하는 모습으로 발전해가고 있었다. 그 결과는 그들의 시험성적에서 나타났다. 학생들은 역사를 지루한 과목으로 치부하던 터라 시험성적이 좋았을 리 없었다. 자신들도 모르게 시험성적이 우수하게 나오자 신들이 났다. 그중 몇몇은 만점을 받았고 다래도 그들 중 하나였다. 성기현은 학생들을 끌고 역사박물관으로 역사유적지로 돌아다녔고, 심지어는 돌아다니느라 지친 학생들을 자신의 자취방에 초대해서 간단한 식사 대접도 마다하지 않았다. 봄 학기가 가고 여름학기가 시작되었다. 다래는 자신의 감정에 이상이 왔음을 인정하지 않을 수 없었다.

붉은 불!
한 마리의 불나방이 쫓는다.
나풀나풀 춤을 추며

해가 붉게 타는 낮에도 해가 잠든 검은 밤에도
홀로 보이는 불을 향해 불나방은 춤을 춘다.
불길에 날개가 타도 행복한 불나방,
불길 속에 사랑 찾아
불나방은 불 속으로 뛰어든다.

아비 눈엔 하늘이 무너지고
딸의 종아리는 푸르게 멍들어도
여전히 불을 쫓는 불나방,
문이 잠겨도
어미의 아픈 가슴 외면한 채
불을
쫓는 불나방
불을 찾아 춤을 추며 날아간다.

꿈에서 깨어난
아침에, 불나방 앞에
굳게 닫힌 문!
아비의 마음 문 앞에
길 잃은 불나방!

어미의 끼욱끼욱 우는 소리 뒤로 하고
넓은 세상에 내쫓긴 불나방
　개천 송사리가 찾은 바닷물은 손, 발이 시리고 맛이 대단히 짜다
더니 불나방의 손발이 얼어 있었다.


　며칠을 서울 길을 헤매다가 새벽녘에 잠자고 있는 나를 깨운 고
마운 아저씨! 그 아저씨 손에든 따뜻한 우유 한 잔! 아이엠에프라는
절벽에서 굴러 서울역까지 굴러왔다는 아저씨는 아내가 친정으로 데
리고 간 아들과 딸을 그리워하고 있었다. 나는 동행이 되었고, 딸이
되었고, 친구가 되었고, 그는 뜨거운 햇볕을 가려주는 그늘이다가, 눈
보라 치는 바람막이였다가, 괴로울 땐 함께 마약으로 아픔을 달래던
나는 사실 어린 철부지였어. 어린아이가 어린아이인 줄 모르던 어린
아이였어.
　다행히 그가 시작한 여행사 사업이 그의 가족에게 생활비를 보낼
수 있게 됐었고 나는 노래를 부르면서 즐거운 날들을 보내던 어느 날,
집으로 찾아온 한 여인! 그녀는 나와 동갑쯤 되어 보이는 그의 딸이
었어. 그는 무릎을 꿇고 골백번 미안하다고, 잘못 했다고, 하면서 나
에게 공부를 시작하라는 제의를 했고 부녀의 행복을 빌면서 나는 그
의 제의를 받아들였지. 그가 마약 거래로 번 돈뭉치를 받아들고 낯설
지 않은 이탈리아로 음악공부를 하러 갔었지.
　4년 뒤 결혼을 약속한 테너 동급생의 아이를 가졌을 때 나는 내
가 정신분열증 환자임을 알게 되었어. 마약의 후유증이 임신으로 해
서 나타났다는 의사의 말에 약혼자도 모르게 도망쳐서 엄마가 있는
집으로 왔다가 결혼도 안 한 딸이 아이를 가진 건 집안 망신이기에

아버지가 요구하는 대로 다시 집을 떠날 수밖에 없었어. 쫓겨나는 충격으로 나는 병원에 입원했고 아이는 출생 후 내게서 떼어놓았지. 나의 증세가 언제 어떤 형태로 나타날지 모르니 내가 아이를 다칠 수도 있다는 거였어. 그 후로 나는 나의 아이에 관해 아무것도 알아보지 못했어. 아이에게 혹시라도 피해가 될까 봐 알아볼 수 없었어.

경험해보지 않은 사람은 모를 거야. 아이가 얼마나 보고 싶은지, 얼마나 죄책감을 느끼는지, 목숨을 걸고라도 찾아서 내 품에 안고 싶은 어미의 욕망, 죽도록 사랑해 주고픈 자식을 향한 애정, 이 모두를 가슴에 품고 죽은 듯 그 깊은 산골에 살던 내게 한 가닥의 빛, 신이 나를 가엾게 보고 내게 보내주신 희망, 그건 당신이었어. 나를 찾아온 당신을 보고 나가라고 했을 때도 똑같은 증세를 경험했어. 그날 당신은 혼자가 아니고 한 여인의 손을 잡고 내 앞에 나타난 것이었어. 물론 그건 나의 정신분열증의 증세인 환영이 보였던 거야. 나는 당신에게 나가라고 말했지. 5년 전 증세가 다시 나타났던 거야.

이젠 정말 살아갈 여력이 사라졌어. 아이에게 너무 미안해. 두 아이의 엄마 노릇을 한꺼번에 할 야심을 가지고 행복했었는데! 그래도 이번엔 당신이 아이를 사랑해 주리라 믿어. 나의 삶 자체가 우리 부모님의 슬픔이 되어 하루하루를 힘들게 해 드리고 싶지 않아. 우리 아버지가 마시는 술은 나 때문에 시작한 거야. 피터, 당신이 아랑을 사랑하고 있는 걸 나는 알고 있어. 아랑과 부용이 데리고 행복하기 바라. 모든 게 미안한 다래. 안녕

피터가 편지를 읽고 있는 동안에 세라와 도미닉은 조용히 두 손을 앞에 모으고 기도하는 마음으로 서 있었다. 물론 반가운 소식이

담긴 편지가 아니라는 것은 짐작하고 있었지만 두 사람 모두 다래가 아프다는 이야기일 것으로 생각하고 있었다. 다 읽은 편지는 힘없이 피터의 손에서 미끄러져 내려갔다. 피터의 눈은 먼 곳을 보고 있었다. 그의 눈동자는 눈물로 반짝이고 있었다. 그가 의자에 등을 기대고 눈을 감았다. 세라가 잽싸게 편지를 집어 읽기 시작하더니 다래의 자필로 쓴 편지가 읽기 힘든 모양이었다. 자신보다 한글을 더 잘 아는 도미닉에게 내민다. 한국어가 서툴다 보니 편지내용을 좀 더 정확하게 알고 싶은 것이다. 도미닉이 세라의 팔을 당긴다. 피터를 남겨둔 채로 두 사람은 조용한 이 층으로 올라갔다. 도미닉이 편지를 읽어 내려갔고 세라는 옆에서 조용히 듣는다. 편지를 다 읽은 세라가 아래층으로 내려간다. 멍하니 앉아있는 피터를 부둥켜안고 울기 시작하자 피터의 눈에서도 눈물이 흐른다.

세라가 바빠지기 시작했다.

"자! 이제 서울로 올라가자."

"왜 이리 서둘러, 당신은?"

"빨리 가야지! 이제부터 할 일들이 많잖아?"

"무슨 일?"

"자! 피터야 어서 가서 아랑이를 만나야지!"

"네에? 왜 아랑을 만나야 하는데요?"

"너는 어찌 된 아이냐? 너의 아이를 아랑이 데리고 있다고 하잖아!"

피터는 만나보지 못한 아기에 대해 실감이 나지 않았다. 아이 생각은 하지 않고 있었다. 그냥 다래가 불쌍해서 다래를 위해서 무엇을 할 수 있었을까 하는 막연한 공상에만 빠져 있었다. 꿈에서 본 하안 암탉이 눈에 선했다. 꿈에서 본 것처럼 그녀는 쓸쓸하게 울면서 그곳, 통나무집으로 홀로 갔을 생각을 하면 그녀가 너무도 불쌍했다. 험한 세상에서 이리저리 걸려 넘어지고 다시 일어났건만 그것도 순간, 결국 올가미에 걸린 걸 모르고 춤을 춘 것이다.

자신이 다래의 마음을 상하게 했나보다고 어렴풋이 걱정했었는데 그런 걱정은 해소된 셈이었다. 하지만 그렇게 힘든 상황을 홀로 감당할 수밖에 없었던 게 자신에게도 조금은 책임이 있다는 생각도 없지 않았다.

"짐은 모두 실었으니 차나 한잔 마시고 떠나자."

"운전은 아빠보고 하라고 해라 너는 너무 많이 울었어. 아주머니가 앞에 타세요. 피터하고 나는 뒤에 탈게요."

한참 울고 나서인지 아휘는 아무 생각 없이 세라의 말대로 앞자리에 앉아 창밖을 내다본다. 그러던 아휘가 갑자기 차 문을 열고 나갔다. 세 사람의 시선이 그녀 뒤를 쫓는다. 아휘가 개장 앞으로 가더니 돌이와 마루를 보면서 말한다.

"너희들은 내일 데리러 올 거야. 걱정하지 말고 기다려!"

개들이 알아들은 듯 꼬리를 신나게 흔들었다. 머리를 쓰다듬어주곤 차에 올랐다.

아휘는 예전처럼 이태원역 앞에서 내렸다. 내리면서 아휘는 피터에게 당분간은 집에서 쉬고 싶다고 말하고 피터는 자신이 처한 상황을 이해해주어서 고맙다고 인사한다.

곧 대기하고 있던 차가 아휘를 태우고 하얏트 호텔 방향으로 비탈길을 오른다. 차가 차고로 들어서고 운전기사가 차 문을 열고 섰다. 아휘가 힘없이 내리자 민우가 마중한다. 아휘가 민우에게 말한다.

"내일 돌이 하고 마루 데려오는 것 잊으면 안 돼. 내일 아침 일찍 가서 데려오라고 해줘."

"알았어요. 그렇게 지시해 놓을게요. 어서 들어가 쉬어요."

"아랑과 통화하게 해줘. 그리고 조용한 곳으로 가서 전화 받으라고 해 줘."

민우가 아랑에게 전화를 걸어 아휘에게 넘겨준다.

"아랑 씨, 놀라지 말고 차분하게 들어요. 너무 감정에 휩싸이면 안 돼요. 최소한 오늘만이라도 이성적으로 모든 것을 받아들이세요. 지금, 세라 씨와 도미닉 뿐 아니라 피터까지도 아랑 씨를 보기 위해 가고 있어요. 밝혀지는 사실들을 그대로만 받아들여 줘요. 하지만 피터와 나의 관계는 빠져 있어야 해요. 부탁해요."

"물론이죠. 걱정하지 마세요. 그런데 무엇이 밝혀진다는 거예요?"

"아랑 씨도 놀랄 거여요. 나도 놀랐어요. 직접 들어야 할 것들이고 직접 들어야 오해가 없이 사실을 받아들일 수 있을 거예요. 피터가 힘들게 아랑에게로 가고 있는 건 아랑 씨가 누구보다도 잘 알 것 같지만 힘든 그의 감정 아랑 씨가 살펴줘요. 곧 도착할 거여요."

"마음의 준비를 할 수 있게 해 주시어서 고맙습니다. 연락드릴게요."


세라가 피터와 도미닉과 함께 '사랑의 숲'에 도착해서 아랑을 향해 들어가고 있을 때는 아랑이 부용을 무릎에 앉히고 우유를 먹이고 있었다. 피터가 고개를 까딱한다. 아랑도 아무 말 없이 앉은 자세로 고개로 답례한다. 세라가 달려들기라도 할 기세로 부용에게로 빠르게 걸어간다. 우유를 거의 다 먹어가고 있던 터이기는 하지만 아직 끝나지 않은 수유를 하는 아랑에게 아이를 안고 싶다고 요구하자 아랑이 조금 기다려 달라고 한다. 주춤하는 표정이 몹시 섭섭한 표정이다. 기다리던 세라에게 아랑이 부용을 안겨주고 빈 우유병을 들고 부엌으로 들어가고 세라는 아기를 안고 곧바로 피터에게로 가서 아기를 보라고 한다. 피터는 처음 보는 아기 얼굴이 설기만 했다. 세라는 흥분해 있었다. 피터의 아기라는 걸 알고 보니 부용은 정말 피터를 많이 닮았다. 세라는 도미닉 앞으로 가서 묻는다.

"당신 눈에도 피터를 많이 닮은 것 같지 않아?"

"저번엔 몰라봤는데 오늘 보니까 정말 많이 닮았는데!"

"그렇지!"


아랑이 돌아왔다. 피터가 일어나서 아랑에게로 다가가 편지를 내민다.

"아랑 씨 오랜만이에요. 이걸 읽어봐 줘요."

편지를 열어본 아랑이 편지를 봉투에 다시 넣으면서 묻는다.

"이건 피터 씨에게 보낸 편지인데 내가 왜 읽어요?"

"내 부탁이에요."

아랑이 다시 편지를 꺼내 읽어 내려간다. 마음의 준비를 했건만 놀라운 사실에 손이 떨렸다. 편지를 읽고 나니 부용이의 엄마가 다래라는 걸 짐작할 수도 있었을 텐데 자신이 무감각했었다는 생각이 들었다. 피터를 닮았다는 생각이 상상이 아니라 당연한 일이었던 것이다. 그때 세라가 다가와서 말한다.

"아랑 씨 말이 맞아. 피터를 많이 닮았어. 당연한 사실이 내 눈에는 보이질 않았어. 세상이 넓고도 좁다는 말을 실감하게 됐어."

아랑이 부용이를 아기침대에 눕히고 기저귀를 갈아준다. 그러자 부용이 팔을 높이 올려 길게 기지개를 켠다.

"기지개하는 것도 피터 어릴 때하고 똑같네!"

세라가 호들갑을 떨자 피터가 부용에게로 걸어간다. 부용이 때마침 살짝 미소를 짓자 세라가 또 호들갑이다.

"부용이가 웃었어. 아빠를 알아보나 봐!"

아휘와 민우가 집을 나선다. 어디를 가려는지 말들을 안 했지만, 목적지가 같다는 걸 알고 있다. 이제 분명하게 아이의 정체가 밝혀졌으니 다시 가서 아이를 봐야겠다는 마음이다. 아랑도 아기를 데리고 퇴근해 그들의 집, '둥우리'에 와 있을 것이다. 두 사람은 마음이 급했던지 운전 기사에게 연락을 한다. 곧 도착한 차를 타고 삼십 분도 안 걸려 골목 앞에 이르자 곧바로 '둥우리'로 들어선다. 아랑의 방 앞에 도착해서 문을 두드리려고 하다가 멈칫한다. 방에서 말소리가 들렸기 때문이다. 아휘와 민우는 잠시 기다리기로 했다. 예상대로 손님은 오래 머물지 않았다. 부용의 취침 시간이 머지않았다. 아기와 일찌감치 취침해야 하는 아랑이었다. 그렇지 않으면 아랑은 잠이 부족하게 된다. 방에서 나오는 손님은 아랑의 부모였다.

"우리 아랑이한테서 말씀 많이 들었습니다. 참으로 후하시기도 합니다. 이렇게 도와주시니, 우리 아이까지 도움을 받게 되었네요."

아랑이 어머니의 인사였다. 그러자 아내의 말에 심기가 불편했던지 불만스러운 어조로 처음 만난 아휘를 보고 하소연을 한다.

"무슨 해괴망측한 일입니까. 처녀가 무슨 위탁모 노릇을 합니까.

갈수록 태산이에요. 뿌리도 없는 고아하고 결혼을 하겠다고 해서 내가 말렸는데 이젠 애 엄마 노릇을 하다니!"

"아버지! 그만 좀 하세요. 정말 너무 하시네요."

"아니, 제가 틀린 말을 합니까? 이건 온…!"

"아이고 죄송합니다. 아랑이가 아주머니께 아주 고맙게 생각하고 있습니다. 저희 먼저 가보겠습니다."

아랑이 어머니는 아랑 아버지의 심술스러운 말에 민망해하면서 도망치듯 나갔다. 아랑이 아휘의 손을 잡고 자기 방으로 들어가고 민우가 그 뒤를 따른다. 방문이 닫히자 아랑이 더는 기다릴 수 없다는 듯이 입을 연다.

"수수께끼 같은 상황이에요. 우린 숨바꼭질을 하는 것 같아요. 부용이 엄마가 다래였어요. 안타까워요. 불쌍해요. 다래 씨가 너무 불쌍해요. 피터 씨도 마음이 많이 아프겠어요. 아무 말도 못 하더라고요. 저 보기가 편하진 않겠지만 피터 씨의 잘못은 아니잖아요. 게다가 하필이면 아기를 나에게 맡기고 갔으니…."

"아랑 씨한테 아이를 맡긴 건 잘 한 거로 생각지 않아요? 다래 씨가 편지에도 쓴 것처럼 피터가 아랑을 지금도 사랑하고 있다는 걸 믿는다면…."

"이상하게 부용이가 피터 씨처럼 보이더라고요. 저는 제가 살짝 미쳐가나보다고 생각했어요. 세라 어머니 눈에는 닮은 데가 없다고 하시더라고요."

"아니에요, 부용이는 그 애를 많이 닮았어요. 부용이가 우리 딸하고 너무도 비슷해요. 자, 여기 우리 딸 사진."

아휘가 내미는 사진을 들여다보면서 아랑이 놀란다.

"어머나! 정말 비슷하네요."

"피터가 부용이 보고 아무 말 없었어요?"

"아니요! 부용이 얼굴을 한참을 들여다보더니 손을 만져보더라고요. 아무 말 없이 의자로 가서 앉더니 얼굴을 가리고 울더라고요. 위로의 말을 해 주고 싶었지만, 부용이 잠잘 시간 때문에 먼저 간다고 하고 나왔어요."

"잘 했어요. 피터에게는 시간이 필요해요. 모든 게 예상치 못했던 일이라 충격이 심할 거예요. 다행히 세라와 도미닉이 와 있어 의지가 많이 되겠지만…."

"그런데 어머니! 지난번엔 너무 미안했어요. 우리 아버지는 아무도 못 말려요. 어머니의 정체를 알려주시면 안 될까요? 그러면 우리 아버지가 다시는 그런 말 못 하실 텐데!"

"밝혀질 수밖에 없는 순간이 올지도 모르잖아요? 지금은 아니에요. 지금 피터는 살아 있는 건지 꿈을 꾸고 있는 건지가 헷갈리는 이런 상황에서 나의 정체를 밝히면 피터는 제정신을 유지하기 힘들 수도 있어요. 안 그래요?"

"정말 그러네요! 제 생각만 했어요. 그건 정말 안 되겠네요. 지금 같은 상황에서 저 같아도 미칠지도 모른다는 생각이 들어요."

"우린 가볼게요. 아랑 씨도 아기하고 실컷 자요. 피곤할 텐데."


부용을 들여다보느라 아기 곁을 떠나지 못하는 민우의 팔을 당기자 자신을 올려다보는 부용에게 손을 흔들며 아휘와 함께 '둥우리'를 나온다. 지난번 걷던 생각을 하면서 두 사람은 팔짱을 끼고 말없이 구름 속에서 내려다보고 있는 반달을 쳐다본다. 피터 생각을 하면 마음이 저절로 복잡해진다. 그래도 부용이 얼굴이 떠오르면 초등학교 입학을 앞둔 어린아이처럼 어느새 가슴이 부풀어 오른다.

"규열이가 아주 힘들어해요?"

"규열이가 당신을 닮아서 안달하지 않고 문이 열리면 들어가고 닫히면 돌아서는 사람인데 아기까지 보게 되니까 아무래도 정서적으로 흔들리겠지! 곧, 제자리로 올 거야. 그리고 차근차근 정리해 나가겠지."

"아랑과는 어떻게 되기를 원할까요?"

"천만다행으로 다래가 피터의 아랑을 향한 마음을 알고 두 사람을 아기와 함께 묶어 놓은 격이 되었으니 일이 순조롭게 풀리리라 생각해. 이제 아기를 두 사람이 정식으로 입양을 하면 될 테니까."

"입양? 왜 입양을 해야 해요?"

"당신 생각엔 피터가 자기 아이라고 데려갈 수 있을 거로 생각하는 거야?"

"당연하죠!. 사실이잖아요?"

"그건 그런데 아이는 여자가 낳잖아. 아기에겐 엄마가 중요한 존재지. 안 그래?"

"그건 삼척동자도 아는 소리고요."

"모르겠어. 결혼하지 않아서 말이야."

"그럼 아랑이 입양하면 되겠네."

"독신 여자에게 입양이 허용되지 않을걸!"

"그럼 두 사람이 결혼하면 되겠네."

"그런다면 일이 쉬워질 수도 있겠지만 법적 결혼은 안 하려고 할걸!"

"그건 또 무슨 소리야?"

"두 사람이 다 공동체, 즉 사실혼을 원해. 결혼이란 여성을⋯."

"동거하는 사실혼 부부라면 결혼한 거나 마찬가지 아닌가?"

"글쎄, 그렇게 보면 다행이지만. 또 한 가지, 피터가 외국 국적자라는 게 걸림돌이 될지도 몰라."

"그럴 리가 있나? 자기 자식인데도?"


다음날 아침 아랑이 부용을 데리고 '사랑의 숲'에 출근을 했다. 방문객 대기실에는 세라와 도미닉이 아랑과 부용을 기다리고 있었다.

"우리 부용이 잘 잤니?"

세라가 부용을 보자 받아 안고 얼굴을 비비면서 말한다.

"안녕하세요? 편히 주무셨어요?"

"우린 잘 잤는데, 피터가 밤잠을 설쳤는지. 아직도 못 일어나서 우리끼리 왔어요. 아랑 씨 이해해 줘요."

"네, 저, 이해해요. 충격이 컸겠죠. 저도 놀랐어요. 피터 씨가 차분한 사람이라 견디지, 저 같았으면 울고불고 야단하고 자리 펴고 드러누웠을 거예요. 얼마나 힘들겠어요."

"역시 아랑 씨다운 대답이야. 이제 두 사람 함께 해야 하는 거 알지. 아직도 아버님이 반대하실까?"

"⋯⋯"

아랑은 아무 말도 할 수 없었다.


"뭐, 뭐라고요!"

'사랑의 숲' 구내식당에서 식사하고 있던 원장 수녀가 자신도 모르게 큰소리로 반문을 해서 옆에서 식사 중이던 다른 사람들의 시선이 모두 원장 수녀를 향했다. 아랑이의 피터가 받은 편지내용을 전해들은 순간에 원장 수녀의 반응이었다. 다래의 죽음 소식에 적잖은 충격을 받은 것이었다. 원장 수녀는 수저를 내려놓고 아랑이 안고 있는 부용을 받아 안는다.

　"우리 부용이 불쌍해서 어쩌니! 아랑 씨 이제 부용이 불쌍해서 다른 사람에게 보내면 안 돼."

　"아기 아빠가 데려다 키우겠지요. 피터 어머니가 키우겠다고 할 걸요."

　"그건 안 될걸. 판사가 허용치 않을 거야. 피터 어머니가 외국인이라는 것도 문제가 되겠지만, 할머니라는 점이 걸림돌이 돼."

　"제가 입양하는 게 허용이 될까요?"

　"미혼은 힘들어. 결혼 안 할 거야? 아기 아빠하고?"

　"아버지가 반대하실 거예요. 물론 우린 함께 살 수는 있어요. 하지만 결혼식 같은 형식은 무의미하다는 게 피터와 저의 생각이에요."

　"그런데 왜 아버지의 동의가 필요한 거야?"

　"부모님이시니까요."

　"그럼 만일, 아버지께서 반대하지 않으시면 그땐?"

　"그러면 우린 가정을 꾸밀 거예요. 우리 두 사람만의 보금자리를 마련해서 살 거예요."

　"그게 결혼이지 뭐야?"

　"저희 생각이 바로 그거예요."

피터는 아직도 어두운 악몽 속에서 옅게 드리운 빛을 향해 가고 있었다. 아랑의 얼굴과 다래의 얼굴이 햇살 속으로 번갈아 떠오르다 사라지곤 했다. 아직 그에겐 한밤중이다. 꿈속에서 헤맸다. 다래는 웃으면서 그녀의 집으로 들어가는데 자기는 어디로 갈 것인지 머뭇거렸다. 꿈속인 것 같은데 눈은 떠져 있고 다시 잠이 깼다. 눈이 감기려 했다. 그때 집으로 들어갔던 다래가 또다시 손을 흔들면서 자기 집으로 들어갔다. 피터는 돌아서서 어딘가로 갔다. 어디로 가는 것일까? 혼자 중얼거리다가 잠이 깼다. 눈을 떴을 때는 하얗게 밝은 아침이었다. 세라와 도미닉이 응접실에서 차를 마시고 있었다.

"잘 잤니?"

"네, 두 분도 편히 주무셨어요?"

"엄마는 밤을 새우셨어."

"왜요? 어디 아프세요?"

"아니야. 부용이가 아른거려서 잠이 안 오더라. 다래 생각도 나고, 다래 부모님 생각도 나고….."

피터는 부용을 까맣게 잊고 있었다. 자신의 아이인데 어떻게 그럴 수가 있느냐고 자신에게 물어본다. 알 수 없는 일이었다. 어미가 아니라 아비여서인가? 그래서 나의 생부에 대해서도 아무도 말하지 않는 것이었을까? 나도 우리 엄마가 입양시켰겠지. 부용처럼 아빠가 누구인지도 알리지 않은 채 아기를 아랑에게 맡겼고, 아랑도 아기 아빠가 누구인지는 관심도 없었던 것이야. 얼마 전까지만 해도 피터는 아랑을 의심했고 아이는 그녀에게 남자가 생겼다는 증거였다. 그러고 보니 입양아들의 이면에는 아픈 상처가 있는 여인들이 살고 있거나 이미 다래처럼 살기를 포기했을 거라는 생각을 하자 가슴이 서서히 뜨거워져 올랐다.

　　다래의 인생은 누가 망친 것인가. 그녀의 아버지가? 여행사 사장
이 된 그 노숙자? 그렇다. 그녀의 아버지다. 아니다. 관념이다. 그 아
버지의 집안이다. 그 집안의 사회이다. 그 아버지와 노숙자의 사회의
풍습이다. 그 풍습의 성의 역할에 대한 관념이다. 남자들이 편리하게
만들어 놓은 관념, 바로 그것이다. 모든 입양아들의 이면에는 관념의
희생자들인 여인들이 살았고 또한 지금도 살고 있다. 그리고 그 여
인들이 기르기를 포기한 아기들 역시 그 관념의 희생자들인 것이다.
이런 현상은 앞으로도 오랫동안 기적이 일어나지 않는 한 계속될 것이
다. 그리고 그 희생자들은, 여인들은, 고아들은 허덕거리는 인생을
살아갈 것이다. 그걸 아는 여인들이기에 발버둥 치고 있는 것이다.
관념에서 해방되기 위해서 아파하고 있다. 결혼을 회피하는 것은 쉬
운 일이 아니다. 그러나 그리 할 수밖에 없다고 생각하고 있다. 여성
을 억압하는 사슬을 피하는 하나의 방법이기 때문이다. 출산을 포기,
혹은 기피하는 것 또한 여자들에겐 쉬운 결정은 아니다. 출산은 여성
의 본능이고 특권이건만 이 또한 아차! 사슬에 묶일 수도 있다는 것
이 두렵거나 모성을 빌미로 억압 사슬에 걸릴까 봐 아프게 견디는 것
이다. 출산율 운운하는 사람들은 무슨 생각을 하고 있을까? 나라는
사람이다. 고로 나라는 여인들이다. 아이가 엄마가 필요한 것처럼 나
라는 여인이 필요하다. 그러나 남자들이, 정치가들이 나라를, 여자를,
아직도 억압하려 하고 여자를 탄압하려 한다. 여자들은 여권을 쟁취
할 것이다. 단지 언제 나라의, 여자의, 존재의 가치를 깨닫느냐에 따
라 시기는 결정될 것이다.

피터의 생각은 끝없이 이어졌다.

"너도 잠을 제대로 못 잤니? 정신이 나간 사람 같구나."

생각이 꼬리에 꼬리를 물고 역사의, 풍습의, 남녀의, 뉴스의 사이를 드나들면서 헤매고 있는 피터에게 아빠 도미닉이 다가오면서 말했다. 문득 고마운 아빠라는 생각을 한다. 지금까지 엄마만 있으면 될 것처럼 살아왔는데 아빠라는 존재를 생각하다 보니 자신도 아빠의 존재를 무시한 것 같아 새삼 미안했다. 어디서부터 잘못된 것인가를 생각해 본다. 자신은 항상 엄마의 보호를 받고 엄마가 주는 사랑을 느끼면서 살아와서인가 싶다. 사실 아빠와 대화한 기억이 별로 없었다.

아빠와 엄마가 다툴 때마다 피터는 아빠가 미웠다. 무엇보다도 엄마와 다툴 때면 자신의 이름이 오고 가곤 했다. 나중에 깨달은 거지만 아빠가 자신을 질투했던 것 같았다. 엄마가 아빠를 너무 등한시했다는 것이다. 결국은 할머니 댁으로 갔다가 할머니한테 야단을 맞고 직장 근처에 거처를 정하기에 이르렀다. 형과 누나들이 어릴 때도 자신을 등한시한다고 툭하면 할머니 댁으로 가서 머물곤 했다고 한다. 몇 번 들락날락하던 아빠는 다시 집으로 들어오는 게 민망했던지 허름한 아파트에서 외롭게 버티고 있었다. 엄마가 친구와 대화하던 게 생각난다. 친구가 엄마한테 무엇이 그리도 바쁘냐고 묻자 엄마가 말했다. 아들이 셋인 여자의 하루가 어떤지 상상을 해 보았느냐고. 친구는 딸이 둘이 있었다. 딸을 가진 엄마들은 이해를 못 한다고 했다. 형하고 자신, 아들이 둘인데 왜 셋이라고 했을까? 이에 대한 답은 몇 살을 더 먹고서야 알게 됐다. 딸을 가진 아빠들은 왜 질투를 안 하는 것일까? 자연의 섭리이겠지.

"어쩔 셈이냐? 결혼해야 하지 않겠니?"

"제가 누구하고 결혼해요?"

"당연히 아랑이지!"

"성도 없는 저는 안 된다는데?"

"세상에 성 없는 사람도 있다더냐? 너는 너의 엄마 성을 가졌고 엄마 성을 갖는다는 건 아버지의 성을 갖는 것보다는 훨씬 더 타당성이 있어. 그보다도 너희들은 성인이야. 너희들이 마음먹기에 달렸어."

"엄마도 형식을 찾으시는 거예요?"

"아니! 절대로 아냐! 너희 두 사람의 마음이 합쳐지면 그게 결혼이야. 물론 너희들을 축복해 주고 싶은 사람들을 초대해서 파티를 한다면 그건 나쁠 게 없어. 오히려 예의라고 할 수 있지. 부모의 의견을 존중해야 하는 건 사실이지만 너희들의 상황은 조금 지나친 것 같다. 아랑도 어쩔 수 없이 환경의 지배를 받는 것 같구나. 너희 누나, 에마가 아빠가 안 된다고 한다고 물러섰겠니? 아랑이 한국의 오랜 풍습에 젖어있다가 보니 딸에 대한 자기 아버지의 태도가 성차별적이라는 것을 인식지 못하는 것 같아. 여성의 권리를 주장하는 아랑도 환경의, 문화의 영향에서 벗어나지 못하는 것 같다는 말이야. 너의 생모가 너를 키울 수 없었던 게 네 잘못이 아니야. 한 가지 확실한 건 나라가 너와 너의 엄마를 보호할 의무가 있었으나 그렇게 하지 못했거나 안 한 거지."

"아랑한테 아무 말 하지 마세요. 아랑인들 마음이 편하겠어요?"

"아하! 너도 아랑을 믿고 있구나. 그래! 바로 그거야. 그게 가장 중요한 거야. 너희 아빠가 자주 투덜거리고 집을 뛰쳐나가고 애들을 질투해도 우린 너처럼 서로의 믿음이 있었어. 그 믿음 때문에 우린 따로 살아도 항상 함께 있는 거나 마찬가지야. 이해가 되니?"

"피터야 네가 나를 구해줬다. 고맙다."

도미닉이 다시 말을 이었다. 그는 희색이 만면하여 어린아이처럼 좋아했다.

"네?"

"이제 내가 집으로 들어가도 된다는 허락이야!"

"그래요? 잘됐네요. 두 분 축하해요."

그때 세라가 말을 받았다.

"나는 한 번도 들어오지 말라는 말한 적 없다. 자신의 발로 나갔으니 차마 들어올 수 있는 빌미를 만들지 못했을 뿐이지!"

"고맙소."

"지금 우린 피터에 관해 이야기하는 중이에요!"

"아 참 그랬지! 내 생각엔 해결책은 간단해!"

"어떻게?"

"지금처럼 그냥 사는 거야. 아랑은 너의 아이를 키우고 너는 직장생활 하면서 서로 오고 가고 싶을 땐 오고 가고. 누가 뭐라고 할 수 있겠어? 그러다 보면 때가 오겠지. 나처럼!"

도미닉의 말에 세라도 피터도 아무 말은 하지 않았지만, 현재의 입장에선 그것도 방법이란 생각이 들었다. 아침 식사가 끝나자 약속이라도 한 것처럼 세 사람은 '사랑의 숲'을 향해 가고 있었다. 아랑은 일찍 온 모양이었다. 부용이를 등에 업고 이리저리 바삐 움직이고 있었다.

"안녕, 아랑!"

아랑은 하마터면 놀란 표정을 지을 뻔했다. 이틀 전만 해도 말을 붙이기가 거북할 정도로 우울하던 피터가 밝은 표정으로 미소까지 지으며 인사를 했기 때문이다. 마음의 정리가 된 모양 같았다. 피터도 자신이 의아할 정도로 마음이 편하고 아랑을 보는 게 너무도 행복했다. 아랑이 부용을 업고 있었기 때문일 수도 있었다. 부용의 한 손이 아랑에게 있고 다른 한 손은 자신에게 있는 것 같은 기분이었는지도 모른다. 세라가 아랑에게로 가서 부용을 내려놓으라고 한다. 아랑이 부용을 내려놓자 도미닉이 가로채 간다. 두 사람은 다투기라도 하려는 듯 서로 안으려 했다. 아랑이 행복한 표정으로 바라보고 있는 것을 피터가 보고 섰다. 피터가 아랑에게 다가간다.

"너무 힘들지 않아, 아기 데리고 일하는 게? 당분간은 부용이만 보는 건 어때?"

"아니! 부용이는 잘 먹고 잘 자니까 생각보다 쉬워. 다래가 임신 중에 마음이 편했었나 봐. 아주 순해, 별로 울질 않아."

"아랑이 편하게 해 주어서 그러겠지. 내일 잠깐 만날 수 있을까?"

"아기 때문에 나갈 수 없을 텐데."

"그럼 내가 집으로 갈까?"

"그래 주면 고맙지. 부용이 자는 시간 맞추어서 와 줘."

"알았어. 내일 봐!"

아랑은 피터를 보내고 난 후 자신의 미래가 그려지질 않았다. 부용이를 맡고 나니 인생이란 한 치 앞을 내다볼 수 없다는 생각이 들었다. 반면, 인생은 가고자 하는 길을 가기 위해서는 인내로 참고 기다리면 길이 열리는 것인 것 같다는 생각도 해본다. 피터를 사랑하고 있는 자신이 한때는 아주 힘들었지만, 문이 닫혔을 때 말없이 그 자리에서 문이 열리기를 기다린 격이 되었으니 말이다. 이제 아랑은 피터가 자기로부터 멀리 가지 않을 것을 확신한다. 아버지가 결혼을 반대해도 두 사람은 가까이서 서로를 쳐다보면서 살아갈 것이라는 확신. 아랑은 부용이가 자신에게 행복의 문을 열어준 보물 같은 존재라고 믿는다. 아랑은 이미 '사랑의 숲' 원장 수녀에게 부용을 입양하고 싶다고 말해놓았다. 수녀도 입양이 허락되도록 최선을 다하겠다고 한다.

다음날, 피터가 아랑과 부용의 숙소인 둥지를 찾았다. 아랑의 침대 옆에 붙여놓은 작은 아기침대에서 자는 부용을 보여준 다음 아랑은 피터를 응접실로 안내한다. 응접실에는 아기 젖을 먹이는 사람, 우유를 먹이는 사람, 차를 마시면서 이야기를 나누고 있는 사람들로 가득했다. 식구가 많이 늘어난 것 같았다.

"우린 흔치 않은 인연이라는 생각이 들어. 우선 사과부터 할게. 다른 여자와 아이를 낳았는데 그 아이를 아랑에게 맡겼다는 상황에 대해 내가 아랑에게 무어라고 말을 해야 하는지 모르겠어."

"나는 피터에게 할 말이 있는데!"

"무슨 말을 해도 나는 할 말이 없을 거야."

"부용이는 내게 희망의 대문을 열어주었어. 부용이 피터와의 사이에 생긴 아이이기 때문에 피터를 다시 찾았으니까 말이야. 나도 많이 힘들었었거든."

"꿈같은 순간, 나도 지금이 좋아. 이 순간이 너무 행복해. 부용이 아랑을, 그리고 아랑이 부용을, 우리 셋이 이렇게 연결이 된다니! 나도 끼워 줄 거지…?"

피터가 말을 잇지 못하고 입술을 가늘게 떨면서 눈물마저 흘린
다. 아랑이 급히 다가가서 피터의 눈물을 닦아주면서 뺨에, 입에 온
통 입맞춤을 한다.

"나, 이제 아랑이 한 것처럼 할 거야. 이대로 언제가 되던 기다릴
거야! 일하면서 미래를 그리면서 기다릴 거야!"

피터가 돌아간 후 아랑은 기쁨으로 벅찬 가슴을 억제하면서 부
용을 안고 다시 응접실로 간다. 우유를 입에 대주자 벌떡벌떡 마시는
부용이 사랑스러워 우유병을 빼고 뺨에 입을 맞추고 다시 우유병을
가져다 댄다. 이를 내려다보고 있는 사람이 있다는 것을 인식하지 못
한 채.

아휘와 민우는 그대로 선 채 보고만 있었다. 부용의 얼굴을 뚫어
지라 보면서 우유를 먹이는 아랑을 차마 방해할 수 없었다. 아랑은
부용을 한 손에 안은 채로 비워진 우유병을 들고 부엌으로 들어간다.
잠시 후 자신을 바라보고 있는 두 사람과 마주치자 그녀의 얼굴은 마
냥 행복하기만 했다. 서둘러 아휘에게 피터와의 대화를 알린다. 아휘
와 민우도 많이 기뻐했다. 세 사람의 이야기가 자장가라도 되었는지
부용은 새근새근 잠이 들었다. 밤이 새도록 하고 싶은 말도 많고 부
용을 보고 있자면 시간 가는 줄 모르게 되어 피곤해서 나오는 하품을
감추려는 아랑을 보고서야 아휘와 민우는 자리를 뜬다.

"무슨 방법이 없을까? 애들이 한 보금자리에서 살아야 하잖아!"

"우리 이제부터 생각해 보자고요."

이날도 습관이 된 것처럼 두 사람은 팔짱을 끼고 호숫가를 걷는다. 호수 속 불빛이 바람에 흔들릴 때마다 박자 맞추어 살금살금 그들의 얼굴을 스친다.

"호떡이네!"

길가에 자그마한 천막을 치고 호롱불처럼 작은 전구 밑에서 한 여인이 호떡을 굽고 있었다.

"우리 호떡 먹을까?"

여인은 호떡을 굽고 있고 옆에서 남편 같은 사람은 호떡을 팔고 있었다. 천막 안에는 한쪽의 긴 의자에 앉은 손님도 있고 차례를 기다리는 젊은 남녀는 연인들인 듯 다정해 보였다. 그들 뒤에서 차례를 기다렸다. 마침내 따끈한 호떡 봉투를 받아들고 하나씩 꺼내 들고 한입 베문다. 따끈한 흑설탕이 입안 가득 넘쳤다. 옛날이 생각나는 밤이었다. 고등학교시절 시험이 끝나면 친구들과 짜장면집엘 가거나 길에서 오늘처럼 호떡을 사 먹었다. 꿀맛 같던 짜장면과 호떡. 가난했던 시절이었다. 추억의 맛이 더 해져서인지 호떡 한 봉지를 둘이서 순식간에 모두 먹었다.

"우리 집으로 끌어들이는 건 어때요?"

"그게 가능해? 말도 안 돼!"

"지금 '둥우리'가 자리가 찼잖아요. 그 핑계 대고 우리 집을 '둥우리 2'로 만들어 아랑이 부용을 데리고 들어오게 하면 어떨까요?"

"우리의 정체가 탄로 날 수가 있어."

"어차피 사실이 밝혀질 수밖에 없잖아요."

"그건 안 돼. 밝혀질 수밖에 없는 상황이 되면 할 수 없지만 그런 식으로 밝혀지는 건 싫어."

"알았어요. 미안해요."

"바깥채를 '둥우리 2'로 하여 아랑이 부용을 데리고 살게 하고 우린 안채에서 별채처럼 사는 거로 하면 어떨까요? 안채와 바깥채 간의 통로는 제대로 막아야 하겠죠."

"글쎄…! 그런다고 피터가 들어와서 살지 않을걸."

"우선 아랑과 우리가 같이 살면 우리가 부용을 매일 볼 수 있잖아요! 그리고 아랑과 머리를 맞대고 방법을 강구해 보자고요."

두 사람은 다시 옛날 젊은 연인이었을 때로 되돌아가기라도 한 분위기다. 아휘가 팔짱을 끼자 민우의 팔이 그녀를 감싼다.


안왈순 씨는 다래를 잃고 오랫동안 마음과 몸이 아팠다. 다행한 건 남편 최진후가 지극정성으로 아내를 돌봐주고 그동안 방황하던 마음을 다잡은 것이었다. 부엌에 들어가서 식사준비를 마다하지 않고 아내를 위해 하루 종일 방으로, 부엌으로 드나들었다. 어제부터 안왈순 씨가 제때에 식사하기 시작했고 오랜만에 오일장에도 남편과 같이 갔다. 남편과 함께 외출해본 지가 얼마 만인지 기억이 나지 않을 정도였다. 장에서 돌아오는 길에 칼 국숫집에 들러 들깨국수 한 그릇씩을 시켰다. 시골 인심이어서 많이도 주었다. 젓가락으로 국수를 건져 남편 그릇에 넣어준다. 기분도 좋고 국수 맛도 좋아 한참을 퍼먹었다. 남편 진후도 그릇을 비운 지 오래고.

"당신 오랜만에 꽤 많이 먹었네. 그렇게 계속 한 달은 먹어야 원상복구 될 거야."

"내가 살이 많이 빠졌어요?"

"반쪽이야, 거울을 봐. 눈이 쑥 들어갔어."

남편에게서 이렇듯 다정한 말을 들어본 지가 수십 년이 된 것 같았다. 남자가 나이가 들면 변한다는데 그래서 그런가. 사실 최진후는 아이들을 무척이나 대견해하고 자랑스러워했었다. 그러던 그가 다래의 담대한 행동들에 충격이 컸던 것 같았다. 차츰 아이들은 자랐고 커 가는 애들로 해서 이런저런 일들을 경험하면서부터 성격이 변해 갔었다. 이번 일로 얼마나 아내가 힘들었고 얼마나 꾸준히 그녀 나름 대로 딸을 위해서 노력했으며 끝내 되돌리지 못한 딸의 인생의 끝자 락을 보아야 했던 아내가 가엾고 미안했다. 이제 홀로 남은 아내 옆에 자신이 남겨졌으니 사랑하고 도와주리라 생각한다. 집에 돌아온 안왈순 씨가 남편을 쳐다보며 말한다.

"나, 아이가 많이 보고 싶어!"

"보고 싶어도 참아야지 어쩌겠어. 떠난 아이를."

"아니! 부용이 말이야."

"서울 가자고?"

"안될까? 잠깐만 보고 오면 안 될까?"

"왜 안 돼. 가면 되지."

"고마워 다래 아빠."

다음날 아침 옆에 앉아서 안전벨트를 매고 있는 아내의 모습은 수년 전 날씬했던 몸매는 그대로인데 얼굴에 잔주름이 늘어 있었다. 자식이 뭐기에 몸이 저리 상하다니! 최진후는 아내가 측은해 보였다.

"떠날까?"

"당신하고 이렇게 나들이하는 날이 오다니! 애들 어릴 땐 우리도 애들 데리고 자주 나갔는데…. 옛날 생각난다! 두 시간 정도 걸리겠죠?"

"고속도로가 생겼으니 한 시간 조금 더 걸릴 거야."

안팎으로 쉬지 않고 변해온 창밖의 풍경은 영화관에서 필름이 돌아가는 것을 보고 있는 착각에 빠지게 했다. 시골 마을에는 집과 집들 사이로 채소밭 대신에 비닐하우스들이 다소곳이 줄지어 엎드려서 밥상에 오를 채소들을 돌보고 있다. 머리에 수건을 쓰고 뙤약볕 아래서 김을 매던 아낙들은 어디서 무엇들을 하고 있을까? 자신처럼 자가용을 타고 고속도로를 달리고 있을까? 좋은 세상 같은데 왜 자신은 확신이 서지 않을까? 복잡해진 세상, 복잡해진 사회, 그 속에서 살아가는 현대인들은 밥을 입에 넣어주는 로봇을 만들고 있다. 복잡한 세상을 간단하게 살고 싶어서인가 아니면 배고프던 시절을 회상하며 맛있게 먹는 즐거움을 잊어버렸나? 왈순 씨는 요즘 입맛이 없다 보니 식구들과 혹은 친구들과 맛있는 음식 먹는 즐거움이 반으로 줄었다. 복잡하게 밥상을 차리는 대신에, 알약 몇 개를 입에 털어 넣는 삶, 그건 아닌 것 같다. 설거지는 안 해도 되겠지만. 너무나 변하고 있는 차창 밖을 내다보며 그녀는 고개를 설레설레 흔든다. 그 지경까지는 변하고 싶지 않은 모양이어서인지도 모른다.

세라와 도미닉은 매일 '사랑의 숲'으로 출퇴근을 한다. 피터 역시 저녁에 퇴근해서 곧바로 '둥우리'로 아랑과 부용을 보러 간다.

"부용아, 아빠 오셨다!"

부용도 매일 보는 피터의 얼굴이 익숙해진 모양이다. 부용을 들여다보는 피터를 빤히 쳐다보더니 방긋 웃어준다. 피터는 가슴이 녹는 것 같음을 느낀다. 부용의 작은 손을 만진다. 처음 경험하는 아버지와 딸 관계다.

"안아 봐도 돼?"

대답 대신 아랑이 부용을 피터의 가슴에 안겨준다. 두 사람은 그렇게 어느덧 날이 가고 달이 가고 있었다. 옛날 연애 시절하고는 너무도 다른 두 사람의 관계였지만 매일매일 두터워지는 서로 간의 사랑과 믿음은 많이 돈독해졌다. 자석처럼 당기는 서로의 감정을 억제하면서 행복감마저 절제할 수밖에 없는 현실이지만, 그러나 곧 두 사람에게 행복하고 자유로운 세상이 올 것으로 그들은 믿고 있었다.

"저 왔어요."

"그래, 왔구나. 저녁준비 다 되었다. 저녁 먹자. 엄마 오시라고 해라."

"어머니는 어디 계세요?"

"방에서 누나하고 영상통화하고 있나 보다."

피터는 부지런히 방으로 간다. 역시 세라는 누나와 큰형하고 영상통화 중이었다.

"야! 아빠 된 기분이 어때?"

"형! 말로는 전달이 안 돼. 상상으로 알 수 있는 게 아니거든. 아기의 탄생과 성장은 신비의 세계, 그 자체야. 형에게 적극적으로 추천하고 싶어."

"그래? 무감각한 네가 그렇게 말하니 신비스럽긴 한가 보구나."

"정말 신기해. 묘한 감정, 이성 간에 사랑의 감정이 가장 묘한 거로 생각했었는데, 아이는 신비의 세계야! 지난주에 부용이가 열이 났었어. 이가 잇몸을 뚫고 나오려고 해서 그랬던 거래. 열이 나서 얼굴이 불그레한데 그 얼굴을 보는 가슴에 통증이 오더라고! 내가 누구를 위해서 그렇게 희생적으로 느껴 본 적이 없었거든."

"그게 부모의 심정이라는 거다."

"알겠어요. 엄마! 아빠가 저녁준비 다 되었다고 하셨는데."

"그래, 가서 밥 먹자. 배고프다. 너희들은 들어가거라."


아휘와 민우도 요즘 퇴근길에 부용이 보러 가는 게 일과 중의 하나가 되었고 매일매일 변하는 부용이의 재롱에 매혹되어있었다. 다음 주에는 아랑이 부용이를 데리고 바깥채로 들어오게 되어있었다. 집주인이 아휘와 민우라는 사실을 속이지는 못하니까 아랑은 구태여 물어보지 않는 한 말 하지 않기로 했다. 물론 안채에 아휘와 민우가 산다는 사실은 더구나 알릴 이유가 없었다. 어차피 아휘와 민우는 회사에서 대부분 시간을 보내고 저녁이나 주말에 안채에서 휴식하는데 출입문이 다르고 통로는 장식장으로 막았다. 아랑이 부용이를 데리고 바깥채로 이사한 후, 아휘와 민우는 피터의 방문시간을 피해서 아랑이 퇴근하는 시간에 맞추어 찾아갔다. 부용은 두 사람의 얼굴을 알아보고 방긋방긋 웃는다.

"어머니! 원장 수녀가 입양 절차를 밟자고 해요."

"독신 여자도 할 수 있을까?"

"제 생각도 그 점이 어려울 것 같은데 일단 부딪쳐 보자네요."

"담당 변호사한테 물어보면 알 수 있을 텐데."

"그래야겠어요. 그 생각을 못 했군요."

"피터에게도 물어봐 혹시 좋은 방법이 있을지 모르잖아. 결혼하자던지. 우린 이제 가볼게. 피터가 올 시간이네."

"피터도 보고 가고 싶다."

"머지않아 자주 보시게 될 거예요. 아드님인데!"

"고마워요. 그렇게 말해줘서."

두 사람이 겨우 그림자를 끌고 사라진 후 피터가 밝은 표정으로 들어섰다.

두 사람은 이제 자연스레 옛날처럼 변해가고 있었다. 부용에게 우유를 먹이고 있는 아랑의 등 뒤에서 부용을 보면서 인사를 나눈다. 부용은 빨던 우유를 잠시 멈추고 미소를 보낸다. 아랑이 우유병을 들고 부엌으로 가고 피터가 부용을 데리고 놀기 시작한다. 웃는 얼굴을 보기 위해 피터가 얼굴을 찡그려 본다. 부용이 웃을지 모른다고 생각했는데 부용이 갑자기 얼굴을 찡그리고 울려고 했다. 당황한 피터가 부용을 안고 부엌으로 달려간다. 아랑이 부용을 안자 울려던 얼굴이 바뀌었다. 피터가 설명하자 아랑이 함께 웃는다.

"내 얼굴이 무서웠나 봐!"

"부용아 아빠 얼굴이 무서웠어?"

아랑이 부용을 어르면서 말한다. 피터는 아랑이 매번 '아빠'라고 불러주는 게 고맙다. 부용이 눈을 비벼댄다. 졸린 모양이다. 침대에 눕히고 어깨를 도닥여주자 곧 잠이 들었다. 두 사람은 아이가 깰세라 살금살금 침실을 나와 응접실로 간다. 마주 앉아 차를 마시면서 아랑이 입양 이야기를 한다. 피터가 눈을 끔벅이며 생각에 잠긴다. 자신의 자식을 아랑이 입양을 하려고 한다는 게 정상은 아니라는 생각이 들지만 어떻게 풀어가야 할지 갑자기 생각나질 않는다. 아랑과 부용을 두고 집으로 돌아가면서도 피터는 생각에 잠긴다. 아무리 생각해도 아랑 아버지의 자세가 바뀌지 않는 한 아랑과 혼인을 한다는 것은 자존심 때문에 갈 수 있는 길이 아니다. 그렇다면 현재대로 갈 수밖에 없는데……. 생각에 잠기면서 집에 들어서자 엄마가 반겨주었다. 저녁상이 차려져 있다. 피터가 국 냄비뚜껑을 열어보자 군침을 삼킨다. 엄마, 아빠가 식탁으로 다가오자 피터가 향긋한 토마토와 크림이 들어간 국을 떠서 나른다.

"오늘도 부용이 보고 왔니?"

"네. 아랑이가 부용이 입양 절차를 밟는다고 하더군요."

"그래서?"

"그러냐고 했어요."

"그게 다야?"

"더 이상 할 말이 없더라고요. 상황이 선택의 자유가 없잖아요!"

"너희들 결혼을 해라."

"아랑이 할 수 없는 결혼을 제가 누구하고 해요? 아랑의 아버지가 반대하는 결혼을 하고 싶지 않아요."

"너희들은 성인이야. 아랑의 마음이 달라졌을 수도 있잖아. 부모의 동의를 받으면 좋겠지만 모든 부모가 관념이나 종교나, 문화의 편견에서 벗어나지 못할 수는 있는 것인데 편견으로 횡포를 당하고 있다면, 그들의 의견을 무시함으로써 자유로워질 수 있고 그렇게 하는 것은 사실상 그들을 도와주는 일이야. 자식이 불행해지는 것을 원하는 부모는 없거든. 그뿐만 아니라 그 아버지의 반대도 사실은 딸이 불행해질까 봐서 하는 것일 테니까 너희들이 행복해하는 것을 보게 되면 마음이 바뀔 거야."


주말에 아랑의 엄마와 아버지가 '둥우리'를 찾았다. 엄마는 부용을 보면서 무척이나 행복해하는 데 반대로 아버지는 남의 자식, 그것도 자신이 반대하던 남자의 자식을 키우고 있다는 게 못마땅했다. 아랑이 입양 절차를 밟으려 한다고 하자, 그가 버럭 화를 내면서 다시 뼈다귀도 모르는 남자의 아이를 입양하는 건 용납할 수 없다고 했다. 그러자 그의 아내가 눈을 흘기면서 딸의 눈치를 본다. 고개를 숙이고 있던 아랑이 고개를 들더니 그녀 아버지의 얼굴을 똑바로 바라보면서 입을 연다.

"아버지는 제가 이 아이를 어떻게 했으면 좋으시겠어요. 하라는 대로 할게요. 갖다 버려요? 아니면 혼자 사는 피터보고 데려가라고 해요? 피터 부모에게 보낼까요?" 아랑의 말이 멈추자 그녀의 엄마가 나선다.

"그렇게는 안 된다. 인간의 생명은 존중되어야 한다. 이 아이의 엄마도 어쩔 수 없는 희생양이었고, 너를 믿고 아이를 부탁했고, 아이는 이미 너를 엄마로 보고 있어. 얼굴이 바뀌면 정서가 불안정해질 테니 떠나보낼 수 없다. 입양을 시작하렴. 아버지는 더는 너의 인생에 좌지우지할 권리는 없어. 물론 너를 위해서 하는 말들이지만 이젠 네가 결정할 때가 되었다. 내 생각에는 피터에게 구혼해라."

"뭐가 어쩌고 어째?"

"피터가 받아들일지 모르지만, 당신이 사과부터 하고 결혼을 시켜야 해요."

"아니! 뉘 집 핏줄인지도 모르면서 결혼을 시킬 순 없어."

"저는 엄마 말씀대로 하는 게 옳다고 생각해요. 부용이를 위해서 말이에요."

아랑 아버지가 벌떡 일어나 나가버렸다. 아랑이 붙잡으려 하자 그녀의 엄마가 아랑의 팔을 잡는다.

"아버지 가시게 두어라. 마음속으로는 우리말이 옳다고 생각할 거다. 내가 피터를 만나보고 싶다."

"엄마! 고마워요. 연락해서 자리 만들게요."


며칠 후 아랑엄마와 피터가 만났고 아랑엄마의 겸손한 자세에 피터는 몸 둘 바를 몰랐다. 예상 밖이었다. 그녀 아버지의 태도와는 아주 달랐다.

"그동안 너무 힘들게 해서 너무도 미안하네. 내가 몸 둘 바를 모르겠어."

"아닙니다. 모두가 제가 부족해서 생긴 일인데요. 제가 많이 송구합니다. 게다가 아랑에게 부용이 까지…."

"아닐세! 그건 아주 잘된 일이야. 속으로 하느님이 돕고 계신다고 생각했어. 두 사람이 평화롭게 잘 살면 아랑 아버지의 마음도 바뀔 것이니 남이 뭐라 하든지 상관하지 말고 자네만 바라보는 아랑의 마음을 받아주게나. 부용은 아랑이 필요하고 아랑은 자네가 필요해!"

"그렇게 말씀해 주시니 고맙습니다. 부족한 저를 받아주신다면 그리하겠습니다. 고맙습니다."

다른 아무런 말이 더는 필요 없었다. 같은 말만 반복하는 피터를 아랑 어머니가 부둥켜안으면서 고맙다고 하는 것을 본 아랑은 눈물을 흘린다. 엄마의 딸 사랑이 함박눈으로 내리는 순간이었다.


아랑과 피터는 곧 결혼신고를 하고 가족들과 친지들과 간단한 파티를 하기로 했다. 아랑은 한시라도 빨리 아휘와 민우에게 알리고 싶었다. 평상시대로 퇴근해서 부용을 씻긴 후 수유 중에 도착한 아휘와 민우에게 흥분된 목소리로 알린다. 빨리 말을 하려고 하다 보니 오히려 말이 더듬어질 지경이다.

"어머니 저희 오늘 결혼신고 했어요. 그리고 피터 부모님이 가까운 친지들과 가족들에게 알리는 의미로 파티를 하래요. 비용은 당신들이 내신다면서요."

"잘했어. 아주 잘했어. 이제 드디어 규열이가 가정을 꾸미는군. 고마워 아랑 씨. 파티는 어디서 할 거야?"

"그건 아직 안 정했어요."

"파티는 아랑의 집에서 하면 되지 않을까? 응접실하고 마당까지 사용하면 크기가 결혼식장을 방불케 하잖아?"

"그래도 된다면 저희는 좋지요."

"당연히 해도 되지. 사는 사람이 주인인 거야. 그리고 새살림은 어디서 할 건가?"

"아직…."

"아랑의 집에서 살면 싫어할까?"

"왜 싫어하겠어요. 대궐 같은 집인데요. 저는 그 집이 황송해요. 제가 좋다면 피터 씨도 좋아할 거에요."

민우가 만족한 표정으로 아휘에게 한눈을 찡끗하면서 아랑에게 말한다.

"그래! 그래! 그러면 그렇게 하는 거로 하지."

"아버님 정말 고마워요. 어머니 그렇게 해도 되지요?"

민우가 또 한 번 눈을 찡끗하면서 말한다.

"내가 된다면 되는 거야! 안 그래요?"

"당연하지!"

아휘도 웃으면서 대답한다. 온통 세상이 아름다워 보이는 날이었다. 이제 아휘는 길고 힘들었던 여정의 아름다운 끝자락을 가슴으로 느낀다. 한순간의 사랑놀이 책임을 완수하는 날들이다. 모두가 거치는 인생의 과정일 수도 있다. 아름다운 순간으로 시작된 여정은 정열과 노력으로 인생의 의미를 밟아가는 과정, 인생 그 자체이다. 이 순간에도 수탉은 열심히 암탉의 뒤를 쫓고 암탉은 알을 낳아 품을 것이다. 하늘이 유난히 쾌청한 날이었다.

아랑과 피터가 부용이의 입양 신청을 한 지 여러 달이 되었다. 머지않아 법정에 나가서 판사의 결정을 들어야 한다. 결혼까지 한 부부가 입양하고자 하는 이상, 별문제는 없을 것으로 믿고 있다. 마침내 법정에 출석하라는 연락이 와서 법정으로 들어가면서 아랑은 오늘따라 부용이가 피터를 빼닮았다는 생각을 했다. 두 사람은 하나의 절차를 밟는다는 자세로 들어갔는데 놀랍게도 들어간 지 불과 반 시간이 채 못 되었을 때 입양이 거절되었다는 판결을 받는다. 이유인즉 피터가 외국인이라는 이유에서였다. 가족들에겐 청천벽력 같은 소식이었다. 심지어는 끝끝내 맘에 안 든다고 투덜대던 아랑의 아버지도 그런 법이 어디 있느냐고 하면서 한국 사람인 딸에게는 왜 입양할 권리가 없느냐고 따진다. 처음 듣는 아랑 아버지의 남녀평등 주장이었다.

# 제16장

## 99.9%

아휘는 자리에 누웠다. 이 소식은 안왈순 씨에게도 알려졌다. 한 번쯤이라도 외손녀를 보고 싶었던 그녀가 재심이 있는 날 법정에 찾아갔다. 물론 안으로 들어갈 수 없어 밖에서 기다렸다. 한편 안에는 변호인과 아이 돌보미로 아휘가 따라 들어갔다. 이번에는 한 시간이 지났는데도 결정을 못 하고들 있었다. 혈통주의가 빚어낸 생각보다 복잡한 입양 절차였다. 선례가 없어서 갖다 붙일 규정이 없는 것일까. 불길한 생각이 드는 분위기였다. 이때 아휘가 변호인에게 부탁한다. 판사들에게 자신이 하고 싶은 말이 있다고 전해달라고. 변호인이 말하자 곧 받아들여져서 아휘가 자리에서 일어선다. 피터는 의아해한다. 아랑은 예감이 좋은지 피터의 손을 꼭 잡는다. 아휘가 일어서더니 서류 두 장을 꺼내 들고 말하기 시작한다.

"만일 아이 아버지가 한국인이라면 입양이 허용됩니까?"

"당연하지요!"

"어머니가 한국인일 경우 그 자녀가 국적신청을 할 수 있는 것으로 알고 있습니다. 사실입니까?"

"그렇습니다."

이휘는 두 장의 서류를 변호인에게 건넨다. 한 장은 자신에 대한 정보이고 다른 한 장은 자신과 피터의 디엔에이가 99.9 부합된다는 증명서였다. 판사들이 서류를 들여다보고 나서 잠시 의논을 하는 듯하더니 마침내 긍정적인 결정을 선포했다.

아휘는 자신에게 복잡한 과거로 인한 구겨진 인간관계가 다림질하듯 풀리는 순간이 올 것을 예상이라도 한 듯 조용히, 그러나 행복한 충격을 일으키면서 한참 동안 말없이 자리에 앉았다. 세라가 피터를 부른다.

"엄마를 안아줘야지!"

피터가 세라에게 달려가서 그녀를 부둥켜안는다. 그러자 세라가 그를 밀면서 다시 말한다.

"저기 가서 엄마를 안아주라고!"

피터가 잠시 민망하기도 하고 죄스럽기도 해서 어쩔 줄 모르고 서 있는데 아휘가 팔을 벌린다. 피터가 천천히 다가가서 안긴다. 모두가 손뼉을 친다.

잠시 후 피터의 몸이 미끄러지듯 내려가더니 아휘 앞에 무릎을 꿇는다. 손뼉을 치던 이들이 잠시 멈추고 의아해하면서 서로의 얼굴을 쳐다본다. 피터가 다시 일어나서 아휘에게 큰절을 했다. 모든 이들이 다시 손뼉을 친다. 이번에는 와아! 소리까지 지르면서.

아휘가 피터를 일으켰다. 그리고 다시 안으면서 말했다.

"이렇게 잘 자라주어서 고마워. 그리고 미안해! 엄마 노릇을 제대로 못해서…."

피터가 말했다.

"아니에요. 건강히 살아 있어 주셔서 고마워요. 그동안 마음고생 많이 하셨죠! 이제, 제가 어머니 곁을 떠나지 않을 거예요."

고맙다! 자! 이제 너의 엄마, 세라 씨에게 가서 정식으로 고맙다는 인사를 해야겠다."

두 사람은 세라를 향해 걸어가고 있었다. 이를 눈치 챈 세라는 빠른 발걸음으로 다가와서 아휘가 인사도 하기 전에 부둥켜안는다. 세사람은 한 덩어리가 되어 한참을 떨어질 줄 몰랐다. 행복한 순간이었다. 세라에 대한 아휘의 고마운 마음은 두고두고 풀어갈 생각이다. 모두가 법정 밖으로 나와 행복에 흠뻑 젖은 눈물을 닦을 사이 없이 안왈순 씨가 다가와서 또 다른 예상 밖의 놀라운 고백에 피터가 놀란다. 그녀는 아휘가 누구인지를 알고 있었던 것이고 이를 다래에게 알려줌으로써 다래는 아휘의 집안의 돌림자를 따서 딸의 이름을 지어주었던 것이다.

아랑의 아버지는 혼이 나간 사람처럼 이리 왔다가 저리 갔다 하면서 혼자 말을 했다. 도대체가 예상 밖의 일이 하나도 아니고 연달아 일어나다니!

"아니! 이 회장님 아니세요!"

이 소리는 또 무슨 소린가? 법정에서 법복을 입고 나란히 의자에 앉아있던 사람 중의 한 사람임이 분명했다. 아휘에게로 다가가서 인사를 하는 것이었다.

"회장?"

놀란 사람들이 아랑의 아버지만은 아니었다. 피터도 세라도, 그리고 도미닉도 모두 놀란다. 한 회사의 사장이 아니고 자매회사를 가지고 있을 만큼 복잡한 사회생활을 하던 사람이 아무리 행주치마를 두르고 가정부 노릇을 하고 있었더라도 무언가 달라 보일 수도 있었을 텐데. 무엇보다도 피터를 놀라게 한 것은, 아랑은 아휘가 자신의 생모임을 알고 있었다는 점이었다. 하지만 아랑도 아휘가 계열사를 거느리는 사업가라는 사실은 몰랐다고 했다.

하늘이 유난히 맑은 날이었다. 법정 밖에 모인 사람들의 표정은 하나같이 밝고 감동에 젖어 행복해 보였다.

황이정 장편소설

책 속의 미혼모

1판 1쇄 인쇄  2020년 7월 10일
1판 1쇄 발행  2020년 7월 16일

지은이  |  황이정
펴낸이  |  노용제
펴낸곳  |  정은출판

출판등록  |  제2-4053호(2004. 10. 27)
주   소  |  04558 서울시 중구 창경궁로1길 29 (3F)
전   화  |  02)2272-8807
팩   스  |  02)2277-1350
이메일  |  rossjw@hanmail.net

ISBN 978-89-5824-415-8   (03810)